Bettina Brömme
Wenn zwei sich streiten,
verliebt sich der Dritte

W0324579

Weitere Bücher von Bettina Brömme im Arena Verlag:

Keep calm and travel.
Jetzt fängt das Leben erst richtig an

18, pleite und planlos, aber immerhin
sehen wir gut dabei aus

Arena

BETTINA BRÖMME

Wenn zwei sich streiten verliebt sich der Dritte

Für Tabea und Anke
und alle besten Freundinnen

Die Handlung dieses Romans ist frei erfunden.

Ein Verlag in der Westermann Gruppe

MIX
Papier aus verantwortungsvollen Quellen
FSC® C110508

1. Auflage 2022
© 2022 Arena Verlag GmbH
Rottendorfer Str. 16, 97074 Würzburg
Alle Rechte vorbehalten

Text: © Bettina Brömme
Umschlaggestaltung: Juliane Lindemann
Coverillustration: Ludmila Blum

Gesamtherstellung: Westermann Druck Zwickau GmbH
Gedruckt in Deutschland

ISBN 978-3-401-60629-3

Besuche uns auf:
www.arena-verlag.de

@arena_verlag
@arena_verlag_kids

Podcast

August 2017

Ich: »Mir ist langweilig.«

Du: »Am ersten Tag von den Sommerferien ist dir schon langweilig?«

Ich: »Ja. Ist doch öde hier. Blöder Regen.«

Du: »Sollen wir einen Pocast hören? Mein Papa hört ständig Pocasts.«

Ich: »Was ist denn ein Pocast? So was wie GNTM? Nur für Pos? Igitt!«

Du: »Nee, da unterhalten sich Leute über irgendein Thema.«

Ich: »Über Langweile oder so was?«

Du: »Ja, genau. Vielleicht gibt's was über Trampolinspringen.«

Ich: »Hm. Klingt auch öde.«

Du: »Oder über Freundinnen. Vielleicht gibt es einen Pocast über Freundinnen.«

Ich: »Und du bist sicher, dass es Pocast heißt?«

Du: »Glaub schon.«

Ich: »Können wir auch selber einen Pocast machen?«

Du: »Worüber denn?«

Ich: »Na, über Freundinnen. Da sind wir doch Spezialisten.«

Du: »Stimmt.«

Ich: »Wie macht man einen Pocast?«

Du: »Man nimmt sein Handy und spricht rein. Und dann veröffentlicht man das bei … ähm, Potify oder so.«

Ich: »So einfach?«

Du: »So einfach.«

Ich: »Und das kann dann jeder hören?«

Du: »Hm.«

Ich: »Auch so Deppen wie Finn?«

Du: »Hm. Auch Finn.«

Ich: »Der Depp.«

Du: »Ach, komm, so schlimm ist der nicht. Also, sollen wir?«

Ich: »Okay. Dann reden wir darüber, wie wir Freundinnen wurden.«

Du: »Aber da erinner ich mich nicht dran. Das ist über elf Jahre her. Ich meine, da waren wir drei Wochen alt.«

Ich: »Ich war drei Wochen. Du vier Tage. Egal, dann erfinden wir das eben, wie es war, damals.«

Du: »Okay.«

1

September 2022

Oh, mein Gott, ist mir schlecht. Ich meine, so richtig schlecht. Der Magen dehnt sich bis zum Hals aus. Wie ein Ballon. Der bald platzt. Und es gluckert. Rumort. Und jetzt sammelt sich auch schon Speichel in meinem …

»Hi, ich bin Jasper!«, sagt eine Stimme an meiner Zimmertür.

»Weg da!«, schreie ich, dränge mich an dem fremden Jungen vorbei und schaffe es gerade noch bis ins Badezimmer. Mein Mageninhalt und was weiß ich noch alles landet in der Kloschüssel. Erschöpft sinke ich auf dem Toilettenvorleger zusammen, lege den Arm auf dem Schüsselrand ab und lasse meine Stirn darauf sinken. Scheiße, es rumort immer noch. Und schlecht ist mir noch genau wie gerade eben. Ich richte mich auf, krümme mich nach vorne, Tränen laufen mein Gesicht herunter, was ich hasse, aber bevor ich etwas dagegen tun kann, ergießt sich der nächste Schwall.

»Alles okay?«, fragt eine Stimme von der Tür. Wenn ich mich nicht so ätzend fühlen würde, würde ich glatt loslachen. Nach was sieht's denn aus?

»Raus!«, schreie ich über die Schulter, habe aber den Eindruck, dass das »S« schon vom nächsten Schwung mitgerissen wird, und ich konzentriere mich wieder ganz schnell auf die Kloschüssel.

Immerhin bekomme ich mit, dass sich die Tür nun hinter mir schließt. Vorsichtshalber bleibe ich noch zehn Minuten im Bad. Als sich mein Magen einigermaßen beruhigt anfühlt, stemme ich mich mühsam hoch. Was war das? Habe ich mir so einen fiesen Magen-Darm-Virus eingefangen? Mein Gesicht im Spiegel ist grauweißfahlgruselig, die Haare hängen kraftlos über die Schultern. Gegen den ekligen Geschmack im Mund putze ich die Zähne und komme dabei das erste Mal zum Nachdenken.

Das eben war also Jasper. Oh holy Shit, was für ein komplett misslungener Auftakt unseres Kennenlernens. Seit Tagen liegt mir Mum in den Ohren, ich soll bloß nett zu ihm sein und ihn freundlich aufnehmen. Das ging schon mal völlig daneben. Ihn mit »Weg da!« anzuschreien, klingt eher nach nicht allzu subtiler Ablehnung. Sicher wird mich meine Mutter gleich forschend ansehen und Theo irgendwas von psychosomatisch zuraunen. *Charlie ist es nicht gewohnt zu teilen,* wird sie sagen. *Bestimmt hat sie sich wieder so dermaßen in irgendwas reingesteigert, dass ihr schlecht geworden ist.*

Am liebsten würde ich den Rest des Tages in meinem Zimmer verbringen und niemanden sehen. Nur im Bett liegen, Tee trinken, Ed Sheeran hören und mich per Messenger von Finn und Lou bemitleiden lassen. Ich stelle die Zahnbürste zurück, spüle meinen Mund aus und wasche mir das Gesicht mit kaltem Wasser. Das tut gut!

In meinem Magen ist zwar immer noch schlechte Stimmung, aber tapfer taste ich mich – auf zugegebenermaßen wackligen Beinen – die Stufen hinunter ins Erdgeschoss. Ich höre schon ihre Stimmen. Mum, Theo, Jasper.

»Ich hoffe, du wirst dich bei uns so richtig wohlfühlen«, sagt Mum.

»Und in der Schule hoffentlich auch«, ergänzt Theo.

»Danke schön. Ja, bestimmt.« Jaspers Deutsch ist akzentfrei, aber klar, er hat ja auch bis zu seinem 14. Lebensjahr hier in München gelebt.

»Blöd, dass Charlie nicht ganz fit ist«, sagt nun meine Mutter und ich versuche, mir ein Lächeln zwischen die Wangen zu klemmen. Ganz schön anstrengend. Denn nun zwickt es auch in meinem Bauch. Ich muss einen Moment stehen bleiben und tief durchatmen, bis der Krampf vorüber ist.

»Ach, da kommt sie ja«, begrüßt mich Theo.

»Geht's wieder besser?«, fragt Mum mit ihrer Säuselstimme. Offensichtlich sehe ich wirklich krank aus. Denn nur dann spricht sie so. Und das wiederum verstärkt alle Symptome. Also ob ich noch ihr kleines Hätschelbaby wäre.

»Geht schon«, behaupte ich. Normalerweise würde ich Jasper die Hand schütteln, aber ich habe Angst, dass ich ansteckend bin. Also fuchtle ich nur etwas diffus mit den Armen und lasse mich in die Sofaecke plumpsen, die sie mir noch frei gelassen haben. Jetzt weiß ich, warum Theo dieses riesige Trumm bei seinem Einzug vor eineinhalb Jahren mitgebracht hat – weil er damals schon gehofft hat, dass wir die Sofalandschaft irgendwann zu viert besetzen werden, nicht nur zu dritt wie bisher.

»Sorry wegen gerade eben«, sage ich zu Jasper und sorge dafür, dass mir ein paar lange Strähnen ins Gesicht fallen. Ich kann den Impuls nicht unterdrücken und zwirble etwas zu energisch an einer herum.

»Ja, tut mir auch leid«, antwortet er und fährt sich verlegen über seine kurz geschnittenen, dichten Locken. Das schwarze T-Shirt mit dem V-Ausschnitt betont den Brauntton seiner Haut. Keine Frage – er ist ein ziemlich hübscher Typ. So einen Sohn hätte ich Theo gar nicht zugetraut. Der wirkt gegen Jasper total blass mit seinem schütteren aschblonden Haar und den wasserblauen Augen. Nur sein Kinn verleiht ihm etwas männlich Markantes. Und das scheint Jasper immerhin von ihm geerbt zu haben. Ob seine erstaunlich hellbraunen Augen das Resultat aus Wasserblau und vermutlich Dunkelbraun sind?

»Wie war dein Flug?«, frage ich höflich.

»Okay«, sagt er. Der große Redner scheint er nicht zu sein. Oder ich habe ihn mit meinem Auftritt vorhin verschreckt. »Und was machst du so?« Er räuspert sich. »Ich meine, ähm, wenn du nicht … krank bist.«

»Also, Jasper, hier wird vor allem seit Monaten auf den großen Tag morgen hingefiebert …«, erklärt Theo, bevor ich auch nur einen Piep von mir geben kann.

»Charlie ist ja der größte Ed-Sheeran-Fan unter der Sonne, und natürlich geht sie morgen in die Olympiahalle zu seinem Konzert.«

Ein weiterer Krampf in meinem Inneren lässt mich kurz die Luft anhalten und die Zähne zusammenbeißen. Verdammt, daran habe ich noch gar nicht gedacht – hoffentlich kann ich morgen auch wirklich gehen und bin nicht mehr krank.

»Falls du wieder fit bist«, sagt meine Mutter. »Jasper, stehst du auch auf Ed Sheeran?«

Er nickt ein wenig unbestimmt. Begeisterung sieht anders aus. Und warum fragt Mum überhaupt? Will sie ihm etwa noch eine Karte organisieren? Damit wir gleich etwas zusammen *unternehmen* können? Der Typ soll mein Zimmernachbar werden und damit hat sich's. Keiner hat davon gesprochen, dass ich ihn zu meinem besten Freund machen muss. Immerhin werde ich mein Badezimmer mit ihm teilen. Müssen. Ich meine, das ist Entgegenkommen genug. Was wollen sie jetzt noch von mir?

»Na ja, ich dachte ...« Meine Mutter spricht sehr langsam. Wie immer, wenn sie sich bemüht, nur nichts Falsches zu sagen. »Wenn Charlie morgen noch krank ist, kann doch Jasper ihre Karte übernehmen.«

Theo strahlt sie begeistert an. »Du müsstest auch nicht allein gehen, Jasper. Charlies Freunde Finn und Lou sind auch dabei. Die wirst du mögen. Total coole Typen!«

Mir wird gleich wieder schlecht. Nicht nur, weil es ja wohl das Uncoolste ist, jemanden als cool zu bezeichnen. Oder Jasper einfach so mit meinen Freunden verkuppeln zu wollen. Nein, richtig übel ist, dass meine eigene Mutter einfach so meine Ed-Sheeran-Karte weitergeben will. Und zwar vermutlich nur, um sich bei ihrem neuen Stiefsohn einzuschleimen. Stattdessen sollte sie doch lieber alles tun, damit es mir bis morgen wieder gut geht. Sie könnte ... keine Ahnung! Aber auf keinen Fall meine Karte weiterverschenken! Jetzt erst bemerke ich das merkwürdige Schweigen im Raum. Theo und Mum sehen Jasper nach wie vor erwartungsvoll an.

Dessen Miene ist undurchdringlich. Ist er genervt? Oder leicht amüsiert? Über seiner schmalen Nase blicken die hellbraunen Augen jetzt leicht spöttisch. Anscheinend ist Ed Sheeran vollkommen unter seiner Würde. Oder gilt sein

Blick der peinlichen Ausdrucksweise seines Vaters? »Cringe«, würde Theo sagen und sich – genau – total cool und jugendlich vorkommen.

»Na, vielleicht geht es ihr ja morgen wieder gut«, antwortet Jasper schließlich diplomatisch. Sagt er es so, weil er mir das wirklich wünscht, oder will er höflich klarmachen, dass ein Ed-Sheeran-Konzert für ihn nicht infrage kommt?

»Am besten, du isst heute nur Zwieback, und ich mach dir auch gleich eine Kanne Tee, Schatz, ja?«, schlägt meine Mutter vor. Ich nicke. Das ist wirklich lieb von ihr – wird aber vermutlich meinen Infekt nicht von heute auf morgen verjagen. Und außerdem wirke ich jetzt bestimmt wie die kleine, verwöhnte Göre, die sich von Mami verhätscheln lässt. Jasper hat noch immer diesen spöttischen Blick. Oder guckt der einfach auch sonst so?

»In die Schule gehst du erst ab Freitag mit, oder?«, frage ich zur Sicherheit und Jasper nickt. »Weißt du schon, in welche Klasse du kommst?« Ich formuliere ein inneres Stoßgebet, dass es nicht meine ist – ich habe keine Lust, die Babysitterin zu spielen!

»Nee, das erfahre ich erst Freitag«, erklärt er. »Ich habe nur auf der Website gesehen, dass es eine Podcast-AG gibt. Das interessiert mich. Vielleicht kann ich da mitmachen.«

»Oh, Podcasts – Charlies Spezialität.« Meine Mutter rollt verheißungsvoll mit den Augen und ich hasse sie.

»Hab schon gehört, dass du mit einer Freundin Podcasts machst.«

»Ja, bin aber nicht in der AG«, erkläre ich schnell.

Lou ist in der Podcast-AG, die kleine Streberin, aber sie meinte, vielleicht könnte sie da noch etwas Neues lernen, was uns weiterbringt. Ich glaube eher, dass sie dem Schulz noch was beibringen kann. Seit einem Dreivierteljahr haben wir die Zehntausender-Grenze bei den Downloads geknackt – was will sie da noch lernen? *Sei nicht so überheblich,* höre ich sie in mein Ohr zischen.

»Machst du andere Sachen mit?«, fragt mich Jasper nun.

»Ich spiele in der Schulband.«

Er nickt, sagt aber keinen Ton dazu. Fragt nicht mal, welchen Part ich übernehme.

»Das wäre doch was für dich!«, ruft Theo erfreut aus. »Jasper ist ein begnadeter Klavierspieler.«

»Nein«, sagt Jasper so kurz und so scharf, dass ich eine Gänsehaut bekomme. Und der Blick, den er seinem Vater dabei zuwirft, ist so eisig, dass er die Sonne in eine Eiskugel verwandeln könnte.

»Schade«, behaupte ich. Wie kommt es, dass man derart lügen kann und es einem garantiert keiner ansieht?

»Na ja, ihr werdet schon miteinander klarkommen«, beendet meine Mutter das Thema. »Und abgemacht – wenn Charlie morgen noch krank ist, dann geht Jasper an ihrer Stelle ins Konzert, okay?«

»Meinetwegen, bevor sie verfällt«, antwortet Jasper, ehe ich auch nur das Anfangs-E des Wortes *Einspruch* formulieren kann.

Fassungslos starre ich ihn an. Er sieht sich im Zimmer um und ich bin sicher, dass er es bewusst vermeidet, meinen Blick zu erwidern. Am liebsten würde ich ihn anmeckern, dass er ruhig sagen kann, wenn er sie nicht will. Da draußen gibt es massenhaft Leute, die sonst etwas dafür tun würden, eine Karte für das Ed-Sheeran-Konzert zu ergattern. Da muss er nicht so herablassend tun! Aber ein weiterer Krampf in meinem Bauch lässt mich die Luft anhalten und verstummen.

»Okay, zum Abendessen gibt's Spaghetti carbonara.« Theo tätschelt Jaspers Schulter. »Ich hoffe doch sehr, dass das noch immer dein Lieblingsessen ist.«

Jasper nickt. »Passt. Wobei – könnten wir den Speck weglassen?«

»Stimmt, du bist ja jetzt Vegetarier.« Theo streckt einen Daumen nach oben. »Na klar.«

Immerhin eine Gemeinsamkeit. Aber schon bei der Vorstellung von Sahnesoße, in der sich Käse verklumpt, wird mir gleich wieder schlecht.

»Und du gehörst ins Bett, Madame«, sagt meine Mutter. »Du bist käseweiß. Schlaf dich lieber aus, damit du morgen Abend für das Konzert fit bist.«

»Ich gehe auf keinen Fall in die Schule morgen«, verkünde ich. »Lasst ihr nachher Finn rein? Er wollte nach dem Training noch vorbei …« Und da geht es wieder los. Meine Speiseröhre zieht sich zusammen. Ich presse die Hand vor meinen Mund und spurte in Richtung Gästetoilette.

Während sie unten abendessen, liege ich mit einer Wärmflasche auf dem Bauch im Bett. Und neben mir steht jetzt ein alter Eimer. Zur Sicherheit. Doch seit vorhin hat sich mein Magen etwas beruhigt. Was ich vorsichtig als gutes Zeichen werte. Andererseits gibt es auch keinen Inhalt mehr, den ich noch von mir geben könnte.

Ich versuche, mich auf Ed Sheeran zu konzentrieren und »Perfect« mitzusummen. Morgen Abend ist es endlich so weit. Finn und ich haben uns gegenseitig eine Karte letztes

Jahr zu Weihnachten geschenkt, die wir irgendwann im Oktober ergattert haben. Lou hat sich selbst eine gekauft und dafür sogar ihr hartnäckig Zusammengespartes angebrochen. Jetzt muss sie noch mal länger warten, bis es für eine neue Bassgitarre reicht. Aber mit uns gemeinsam auf das Konzert zu gehen – das ist das Opfer wert, findet sie.

Nicht mal mehr vierundzwanzig Stunden – und der Master of Pop bringt die Olympiahalle zum Ausrasten! Und wir mittendrin. Mein Freund und meine beste Freundin. *Hoffentlich.* Immer, wenn ich in den letzten Monaten mal gefrustet war, habe ich an diesen Augenblick gedacht. Ich habe mir »Afterglow« auf der Gitarre beigebracht und versucht, Eds Gesang so gut wie möglich zu imitieren. Was natürlich nicht gelungen ist. Wenigstens die Läufe funktionieren schon ganz geschmeidig. In Hochstimmung bin ich trotzdem nicht. Was, wenn am Ende wirklich mein gelangweilter neuer *Stiefbruder* an meiner Stelle hingeht? Wie der geguckt hat vorhin … unfassbar!

Es klopft.

Hoffentlich nicht Jasper, der mich über die Schule, die Mitschüler und die Lehrer ausfragen will. Und mir erzählt, dass in London alles besser war.

»Herein.«

»Oh, du Ärmste, deine Mum hat gesagt, wir dürfen kurz zu dir. Bist du echt krank?« Als ich Lous roten Haarschopf und Finns große Gestalt sehe, fühle ich mich sofort besser und winke die beiden heran. Lou will mich umarmen, aber ich wehre ab.

»Lieber nicht, nachher stecke ich dich noch an. Und ich vermute mal, du willst morgen zum Konzert gehen, right?«

»Du musst mitkommen!« Sie presst ihre fein geschwungenen Lippen, die immer so aussehen, als lächle sie, fest aufeinander. »Sonst krieg ich voll die Krise.«

Aus dem Türrahmen hinter ihr löst sich nun Finn, der unseren Dialog geduldig über sich hat ergehen lassen. Auch er beugt sich zu mir herunter, aber ich wuschle nur einmal ganz kurz über seine Locken, die nach dem Fußballtraining feucht an seinem Kopf anliegen. Einen Kuss vermeide ich besser.

»Süße, du musst einfach dabei sein. Ohne dich macht's voll keinen Spaß!« Seine blauen Augen verdunkeln sich, und er kann es nicht lassen und streichelt meinen Arm. Besser, ich lasse ihn unter der Bettdecke verschwinden.

»Ich hoffe einfach, dass ich bis morgen wieder fit bin.« Mein Lächeln fällt etwas angestrengt aus. »Im schlimmsten Fall müsst ihr ohne mich gehen und hinterher alles berichten.« Wieder schnürt sich meine Kehle zu, aber das liegt diesmal nicht am rebellischen Magen, sondern an den Tränen, die sich ausbreiten wollen. Nicht heulen jetzt! Am liebsten würde ich mich von Finn in die Arme nehmen lassen, aber nicht mal das geht.

Finn schnappt sich die Gitarre, die im Ständer neben meinem Schreibtisch steht, und setzt sich ans Fußende des Bettes. Dann beginnt er »I don't care« zu zupfen und einen winzigen Moment zu spät fängt Lou an mitzusingen. Immer wenn sie den Text nicht weiß – und das ist sehr oft der Fall – macht sie »Nananananana«. Ich fühle mich viel zu matt, um einzustimmen, aber ich weiß ihre Bemühungen sehr zu schätzen.

»Und wie ist dein neuer Mitbewohner?«, fragt Lou, nachdem sie zu Ende gesungen haben. »Hab ihn unten kurz gesehen. Ist ja voll der Schöne.«

Finn zieht eine Grimasse. »Ich gehe mal davon aus, dass dir das noch nicht aufgefallen ist, Charlie.«

»Du Blödmann«, gebe ich zurück. Ich würde mich so gerne an ihn kuscheln, halte mich aber zurück. »Ich weiß noch nicht so genau. Hat noch nicht viel gesagt. Ein bisschen habe ich das Gefühl, wir sind unter seiner Würde. Hier in der Provinz.«

»Also wenn ich in London leben könnte, würde ich auch niemals nach München ziehen wollen«, überlegt Lou. Sie nimmt Finn die Gitarre ab und zupft ein paar Akkorde. Es klingt wie Hintergrundmusik zu unserem Gespräch.

»Der hat wohl irgendwie Probleme mit seiner Mutter gehabt. Oder mit der Schule? Oder beides? Theo wollte da nichts Genaueres rauslassen. Jedenfalls ging jetzt alles ganz schnell und er ist quasi spontan hergekommen. Ich glaube, die haben das erst letzte Woche entschieden.«

»Ja, krass. Und was für ein Glück, dass er noch einen Platz bekommen hat, obwohl das Schuljahr schon zwei Wochen läuft«, überlegt Finn.

»Sag mal, Charlie«, unterbricht Lou. »Ich weiß, schlechtes Timing, aber wir wollten doch morgen vor dem Konzert noch eine neue Folge produzieren. Und über die Instastory sollten wir uns auch Gedanken machen.«

Ich ziehe die Bettdecke über den Kopf und atme langsam tief aus.

»Wir könnten höchstens Krankenpflegetipps für Freundinnen geben.« Ich weiß nicht genau, ob sie überhaupt versteht, was ich sage. Aber Lou hat ein feines Gehör. Beinahe ein absolutes.

»Hatten wir das Thema nicht schon mal?«, wendet sie ein. Ich komme wieder unter der Bettdecke hervor und zucke mit den Schultern. Mist, jetzt schleicht sich schon wieder so ein gemeiner Krampf an. Ich beiße mir auf die Unterlippe.

»Schmerzen?«, fragt Lou.

»Geht so. Und wir müssen endlich bereden, wie wir nun unseren Geburtstag feiern«, fällt mir ein. »Sind ja nur noch ... puh, keine vier Wochen mehr.«

»Bis zu deinem«, erinnert mich Lou. »Bis zu meinem sind es fast noch sechs. Vielleicht können wir ja Emma überreden, dass wir im *Holly Golightly* feiern dürfen.«

»Ich dachte, die will keine größeren Feiern«, antworte ich. »Aber vielleicht macht sie bei uns eine Ausnahme. So viel Kaffee, wie wir da immer trinken ...«

»Ey, die Bergmeier hat heute voll den fiesen Test gemacht«, unterbricht Finn. Er mag es gar nicht, wenn wir über unseren bevorstehenden Geburtstag reden. Schließlich muss er noch zwei Monate warten, bis er endlich siebzehn ist. »Wir mussten Septimen erkennen! Die spinnt doch, wer kann denn so was?«

Ich deute auf Lou. »Sie?«

»Ja, klar, natürlich, okay, und Sebi noch. Aber sonst? Keiner! Ich hab voll abgekackt. Und sie hat's sogar benotet. Ich glaube, die hatte ihre Tage und war scheiße drauf!«

»Fihinnnn!«, intonieren Lou und ich im Gleichklang.

»Is' doch wahr«, sagt er nur und streicht sich mit beiden Händen die kinnlangen Locken nach hinten. Außerdem zieht er einen Flunsch, was bei seinen vollen Lippen sehr putzig aussieht. Dabei will er uns nur seine frauenfeindlichen Sprüche vergessen machen.

»Habt ihr euch eigentlich zufällig an meiner Haustür getroffen?«, fällt mir ein. Lou sagt sehr schnell »Ja« und fährt dann fort: »Wärst du echt nicht böse, wenn wir morgen ohne dich aufs Konzert gehen?«

»Natürlich nicht.« Und das meine ich auch so. »Könnt ihr doch nichts dafür, wenn ich krank bin. Übrigens, falls ich es wirklich nicht schaffe, bekommt Jasper meine Karte. Meine Mutter hat da mal eben Fakten geschaffen und ihm das Ticket zugesagt. Und der Typ war noch nicht mal begeistert. Hat eher so getan, als würde er mir damit einen Gefallen tun.«

»Und wir sollen den dann bestimmt auch noch mitnehmen, oder was?«, fragt Finn. »Und beim Konzert auf ihn aufpassen?« Es tut gut, dass er in meinen Ärger einstimmt.

»Ja, nee, weiß ich nicht. Aber meine Mutter könnte auf die Idee kommen.«

»Das kann ich mir vorstellen«, sagt Lou. Sie kennt meine Mutter fast genauso gut wie ich. Und fast genauso lange. Mum und ich gehören praktisch zur Familie Jablonski dazu. Bis heute bin ich *so* froh, dass sich meine und Lous Mutter im Geburtsvorbereitungskurs kennengelernt haben!

»Ähm, Herrschaften!« Meine Mutter streckt den Kopf zur Tür herein. Mal wieder, ohne zu klopfen. »Wenn Charlie morgen wirklich zum Konzert mitsoll, dann solltet ihr sie jetzt schlafen lassen, ja?«

Meine Besucher nicken pflichtschuldigst. Lou räumt die Gitarre weg und Finn wuschelt mir durchs Haar. Er spitzt den Mund und schickt mir einen Luftkuss, Lou genauso. Ich winke und ziehe die Bettdecke an meine Unterlippe. Kaum ist die Tür hinter ihnen geschlossen, merke ich, dass ganz schnell was rausmuss. Aber nicht via Speiseröhre und Mund. Sondern in der entgegengesetzten Richtung. Ich springe – oder wie immer man diese Bewegung in Zeitlupe nennen möchte – aus dem Bett und spurte zum Bad, reiße die Tür auf und blicke auf einen nackten Kerl, der gerade unter der Dusche hervorkommt. Panisch reißt Jasper das erstbeste Handtuch – meins! – vor sich und murmelt so etwas wie »Autsch«.

»Mann, die Tür kann man abschließen!«, rufe ich und flitze schon weiter, die Treppe hinunter. In letzter Sekunde erreiche ich die Gästetoilette. Immerhin lässt der Krampf in meinen Eingeweiden bald nach.

Ich bleibe länger sitzen als nötig, denn ich möchte bei der Rückkehr in mein Zimmer nicht schon wieder dem nackten Adonis begegnen. Okay, der Anblick war nicht ganz unerfreulich. Aber es ist eben genau, wie ich es meiner Mutter in unzähligen Diskussionen versucht habe klarzumachen. Ich will mein Stockwerk nicht mit einem mir völlig unbekannten, pubertierenden Typen teilen! Das gibt nur Unruhe, Ärger und Chaos.

Nach eineinhalb Jahren habe ich mich endlich daran gewöhnt, dass Theo hier wohnt. Ausgerechnet Theo – der Rektor meiner Grundschule. Und dass er Papas altes Arbeitszimmer in sein Arbeitszimmer umgewandelt hat, dass er bei jedem Sonntagsfrühstück langweilige Politkommentare aus der Zeitung vorliest oder über die neuesten Schikanen schimpft, die sich das Schulamt für Grundschullehrer ausgedacht hat. Und dann soll ich einsehen, wie lebensnotwendig es ist, dass aus Papas altem beziehungsweise Theos neuem Arbeitszimmer ein Raum für Jasper wird. Und meine Bewegungsfreiheit in unserem Haus noch weiter eingeschränkt wird. Und man gibt mir gerade mal eine Woche Zeit, um mich an diesen Gedanken zu gewöhnen, und beschimpft mich auch noch als verwöhntes Einzelkind. Ich könnte kotzen. Oh, nee, halt – das heute hoffentlich nicht mehr!

2

Die Nacht war so grauenvoll, dass ich nichts anderes tun kann, als völlig platt im Bett zu liegen. Meine Beine fühlen sich an, als seien sie zu Streichhölzern mutiert, so kraftlos sind sie. Zu allem Übel sind jetzt auch noch rasende Kopfschmerzen dazugekommen, sobald ich nur einen Finger hebe. Ich fühle mich wie ein Wrack. Und ein Wrack kann auf keinen Fall in ein Konzert gehen. Sogar zum Jammern bin ich zu schlapp und so döse ich vor mich hin, versuche, weitere Krämpfe zu überstehen und einfach nur tief ein- und auszuatmen. Im Hintergrund läuft Musik – von Ed natürlich, aber auch *Jeremias* und *Sir Chloe*.

Immerhin schreibt mir Lou im Viertelstundentakt Nachrichten und hält mich über die mehr oder weniger langweiligen Schulbegebenheiten auf dem Laufenden. Finn hat vorhin ein Kuss-Smiley geschickt, das war es aber auch schon. Er hat nicht mal gefragt, wie es mir geht. Würde ich ihn zur Rede stellen, würde er sagen, die Frage sei überflüssig, weil er ja weiß, wie's mir geht. Jungslogik.

Oh Mist, ich komme schon wieder ins Grübeln. Die letzten Wochen waren nicht so einfach mit uns. Dabei haben wir vor einem Monat unser Einjähriges gefeiert und das hat uns einen tagelang anhaltenden Harmonieflash beschert. Aber dann kam der Abschlussball. Bei der Tanzstundenprüfung hatte ich die volle Punktzahl, Finn bekam zwei abgezogen, wegen Haltungsfehlern. Was ihn wohl tief in seiner Männlichkeit gekränkt hat. Das tut mir echt leid für ihn, aber ich finde, das ist kein Grund, den Abschlussball zu schwänzen und mich dastehen zu lassen wie bestellt und nicht abgeholt. Ich musste den Einzug in die Halle mit irgendeinem mir völlig fremden Typen machen, einem Springer, den die Tanzschule zur Verfügung stellt. Danach habe ich viel zu häufig mit Theo getanzt, und einmal mit Sebi, der mir immerhin witzige Bemerkungen über andere Tänzer ins Ohr geraunt und dennoch perfekt den Takt gehalten hat, während ich vor Lachen aus dem Tritt gekommen bin. Dabei ist er in der Band immer so still. Ganz am Schluss musste ich mir allerdings einen angetrunkenen Volltrottel vom Hals halten, der wohl meinte, ich passe in sein Beuteschema. Ein grandioser Abend. Nicht.

»What?«, hat Finn am nächsten Tag gesagt. »Ich dachte, der Ball wäre heute Abend.«

»Ich hab dir ungefähr 800 WhatsApps geschrieben.«

»Mein Akku war alle.« Ja, ja, von wegen. Kurz darauf hat sich Ugur verplappert – die beiden haben nämlich den ganzen Abend *Cyberpunk 2077* gezockt. Ich habe zwei Tage nicht mit Finn gesprochen. Lou hat dann mal wieder vermittelt und gesagt, ich solle mich nicht so anstellen und kapieren, dass Finn sich geschämt hat, weil er schlechter getanzt hat als ich, obwohl er doch so dermaßen musikalisch ist.

Als wir dann wieder miteinander gesprochen haben, war's ganz merkwürdig. Es hat sich so fragil angefühlt. Als würde unsere Beziehung irgendwo über uns schweben und wir beide hätten Angst, sie auf den Boden zurückzuholen, weil sie dann vielleicht zerplatzen würde. Finn hat sich hinter seinen üblichen Sprüchen und blöden Bemerkungen versteckt und ist jedem ernsten Gespräch geschickt ausgewichen. Hat dafür gesorgt, dass immer irgendwer dabei ist, wenn wir uns sehen. Lou oder Sebi oder beide. Ich bin mir sicher, dass er auch ein zusätzliches Fußballtraining erfunden hat. Schließlich hat er sogar Lernen vorgeschoben und das will echt was heißen bei ihm. Mir war's dann irgendwann auch zu blöd und ich hab das Thema gelassen. Als er das geschnallt hat, ist er dann wieder ganz brav angekommen und hat auf Pärchenzweisamkeit gemacht. Aber seitdem … ich weiß nicht. Ich sehe ihn ständig an und lauere auf seinen nächsten blöden Auftritt.

Und jetzt liege ich hier platt wie eine Flunder und merke, dass mir die Tränen über die Schläfen laufen. Sofort wische ich sie weg. Ich habe so gehofft, dass das Konzert heute Abend der romantische Neustart unserer Beziehung wird. Doch so wie es aussieht, komme ich nicht mal bis zu meinem Kleiderschrank.

»Oh, Mann, das ist so schade!« Lou ist mit dem Schreibtischstuhl in die von meinem Bett am weitesten entfernte Ecke gerollert und guckt so traurig, wie ich mich fühle.

Ich seufze tief. »Bei Eds letztem Deutschlandkonzert waren wir noch zu klein und durften nicht hin – und jetzt das!«

Sie zupft am Saum ihrer durchscheinenden weißen Bluse herum, unter der sie ein schwarzes Top trägt. Ich beschließe, mich würdevoll zu verhalten, obwohl alles in mir schreit, dass dies die größte Ungerechtigkeit der Welt ist.

»Hey, du wirst es mir live streamen, okay?«

Sie nickt, was ich sehr süß finde.

»Nee, wirste nicht. Du musst dich doch ganz auf Ed konzentrieren und das ist auch okay.«

»Echt? Aber ich werde schon mitfilmen und dir was zeigen, versprochen!«

»Außerdem kann mir ja Jasper berichten, wie es war«, sage ich säuerlich. »Er hat sich ja nun tatsächlich dazu herabgelassen, an meiner Stelle hinzugehen. Vielleicht will er bei meiner Mutter damit punkten. Die immerhin versprochen hat, mir das Geld fürs Ticket zu geben.«

Lou scheint die fette Wutwolke über meinem Kopf zu sehen. Jedenfalls legt sie ihren schief und presst die Lippen aufeinander. »Ach, menno.«

Ich sehne mich danach, sie in den Arm zu nehmen, lasse es jedoch lieber. »Okay«, sage ich deshalb. »Lass uns loslegen. Meine Innereien sind gerade ziemlich friedlich – was sagst du zu meinem Instastoryentwurf?«

Sie scrollt über ihr Handy und ruft meinen Vorschlag auf. »Cool. Hab nichts zu meckern. Die Comicträne könnte noch ein bisschen größer sein, damit man sieht, dass sie unecht ist.«

Ich setze das auf meinem Smartphone um. Stimmt, wirkt viel besser. Vor mir sehe ich jetzt ein Doppelbild – auf der linken Hälfte ich mit blassem Gesicht und im Schlaf-T-Shirt, mit kunstvoll zerrauften Haaren und eben jener Comicträne auf der Wange, auf der rechten Hälfte eine breit grinsende Lou, die die Konzertkarte anhimmelt. Dazu haben wir einen Abstimmungsschieber gepackt, auf dem man entscheiden kann: *Lieber krank im Bett* oder *Lieber gesund aufs Konzert.* Die Frage ist natürlich rein rhetorisch, aber wir glauben, sie fordert unsere Follower zu netten Kommentaren bezüglich meines Zustands auf.

»Ich hoffe, mein Versprechen *Alles zum Konzert gleich im Anschluss in unseren Storys* kann ich auch wirklich umsetzen«, sagt Lou.

»Ach klar, du hast doch immer die besten Einfälle, da mache ich mir keine Sorgen. Sollen wir jetzt echt noch den Podcast aufnehmen?«

»Jetzt ist es halb drei – ich habe noch ’ne gute Stunde Zeit. Aber entscheide du. Fühlst du dich fit genug?«

»Wir können ja mal anfangen.«

Ich schaffe es, den Laptop, der neben meinem Bett auf dem Parkett liegt, hochzuangeln und die Aufnahme-App zu starten. Hinter mir im Regal greife ich nach dem USB-Mikrofon und stecke es an. Lou wird sich heute über ihr Smartphone recorden – normalerweise sitzen wir dicht nebeneinander an zwei Mikros, wenn wir unsere Podcasts aufnehmen. Aber es wird auch so gehen. Per Messenger haben wir uns am Morgen schon auf das Thema geeinigt. Ich lege mit dem Intro los.

»Hey, beste Freundinnen und Freunde, willkommen zu einer neuen Folge unseres Podcasts, heute mit dem Thema ›Wie ihr es hinbekommt, euch gegenseitig was zu gönnen‹. Wir sind …«

»Lou.«

»Und Charlie. Beste Freundinnen von Geburt an.«

»Und das ist unser Kanal. Viel Spaß mit den *Po-Casterinnen.*«

»Mönsch, Charlie, dir geht es heute so richtig scheiße, im Wortsinne muss man sagen – Magen-Darm und dann auch noch Kopfweh. Wie fühlst du dich gerade?«, startet Lou.

»Ganz okay – und nur deshalb schaffe ich es auch, jetzt mit dir zu reden. Mal sehen, wie lang es gut geht.«

»Kein Stress. Ja, wir haben heute ein Thema, das sicher allen von euch schon mal über den Weg gelaufen ist – und das hat mit einer ganz speziellen Situation zu tun. Charlie, willst du's erklären?«

»Klar. Also, wie ihr alle wisst, freuen wir uns seit Monaten, dass wir heute Abend zusammen auf das Ed-Sheeran-Konzert in der Olympiahalle gehen. Und jetzt wird das bei mir nichts, weil ich verdammt …!!« Ich lasse einen kleinen Schreier los. »… krank geworden bin. Das ist so eine verf… Sch… Na ja, ihr wisst schon.«

»Aber – als gute Freundin gönnt mir Charlie den Konzertbesuch trotzdem. Oder? Schon?« Lou sieht tatsächlich einen Moment lang so aus, als zweifle sie an meiner Großzügigkeit.

»Na klar, von ganzem Herzen! Und zwar nicht nur, weil du meine beste Freundin bist, sondern weil ich finde, das gehört sich einfach. Und es macht nichts besser, wenn ich es dir nicht gönne.«

»Stimmt. Wenn du mir das Konzert nicht gönnst, gehe ich trotzdem hin, habe Spaß und du liegst daheim und bist nicht nur krank und unglücklich, sondern auch noch missgünstig. Und das verstärkt das schlechte Gefühl doch gleich mega.«

»Ich finde ja, Neid ist erlaubt, wenn man ihn für sich behält. So ein kleines bisschen ist ja total menschlich. Aber wenn ich jetzt anfangen würde, dich mies zu behandeln, nur weil ich neidisch bin – nee, das ginge gar nicht. Du kannst ja nichts dafür, dass du zum Konzert gehst und ich nicht. Aber sag mal, Lou, warst du schon mal auf mich neidisch?«

Es dauert einen Moment, bis sie antwortet. Sie tippt mit dem Zeigefinger an ihre Lippen, dann fährt sie fort: »Ach, bestimmt. Zum Beispiel, als du zum achten Geburtstag den Playmo-Zoo bekommen hast – den ganzen, riesigen Zoo. Und ich musste mir mit meinem kleinen Bruder den blöden Streichelzoo teilen.«

»Und ich glaube, komm, gib's zu … du hast damals einen Pinguin und ein Löwenbaby geklaut, oder?«

»Ähhhhm, ja, okay. Hab ich. Aber ich habe nie damit gespielt, weil's mir so peinlich war. Ich habe die irgendwo versteckt und hatte jedes Mal Angst, wenn du bei mir warst, du würdest die finden.«

»Gut, dass wir mittlerweile darüber hinaus sind. Ich glaube, Neid ist etwas, bei dem wir unsere eigenen schlechten Gefühle auf jemand anderen projizieren und ihm damit die Schuld geben. Am I right?«

»Glaub auch. Dabei geht's uns langfristig besser, wenn wir die schlechten Gefühle zulassen, sie uns anschauen und dann verarbeiten. Meinst du, du schaffst das heute Abend?«

»Klaro. Also, ich hoffe es. Weil, ich meine, na ja, könntest nicht *du* krank sein und ich gesund? Spaaaaß.«

»Ey, Charlie, Neid steht dir gar nicht!«

»Nee, wirklich, ich bin total cool …«

»Ha, ha, ausgerechnet du, wer's glaubt …«

»Sorry, ich wollte nur mal fragen …«

»Raus!«, brülle ich und drücke die Stopptaste der Aufnahme. Meine Zimmertür fällt laut ins Schloss.

»Ey, Jasper hat voll den Flow unterbrochen.« Ich lasse mich stöhnend in mein Kissen sinken. »Wo waren wir jetzt?«

»Sei nicht so grantig. Wir können doch gleich weitermachen.« Lou springt auf und öffnet die Tür, die Jasper gerade vor lauter Schreck zugeknallt hat. »Jasper?«, ruft sie in den Flur, und er kommt in mein Zimmer zurückgedackelt.

»Sorry«, sagt er und kratzt sich am Hinterkopf. »Wollte nicht stören.«

»Sorry gleichfalls«, sage ich. »Aber wir waren mitten in der Aufnahme für unsere Podcastfolge.«

»Vielleicht … ähm«, er deutet auf die Tür, »machst du ein Schild draußen dran. *Nicht stören* oder so?«

»Na ja, ich bin ja …« Immer allein, will ich sagen, aber das stimmt nun nicht mehr. »Okay, ich versuche, daran zu denken. Was gab's denn?«

»Zum einen wollte ich sehen, wie's dir geht. Brauchst du vielleicht eine Kanne Tee?«

Lou und ich sehen ihn beide mit offenem Mund an.

»Fenchel-Kamille wäre super, danke!«, sage ich schließlich.

Er deutet eine Verbeugung an. Ganz Gentleman!

»Kommt gleich. Und dann, weil ich mitbekommen habe, dass du hier bist – Lou, richtig?«

Meine Freundin nickt.

»Würdet ihr mich heute Abend mitnehmen? Also, ich will mich euch nicht aufdrängen … Nur, damit ich weiß, wie ich zur Olympiahalle komme und so …«

»Meine Ma fährt uns hin«, erklärt Lou. »Wir können dich gerne mitnehmen, klar, kein Problem. Sei einfach um fünf bei uns.«

»Um fünf?«, fragt er verblüfft nach. »Ich dachte, es geht erst um acht los.«

»Ja, klar, aber wir wollen schon gute Plätze. Möglichst weit vorne.«

Er hebt das Kinn, nickt. »Gut, dann um fünf. Charles kann mir sicher sagen, wie ich zu dir komme.«

»Charles? Bin ich dein Butler, oder was?«

»Hab ich Charles gesagt?«, fragt er zurück. Sein Ausdruck wirkt aufrichtig verwundert.

»Ja.«

»Sorry, Charlie. Natürlich. Charlie. Wie komme ich auf Charles?« Kopfschüttelnd verlässt er den Raum, nicht ohne in der Tür kurz zu stoppen. »Der Tee kommt gleich.«

Obwohl mich gerade wieder ein Magenkrampf durchzuckt, muss ich lauthals loslachen. Ich weiß gar nicht genau, warum. Jasper wirkt mit einem Mal … putzig. Ob er ein schlechtes Gewissen hat, weil er so großspurig war?

»Das mit dem Tee ist aber wirklich nett«, bemerkt Lou. »Ich finde den ganz süß.«

»Du musst dich ja auch nicht mit ihm arrangieren«, sage ich und erzähle ihr ausführlich von dem Badezimmerduschdebakel am Vorabend.

»Aber Jasper sieht doch bestimmt richtig, richtig sexy aus, oder? Inklusive Sixpack …«

»Hier kommt der Tee, die Dame.«

»Bitte, klopf doch!«, flehe ich ihn an, bevor ich mich bei ihm bedanke. Lou hat einen knallroten Kopf, presst die Hand vor die Lippen und sieht aus, als platze sie gleich.

»Okay, du Schild – ich anklopfen«, fasst er unsere Übereinkunft zusammen. Mit einem irritierten Seitenblick betrachtet er Lou. Dann balanciert er zu meiner Nachttischkiste ein Tablett. Darauf steht die hässlichste Tasse, die sich in unserem Geschirrschrank findet, daneben die alte, bauchige Glasteekanne, die Mum nur für ihren Earl-Grey-Tee benutzt.

»Danke«, sage ich noch mal und er zieht sich zurück. Kaum ist die Tür geschlossen, kichert Lou los. Sie klingt immer wie ein quietschendes Ferkel und dann muss ich gleich noch mehr lachen. Wenigstens hat Jaspers Auftritt dafür gesorgt, dass ich seine Herablassung und meine Enttäuschung, nicht zum Konzert zu gehen, kurzzeitig vergessen habe.

Lou blickt auf die Uhr und steht auf. »Oh, so spät schon. Ich muss noch duschen, Haare waschen und …«

»Brrrrr«, mache ich laut und presse mir die Hände an die Ohren. »Ich will's gar nicht so genau wissen. Geh einfach, genieß es und berichte mir hinterher von jedem Detail, okay?«

»Sollen wir die Podcastfolge morgen neu machen?«, fragt sie.

»Ich höre sie mir noch mal an. Vielleicht kann ich einfach noch 'ne kurze Abmoderation machen und dann ist es halt mal eine etwas kürzere Episode. Wir haben doch gemerkt, dass die kurzen Sachen oft besser laufen.«

»Stimmt. Und die Story postest du gleich, oder?«

»Hab ich eh schon.«

Sie hält mir einen ausgestreckten Daumen entgegen, dann werfen wir uns Luftküsschen quer durch den Raum zu und sie verschwindet.

Ich gönne ihr einen schönen Abend, von ganzem Herzen. Aber gleichzeitig würde ich sonst was geben, um an ihrer Stelle zu sein.

16. September, 01.37 Uhr

Verdammter Bullshit! Oh Gott, wie ich mich hasse! Wie kann denn so was passieren? Ich werde nie, nie, nie, nie, nie, nie wieder in die Schule gehen. Ich bleibe einfach die nächsten fünf Jahre zu Hause. In meinem Zimmer. Und ich lasse keinen Besuch rein. Ich könnte heulen – stopp, das tue ich bereits.

Dabei war der Abend so genial.

So unglaublich, wahnsinnig, unfassbar genial. Das beste Konzert, das ich je gesehen habe.

Immer wenn man glaubt, Ed Sheeran könnte nicht noch besser werden, dann wird er es. Und die Stimmung war gigantisch. Irgendwie friedvoll, aber vibrierend von Energie, ich glaub, jeder hat mitgesungen.

Okay, einmal habe ich Jasper im Gewimmel, drei, vier Meter von uns weg, gesehen und er hat nicht mal bei »Sing« mitgesungen. Dafür haben Finn und ich umso lauter gesungen.

Und dann kam »Perfect« … ziemlich am Ende schon. Verdammter Bullshit! Sagte ich das schon? Was soll ich denn jetzt tun? Mich erschießen vielleicht? Wie kann ich nur so eine Bitch sein?

3

Louisa Jablonski, texte ich am Freitagmorgen um kurz nach zehn. *Wo bleibt die Instastory? Wo die versprochenen Konzertmitschnitte?*

Ich weiß, sie hat Unterricht, Chemie zumal, was sie hasst. Aber ich war davon ausgegangen, sie würde mich umgehend mit Futter versorgen.

Als Jasper gestern Abend vom Konzert heimkam, habe ich bereits geschlafen und heute Morgen war er schon in die Schule aufgebrochen. Ich google nach Kritiken zum Konzert, finde aber wenig. Die Bezahlartikel kann ich nicht aufrufen, die frei zugänglichen kommen sicher erst im Laufe des Nachmittags. Auf Instagram entdecke ich immerhin zahlreiche Fotos, ebenso auf TikTok. Alle sind total begeistert, und obwohl mein Bauch den Vormittag über endlich mal recht ruhig geblieben ist und mir auch nicht mehr ganz so übel ist, spüre ich jetzt ein Ziehen.

Was ist da los bei Lou?

Ich öffne meine Spotify-Playliste und das ganze Zimmer wird von Eds Stimme geflutet. Gut, dass keiner daheim ist. Mum ist in ihrer Physiopraxis, Theo in seiner Grundschule und Jasper in meinem Gymi. Hoffentlich findet er schnell neue Leute, dann muss ich nicht die Betreuerin spielen. Da habe ich gar keinen Kopf für.

Wish I could have been there instead of lying ill in my bed!, kommentiere ich Eds Konzertfoto, das er auf Insta in seinem Kanal gepostet hat. Er – oder wer auch immer das für ihn tut – schreibt, dass München ein *magic place to be* sei und er bestimmt wiederkomme. Na hoffentlich! Immerhin gibt es einen Drei-Minuten-Ausschnitt vom Konzert und schon dabei schmelze ich dahin.

Mein Handy piept und ich sehe eine neue Nachricht von Finn. Der sich seit dem Konzert auch noch nicht gemeldet hat. Lebe ich plötzlich in einer anderen Umlaufbahn?

Hi, Charlie, 🙂 *soll dir von Lou sagen, ihr Handy ist alle und sie hat es daheim vergessen. Gestern Abend war's für irgendwelche Posts much too late.*

Das war's. Kein Wörtchen, wie das Konzert war, keine Frage, wie's mir geht, kein Hinweis, wann wir uns sehen. So ein Depp! Nach einem Jahr bin ich ja gewöhnt daran, dass er immer nur die kürzestmögliche Antwort gibt, wenn ich ihm schreibe, aber ich meine … ich drehe die Musik noch ein wenig lauter … was soll das? Er weiß doch, wie unglücklich ich war, nicht ins Konzert gehen zu können.

Ohne lange nachzudenken, schieße ich ein Foto von meiner Nachttischkiste, auf der wieder eine Teetasse steht – heute meine Lieblingstasse mit einem Foto von mir und Lou drauf, als wir noch Kindergartenkinder waren und uns alle für Schwestern hielten – sowie ein Tellerchen mit Zwieback. Mit dem Foto bastle ich einen Instapost und bitte um Hilfe: *Wer erzählt mir, wie's beim Konzert war?* Ich bin nicht ganz sicher, wie Lou das findet, aber das ist mir jetzt auch egal. Vermutlich wird sie meckern, ich sei einfach zu ungeduldig. Dabei möchte ich wenigstens ein paar persönliche Eindrücke bekommen. Ist doch verständlich, oder?

Unsere Story von gestern ist ziemlich mega angekommen, stelle ich fest. Am Abend hatten wir schon um die zweihundert Kommentare und ganz ehrlich – der Zuspruch hat mir gutgetan. Ein paar haben sogar geschrieben, ihnen gehe es genauso wie mir. Sie liegen auch krank im Bett, statt auf dem Konzert zu sein. Das ist echt tröstlich! Und klar – unser Abstimmungsregler stand mit 97 Prozent auf der *Gesund ins Konzert*-Seite.

Ich wechsle zu Apple Podcast und schaue, wie es um unseren neuen Beitrag steht. Und siehe da – es gibt ebenfalls schon Kommentare im dreistelligen Bereich. Schon mal ein gutes Zeichen. Auch auf YouTube, wo wir die Podcasts ebenfalls hochladen, tut sich so einiges. Viele Likes, wenige Dislikes. Und der Tenor der meisten Kommis: »Klar, sich gegenseitig etwas zu gönnen, ist total wichtig.«

Am Ende des Podcasts habe ich gestern noch eine Frage eingebaut: *Gibt es Sachen, die ihr nicht mal eurer besten Freundin gönnt?* Auch diese Antworten waren erwartbar: *meinen Freund, meine Omi, 'n Sechser im Lotto.* Großzügig gegönnt wird dagegen *letztes Stück von meinem Lieblingskuchen* oder *die bessere Note.*

Früher war ich öfter auf Lou neidisch, das muss ich schon zugeben. Am häufigsten natürlich darauf, dass sie mit Mama *und* Papa aufwachsen darf. Sogar auf Lukas, ihren kleinen Bruder, war ich neidisch, obwohl er uns so oft genervt hat und es sich meist so angefühlt hat, als sei er auch mein kleiner Bruder.

Als wir etwa acht waren, haben wir eine Zeit lang nur noch Vater, Mutter, Kind gespielt. Lukas war damals ungefähr vier. Immer war ich der Papa, und wenn ich dann mit

Lukas Fußball gespielt habe und ihn ein Tor habe schießen lassen, dann hat er sich auf mich gestürzt. Wir haben auf dem Rasen gelegen, er hat mich fest umarmt, mir beinahe die Luft zum Atmen genommen, und ich habe mich gefragt, ob sich Pa auch so gefühlt hat, wenn ich mit ihm rumgetobt habe. So warm von innen. So wie wenn dies genau der Platz ist, an den man gerade gehört. Manchmal musste ich dann weinen, und Lukas hat mir seine mit Gras und Erde verschmierten Fingerchen ins Gesicht gestreckt und den tränenfeuchten Dreck dann großflächig verteilt. Meistens musste ich dann so sehr lachen, dass ich Pa schnell wieder vergessen habe. Na ja, vergessen habe ich ihn nie. Aber dann war's halt wieder okay.

Inzwischen gönne ich Lou alles, wirklich alles. Vor allem würde ich ihr wünschen, dass sie endlich mal einen gescheiten Typ abkriegt. Sie ist so wunderhübsch mit ihren grünblauen Augen zu den roten Haaren, der Stupsnase, den vollen Lippen und der zierlichen Figur. Gar nicht zu reden davon, dass sie klug, voller Herzensgüte und die am besten organisierte Person ist, die ich kenne. Ich kann nicht verstehen, dass die Jungs bei ihr nicht Schlange stehen. Aber vielleicht liegt es daran, dass sie immer so wahnsinnig zurückhaltend ist. Ich glaube, sie ist froh, dass ich mindestens einen Kopf größer bin als sie und sie sich, wenn ihr etwas unangenehm wird, hinter mir verstecken kann. Nur mit Finn kann sie unbefangen reden, aber den kennt sie einfach wahnsinnig gut.

Ich glaube, sie hat immer noch nicht verstanden, was sie für eine Ausstrahlung hat. Wenn ich versuche, ihr das klarzumachen, dann winkt sie ab und sagt: »Ach, das meinst du nur, weil du meine beste Freundin bist.« Dabei bin ich garantiert nicht betriebsblind.

Vielleicht kann ich sie ja mit Jasper verkuppeln? Den fand sie doch offensichtlich süß. Wobei – dann würde der ja ständig mit uns abhängen. Ich muss sie unbedingt fragen, ob er beim Konzert auch so genervt hat wie davor mit seinem Getue wegen dem Ticket. Bestimmt hat er abfällige Bemerkungen über Ed gemacht.

Das Konzert!

Ich schiele auf die Uhr. Halb zwei gleich. Wenn ich Glück habe, ist Lou schon daheim und ich erwische sie am Festnetztelefon. Nach ungefähr zehn Mal Tuten nimmt endlich Adam ab.

»Cześć«, begrüße ich ihn mit dem einzigen polnischen Wort, das ich beherrsche, ohne dass sich die Familie Jablonski halb totlacht. »Ist Lou schon daheim?«

»Hallo, Charlie. Ja, ich glaube, mein Töchterchen habe ich irgendwo gesehen«, sagt er mit diesem weichen Akzent, der einem wohltuend im Ohr kitzelt. »Lulu!«, höre ich ihn brüllen und ich spüre förmlich, wie Lou die Nase rümpft. Sie hasst es, wenn ihr Vater ihren Kleinkindnamen durch die Gegend schreit. Es raschelt ein wenig und dann habe ich meine Freundin an der Strippe.

»Sorry«, sagt sie sofort und ihre Stimme klingt irgendwie belegt. »Hab mein Handy vergessen und auch, es aufzuladen. Tut mir leid.« Sie wirkt wirklich sehr geknickt und ich will sie dafür nicht auch noch zusätzlich anmeckern.

»Kann passieren«, sage ich nur. »Wie war es denn? Komm, du musst mir alles erzählen! Und schick mir deine Aufnahmen, bitte!«

»Ja, klar, sind allerdings etwas dunkel geworden. Ich glaub, Jasper hat auch Fotos gemacht. Vielleicht sind die besser.«

»Ist nicht schlimm. Aber sonst?«

Louisa hustet laut. Wird sie auch krank?

»Ja, toll.«

Ich warte eine Sekunde, aber es kommt nichts weiter.

»Uuuuuund???«

»Großartig. Gigantisch. Ein Ereignis.«

»Mann, Lou – das ist doch kein Konzertbericht. Du hast schon in der ersten Klasse besser erzählt.«

Ich höre, dass sie sich schwertut, ein Stöhnen zu unterdrücken. Nerve ich sie etwa?

»Sorry, ich bin nur ... keine Ahnung. Es war spät gestern, ich bin schrecklich müde und irgendwie ... Ich hab halt ein schlechtes Gewissen, wenn ich dir jetzt total vorschwärme und du traurig wirst, was du alles verpasst hast.«

»Hey, wenn ich es nicht wissen wollte, würde ich dich doch nicht fragen, oder? Ich bin ein großes Mädchen, ich verkrafte das.«

»Ja, schon. Das weiß ich. Ich glaub auch, ich krieg 'ne Erkältung. Hab so ein Kratzen im Hals.«

»Na gut.« Was soll ich auch sonst sagen. »Dann ruhe dich jetzt mal aus und wir sprechen später, ja? Sehen wir uns am Wochenende?«

»Was macht dein Bauch? Langsam besser?«

»Ich hoffe. Den Vormittag über war alles recht ruhig. Und ich konnte zwei Zwieback essen, ohne sie auf unnatürliche Art wieder von mir zu geben.«

»Ich melde mich bei dir, ja? Weiß gar nicht, ob meine Eltern fürs Wochenende was geplant haben. Irgendeine gemeinschaftliche Familienaktion.«

Als ob uns die jemals davon abgehalten hätten, uns zu sehen. In den allermeisten Fällen schlossen gemeinschaftliche Familienaktionen Mum und mich sowieso ein.

»Grüß Magda und Lukas von mir«, bitte ich sie. »Und wir müssten mal sehen, was wir für Insta machen können zum Konzert. Am Montag hat das keinen Sinn mehr. Ich hab auch überlegt, ob wir nicht für TikTok noch mal so ein Eddie-Lip-Sync machen. Das kam beim letzten Mal doch mega an. Und für den Podcast hätte ich auch eine …«

»Ja, können wir alles machen«, unterbricht mich Lou. »Ich melde mich.« Mit einem ungewöhnlich kurzen »Ciao« beendet sie dieses merkwürdige Gespräch. Normalerweise fällt uns beiden mindestens noch fünf Mal was ein, was wir unbedingt besprechen müssen. Eigentlich könnten wir ein Gespräch mit der Verabschiedung beginnen, weil wir uns sowieso nie trennen können.

Betreten starre ich auf mein Telefon. Was ist mit Lou los?

Am Nachmittag schaffe ich es tatsächlich, mich auf der Sitzlandschaft im Wohnzimmer zu fläzen und auf dem riesigen Flat-TV (ebenfalls ein Einrichtungsgegenstand, den Theo mitgebracht hat) ein paar Folgen der neuen Staffel von *Ginny und Georgia,* meiner aktuellen Lieblingsserie, anzuschauen. Zur Sicherheit steht noch immer mein derzeit treuester Begleiter neben mir, der Eimer, aber ich glaube, er will nur mit-bingen und sich nicht meiner Körperflüssigkeiten annehmen. Weil ich endlich mal wieder so etwas wie Hunger habe, knabbere ich an einem nackten

Toastbrot. Der Tee ist mittlerweile kalt geworden und offen gestanden habe ich auch keinen Bock mehr auf dieses fade Zeug.

Mum und Theo sind bei ihrem Freitagnachmittagseinkauf und Jasper hat sich noch nicht blicken lassen. Bestimmt ist er bei neuen Freunden, mit denen er ab sofort jede freie Minute verbringt.

Wie aufs Stichwort öffnet sich die Haustür, im Flur rumort es und kurz darauf steht Jasper im Wohnzimmer. Er lehnt sich an die hüfthohe Mauer, neben der zwei Stufen vom Essbereich zum Sofaparadies führen, und sieht mich leicht verunsichert an. Mir wird klar, dass ich nur ein ausgeleiertes Spaghetti-Top zur Schlafanzughose trage, und ziehe mir die Kuscheldecke bis unters Kinn.

Er lächelt schief. »Hab 'ne große Schwester. Bin Frauen in Unterwäsche gewöhnt.«

»Ich aber keine glotzenden Typen.«

»Geht's dir besser?« Er geht zögerlich die beiden Stufen hinunter und setzt sich auf die obere.

Ich zucke mit den Schultern. »Glaub schon. Wie war der erste Schultag?«

»Okay.« Er presst die Lippen aufeinander und nickt, als bemühe er sich, selbst an seine Aussage zu glauben.

»In welcher Klasse bist du gelandet?«

»In deiner.«

Ups. Wieso hat Lou vorhin nichts davon erzählt?

»So schlimm?«, fragt er. »Ich werde dir nicht auf den Keks gehen, versprochen.«

Ich muss unbedingt meine Mimik besser unter Kontrolle bekommen. Finn behauptet immer, ich sei wie ein offenes

Buch. Allerdings sagt er das nur, wenn ich unfreundlich schaue – so wie jetzt wohl.

»Nein, Quatsch, alles gut. Ist doch prima.« Hm, klingt ja überaus glaubhaft. »Unsere Klasse ist ganz okay. Hättest ein schlechteres Los ziehen können.«

Er stimmt mir zu. Jetzt könnte er doch mal aufstehen und sich verdünnisieren. Aber offensichtlich ist er in Plauderlaune.

»War noch in der Innenstadt, hab Bücher und Hefte besorgt und Ausschau nach einem Job gehalten«, erklärt er.

»Die so in Schaufenstern angeboten werden?«

»Genau. Regale einräumen, im Café aushelfen. So was.«

»Wofür brauchst du einen Job?« Blöde Frage. Jetzt hält er mich bestimmt für so eine Prinzessin, die jeden Wunsch erfüllt bekommt und für die Arbeit ein Fremdwort ist. Vielleicht spart er ja fürs Rückflugticket?

»Will mir neues Equipment anschaffen. Ein anständiges Keyboard oder so.«

Stimmt, Theo hatte ihn ja als Pianogenie gepriesen. Sollte mir eigentlich klar sein, dass jemand, der auf ein musisches Gymnasium wie unseres geht, auch Musik macht.

»Und fündig geworden?«

»In der Stadt nicht. Aber auf dem Heimweg von der U-Bahn bin ich an einem kleinen Café vorbeigekommen. Die haben eine Aushilfe gesucht.«

Oh no! Bestimmt war es das *Holly Golightly,* keine zwei Minuten von der Schule weg. Wenn wir uns in Zukunft da treffen, wird er uns dann etwa ständig bedienen?

»Das *Holly Golightly?«,* frage ich vorsichtig. Und prompt nickt er.

»Netter Laden. Könnte glatt in Lambeth sein.«

»Wo?«, entfährt es mir und ich könnte mir die Zungenspitze abbeißen. Bestimmt ist das die derzeit angesagteste Ecke Londons.

»Der Stadtteil, in dem meine Mum lebt. In London. Zieht sich etwa vom London Eye aus nach Süden, falls dir das was sagt.«

»Hab's verstanden.« Ich würde niemals zugeben, dass ich gerade mal weiß, dass das London Eye ein Riesenrad ist, so wie das *Umaduma* im Werksviertel bei uns. »Und hast du den Job gekriegt?«

»Ja, zehn Stunden, die ich mir ziemlich frei einteilen kann. Passt super.«

»Cool«, sage ich. Und jetzt steh bitte auf und lass mich in Ruhe weiterschauen.

»Was schaust du?«

»Ginny und Georgia.«

»Witzige Serie. Mochte ich sehr. Ist das die neue Staffel?«

Ich nicke.

»Hab gehört, du bist auch in der Schulband.«

Auch? Wieso auch? *Auch* wie Lou und Finn und Sebi, die er alle schon kennengelernt hat? Oder *auch* wie er selbst?

»Die Bergmeier hat mich gefragt, ob ich einsteigen möchte. Als Keyboarder. Musste bei der Anmeldung angeben, welche Instrumente ich spiele und was meine favorisierten Musikrichtungen sind. Ich hab Pop und Singer-Songwriting angegeben, deswegen ist sie wohl auf die Idee gekommen.«

»Ich dachte, du willst da auf keinen Fall mitmachen.«

»Dachte ich auch.« Er starrt kurz zur Decke hinauf. »Aber

immerhin habe ich die Bandleute ja schon kennengelernt. Und ich glaube, ihr seid … ganz okay.«

»Aha.« Wie gnädig von ihm. Ich kann nicht genau sagen, warum ich so abwehrend reagiere. Also innerlich. Von außen sieht er mir hoffentlich nichts mehr an. Aber ich habe das Gefühl, Jasper besetzt wie so ein Eroberer alle Plätze, die bisher mir gehörten. Und was weiß denn ich, ob er dann nicht ständig seinem Vater erzählt, was ich so alles treibe. Da fühle ich mich voll unter Beobachtung.

»Hey, du scheinst ja megabegeistert zu sein.« Wieder legt er den Kopf schief. Komische Marotte. Als wolle er sich vorsichtshalber wegducken.

»Sorry, ist gerade 'n bisschen viel alles. Und mein Bauch ist immer noch nicht so ganz … na ja, egal. Nee, finde ich super. Ein guter Keyboarder fehlt uns schon lange.«

Und dann löchert er mich tatsächlich. Was für ein Repertoire wir haben (von Queen über Nirvana bis – natürlich – Ed Sheeran und Adèle und Billie Eilish sowie ein paar wenige eigene Songs), wer was spielt (Sebi Schlagzeug, Lou Bass, Finn E-Gitarre, ich meist nur Gesang), wann wir wie lange proben, wo wir auftreten, wie häufig und wie die Band eigentlich heißt.

»*Who Am I*«, antworte ich und er sieht mich verständnislos an. »Die Band heißt *Who Am I*.«

Dieses Mal ist es sein »cool«, das nicht ganz aufrichtig klingt. Ein guter Zeitpunkt, um vom Thema abzulenken.

»Wie fandest du das Konzert?«, frage ich.

»Ach so, Ed Sheeran meinst du?«

Nein, ich meine das Queen-Konzert in der Wembley-Arena 1986. Ich beiße mir auf die Zungenspitze und nicke.

»Ich hab ihn vor zwei Jahren schon mal in London gesehen, da war alles irgendwie 'ne Nummer größer. Das gestern hatte fast schon was Intimes.«

In der Olympiahalle? Intim? Dann wird ihm die Bühne in unserer Aula vorkommen wie ein Schuhkarton. Für Babyschuhe.

»Okay.« Er grinst und ich bemerke zum ersten Mal, dass sich dabei zwei Grübchen rechts und links seiner Mundwinkel bilden. »Ich muss zugeben, dass ich meinen ganz großen Ed-Sheeran-Fanjahren entwachsen bin. Aber ehe die Karte verfallen wäre …«

Oh, er ist dem Fandom *entwachsen* – das heißt, nur kindliche Seelen wie ich schwärmen noch für Ed. Warum habe ich die Karten nicht an einen echten Fan weitergeben können!, ärgere ich mich gleich noch einmal. Wir hätten sogar … Mist, dass mir die Idee erst jetzt kommt! Wir hätten sie über unseren Insta-Account verlosen können. Das hätte unsere Popularität vermutlich in astronomische Höhen befördert. Stattdessen: lauwarme Höflichkeit eines *ehemaligen* Fans.

»Dann hast du bestimmt auch keine Fotos gemacht, oder?«, frage ich spitz.

»Ziemlich viele sogar.« Mein gereizter Tonfall bringt sein Trommelfell vermutlich nicht mal zum Vibrieren. »Ich habe meiner Mum versprochen, dass ich ihr …«

»Kann ich die sehen?«, unterbreche ich ihn ungeduldig.

»Klar, ich schick dir 'nen Link auf mein Google-Drive-Album, dann kannst du sie dir anschauen. Jetzt muss ich mir nur schnell was zu essen machen.«

Wir tauschen kurz unsere Kontaktdaten aus und ich gebe ihm auch meine E-Mail-Adresse. Er dreht sich etwas unsicher nach rechts und links und deutet dann mit dem Zeigefinger Richtung Küche. »Da lang«, sagt er wie zur Selbstbestätigung. Er verlässt das Zimmer, ist aber nach zwei Schritten wieder zurück. »Äh, irgendwas im Kühlschrank, was ich nicht nehmen darf?« Mein Duschhandtuch, hätte ich am liebsten gesagt, schüttle aber den Kopf.

»Tabufreie Zone«, gebe ich gnädig zurück.

Er reckt mir einen Daumen entgegen und geht. Wehe, er kommt gleich mit seinem Käsebrot oder was auch immer an und will mit mir Serie schauen. Vorsichtshalber raffe ich meinen Kram zusammen und verziehe mich in mein Zimmer. Kaum dort angekommen, fällt mir natürlich doch etwas im Kühlschrank ein, was Mum für mich ganz allein einkauft. Der Fünfhundert-Gramm-Becher Schokopudding! Den ich wegen meines Magens garantiert erst in ein paar Tagen essen kann. Ich öffne die Zimmertür und will hinunterrufen, aber da kommt Jasper schon die Treppe hinauf.

»Lecker, der Pudding.« Seine Augen leuchten. An seinem Mundwinkel glänzt es dunkelbraun. »So guten Stuff gibt es in England nicht. Jetzt weiß ich, was ich vermisst habe.«

18. September, 18.45 Uhr

Morgen ist sie bestimmt wieder in der Schule. Scheiße, ich werde ihr nicht in die Augen schauen können. Daheim bleiben nutzt aber auch nichts. Zum einen schreiben wir die erste Mathearbeit, zum anderen zögere ich damit ja nur alles heraus. Dabei ist es unausweichlich – ich werde sie irgendwann wiedersehen.

Morgen.

Ich hab noch zusätzlich ein schlechtes Gewissen, weil ich sie schon das ganze Wochenende hingehalten und behauptet habe, ich sei erkältet und wolle ihr geschwächtes Immunsystem nicht zusätzlich belasten. Hoffentlich hat sie das geglaubt.

Und wenn ich nicht an sie denke und mich schäme, dann höre ich »Perfect«. In Dauerschleife. Ich weiß, das ist Scheiß-Selbstgeißelung und macht alles nur schlimmer. Aber ich kann nicht anders. Wie lange hab ich … Egal, das ist keine Ausrede.

Gott, und ich hab den Eindruck, mein Handydisplay hat schon Dellen, weil ich so oft drüberstreiche und nachschaue, ob er sich gemeldet hat. Was er nicht hat. Seit Freitagnachmittag nicht mehr – und jetzt ist Sonntagabend. Ob er es bereut? Ob es ihm peinlich ist? Ob er mich hasst? Sich? Sie? Uns alle? Moment, es hat an der Tür geklingelt …

22.40 Uhr

Ohhhh noooo! Wie er da stand. Mit diesem Welpenblick. Wir haben beide kein Wort gesagt, uns einfach bei den Händen gefasst und uns geküsst. Beinahe hätte uns Tatuś entdeckt.

Wir sind leise in mein Zimmer geschlichen und haben ... geknutscht. Ich wollte das nicht. Aber jedes Mal wenn ich versucht habe, mit ihm über diese Scheiß-Situation zu reden, hat er mich einfach wieder geküsst. Und es war viel zu himmlisch, um davon abzulassen. Die Süße seiner Küsse hat die Bitterkeit meiner Gedanken einfach überlagert.

Ich glaube, er hätte mehr gewollt, aber das habe ich nicht zugelassen. Küssen ist schon schlimm genug. Ich will mich nicht für noch Schlimmeres verteidigen müssen. Wobei – verteidigen? Ich bin eh schuldig. Und in neun Stunden ... keine Ahnung, wie das wird. Der Horror, vermutlich.

Er hat gemeint, sie muss ja gar nichts davon wissen. Wir müssen es ihr nicht sagen. Aber das ist doch auch fies, oder? Ich weiß einfach nicht mehr, was ich tun soll. Und morgen sehe ich sie – beide. Wie schon gesagt: Ohhhh noooo!

4

Finn fehlt in der ersten Stunde, Lou kommt zehn Minuten zu spät. Sie muss sich ganz nach hinten setzen, weil der Huber beschlossen hat, dass Jasper am besten neben mir sitzt, damit er sich nicht so fremd fühlt. Wie überaus einfühlsam. So kann ich aus nächster Nähe bestaunen, wie Jasper in perfektem Englisch einen Absatz aus George Orwells *Animal Farm* vorliest, was wir gerade durchnehmen.

Ich schiele entschuldigungsheischend zu Lou, um ihr klarzumachen, dass ich ihren Platz mit Messern und Zähnen verteidigt habe, aber machtlos war. Doch sie starrt unverwandt geradeaus in Richtung Whiteboard. Sie sieht für ihre Verhältnisse regelrecht verknittert aus, als habe sie die ganze Nacht nicht geschlafen. Wenn sie noch erkältet ist, hätte sie doch besser daheimbleiben sollen. Allerdings sehe ich keine Anzeichen einer roten Nase oder so etwas.

In der ersten Pause raffe ich mein Zeug zusammen und eile zu ihr. An der Tür zum Gang erwische ich sie. Wie schnell ist Lou denn heute?

»Isar?«, frage ich.

Sie schüttelt ihre sonst so prächtige Mähne. Heute hängen die Locken kraftlos und schlapp herunter. Bad-Hair-Day hat sie auch noch.

»Muss noch mal Mathe anschauen«, sagt sie. Als ob das ein Grund wäre, nicht an unseren Lieblingsplatz zu gehen. Wir verziehen uns, sooft es geht, unter eine Trauerweide direkt am Flussufer. Dort sind wir geschützt vor neugierigen Blicken. Wir führen dann nicht nur die tiefsinnigsten Gespräche über Jungs im Allgemeinen und Besonderen, überlegen Inhalte für unsere Podcasts und Instaposts oder hören uns gegenseitig Vokabeln ab, sondern versuchen auch, die Formenlehre der Mathematik zu durchdringen. Letzteres meist erfolglos.

»Ja, okay, da komme ich mit, kann nicht schaden«, schlage ich vor.

Sie hebt abwehrend eine Hand. »Ich glaub, ich muss das allein machen. Von wegen Konzentration und so. Sei mir nicht böse.« Und dann dreht sie sich um und geht schnellen Schrittes davon.

Ich starre ihr fassungslos hinterher. Meine beste Freundin lässt mich einfach stehen? Habe ich ihr irgendetwas getan? Wohl kaum, nachdem ich sie seit ihrem Besuch am Donnerstag vor dem Konzert nicht mehr gesehen habe. Oder glaubt sie, ich bin immer noch ansteckend mit dem blöden Magenvirus?

Von hinten schlingen sich Arme um mich und Finn küsst mich auf den Hals. Eine Gänsehaut überläuft mich und ich drehe mich zu ihm um. Sofort presst er seine Lippen auf meine und es fühlt sich an wie ein Wiedersehen nach vier Wochen Sommerurlaub. Atemlos lassen wir nach gefühlt fünf Minuten voneinander ab. Das war schön, aber trotzdem kann ich ihm den Vorwurf nicht ersparen: »Wieso hast du dich das ganze Wochenende nicht gemeldet?«

Er schiebt mich ein wenig von sich, lächelt schief und presst dann seine Nase gegen meine. »Sorry«, sagt er und seine Locken kitzeln mich an den Wangen.

»Das beantwortet meine Frage nicht«, gebe ich zurück und löse mich von ihm.

»Mathe gelernt.«

Ach – der *auch?* Die blödeste Ausrede aller Zeiten. Mathe ist das einzige Fach, für das Finn nie lernen muss. Das einzige, in dem er seit Jahren eine Eins hat.

»Meine Großtante zum fünfundsiebzigsten Geburtstag besucht. Mit Ugur zum Zocken verabredet gewesen. Reicht?«

»Und dazwischen schaffst du es nicht mal, mir eine popelige WhatsApp zu schicken? Letztes Wochenende hast du mir in einer halben Stunde hundert oder so was geschickt.«

»'tschuldigung«, bringt er ohne jede weitere Erklärung vor, lehnt sich vor und küsst mich erneut.

»Sehen wir uns heute Abend mal wieder etwas länger?«

»Klar, gerne. Aber komm du zu mir. Wenn der da im Nebenzimmer hockt, komme ich mir irgendwie gehemmt vor.« Er deutet auf Jasper, der sich ein paar Meter von uns entfernt mit dem Huber unterhält.

Ich nicke. »Kein Problem. Gleich nach dem Abendessen. Was hast du jetzt?«

»Sport.« Er schnappt sich seine Tasche und geht davon.

Wenigstens er verhält sich einigermaßen normal. Wobei – eine genaue Erklärung, warum er sich so rargemacht hat, hat er mir auch nicht geliefert.

Verhauen habe ich die Mathearbeit sicher nicht, aber eine Glanzleistung wird es nicht sein. Ich schaffe es, Jasper beim Verlassen der Schule unauffällig zu entwischen. Ich weiß, das ist ein bisschen fies, aber ich kann jetzt einfach kein

Gespräch über die Parallelität von Mensch und Tier in *Animal Farm* oder die Arroganz unserer Mathelehrerin Frau Dr. Reisner führen. Außerdem soll er ruhig eigene Leute finden.

Immerhin habe ich ihm nach Mathe Sebi vorgestellt, unseren Schlagzeuger in der Band. Und wie ich gehofft habe, hatten sich die beiden gleich was zu sagen. Ich glaube, sie sind ziemlich auf einer Wellenlänge. Jasper hat gesagt, früher habe er auch immer Schlagzeug spielen wollen, sei im Nachhinein aber froh, beim Klavier gelandet zu sein. Sebi hat erklärt, bei ihm war es genau andersherum. Ist doch schön.

Während die zwei gefachsimpelt haben und Sebi versprochen hat, Jasper alle Noten unserer Stücke zu mailen, habe ich mich einfach entfernt. Ich wollte Lou noch mal ansprechen, aber sie war schon weg. Dabei gehen wir sonst immer zusammen nach Hause. Das ist wie ein Ritual. Das haben wir seit dem Kindergarten immer so gemacht. Wir wohnen nämlich exakt 82 Meter voneinander entfernt. Aber sie hat mir nicht einmal eine Chance gelassen nachzufragen, wohin sie so schnell verschwindet. Während der Mathearbeit saß sie schräg vor mir und ich habe gesehen, dass ihr Füller – der lilafarbene, den ich ihr zu Ostern geschenkt habe – mehr über dem Blatt schwebt, als dass sie damit etwas schreibt. Vielleicht ist sie einfach nur total verpeilt heute? PMS oder so etwas?

SPRICH MIT MIR! WAS IST LOS? HAB ICH DIR WAS GETAN?, schreibe ich ihr in Großbuchstaben, doch mein Handy bleibt auf dem gesamten Heimweg stumm.

Ich starre durch das große Fenster ins *Holly Golightly*, aber auf dem himmelblauen Sofa, das sonst Lous und mein

Stammplatz ist, quetschen sich drei Mädels aus der Parallelklasse. Von Lou keine Spur.

Schon immer nehme ich diesen Heimweg, wenn ich von der Schule komme, und gehe durch die schmale Straße im Herzen von München, unweit der Isar, nach Hause. Ich denke selten über dieses Zuhause nach, aber heute sehe ich es mit anderen Augen.

Was mag Jasper beim ersten Anblick unseres Hauses gedacht haben? *Was für eine winzige Bruchbude?* Vermutlich ist er Londoner Weltklasseschick gewöhnt und nicht so ein schlichtes Handwerkshäuschen, das schon meinem Urgroßvater väterlicherseits gehörte. Ja, es ist nicht besonders groß, wirkt eher gedrungen wie eine Englische Bulldogge – als sei es irgendwann mal richtig zusammengestaucht worden. Über dem roten Ziegeldach ragt der üppig bewaldete Nockherberg auf, der einem Idylle inmitten der Großstadt vorgaukelt. Seit einiger Zeit wird diese aber von den Baukränen überschattet, die das Gelände der alten Paulaner-Brauerei in Wohnraum verwandeln. Manchmal habe ich beinahe Angst, einer dieser Kräne könnte umfallen und unser Haus restlos platt drücken. Dabei steht es viel zu weit von der Baustelle entfernt.

Was man von der Straße aus nicht sieht, ist der Anbau hinter dem einstmals winzigen Wohnbereich, den Papa noch geplant und gebaut hat. Seitdem haben wir dieses riesige Wohnzimmer, von dem aus man in den kleinen Garten und das Wäldchen dahinter schaut. Auch das Dach hat er ausgebaut, ein Schlafzimmer und ein weiteres Bad hineingequetscht, sodass in der ersten Etage nur mein Zimmer, sein

Arbeits... okay, Jaspers Zimmer sowie das ursprüngliche Bad liegen.

Immer habe ich mich daheim geborgen gefühlt. Ich war Papa nah, er hat mir an Sommerabenden, wenn es drückend schwül war, durchs geöffnete Fenster aus den Bäumen zugeflüstert und irgendwann konnte ich dann getröstet einschlafen.

Doch heute kommt mir alles zu eng, zu chaotisch, zu uncool vor. Ich stiere lustlos in den Kühlschrank – bis ich ein wenig weiter hinten tatsächlich einen Becher von meinem Lieblingsschokopudding finde. An diesem klebt ein gelbes Post-it. *Sorry* steht darauf geschrieben. Und darunter: *Finger weg – nur für Charles!*

Ich muss grinsen und ärgere mich gleichzeitig. Ist ja süß, dass er mir den Pudding wieder besorgt hat. Aber warum muss er mir diesen männlichen Spitznamen verpassen? Findet er, ich habe so eine männliche Ausstrahlung? Na, vielen Dank auch!

Dennoch schnappe ich mir den Becher sowie einen Löffel und verziehe mich damit in mein Zimmer. Ich lümmel mich in den Hängesessel, der vor dem Fenster von der Decke hängt, und aktiviere mein Handy. Immer noch keine Reaktion von Lou. Dabei war sie zuletzt vor ein paar Minuten online.

Ich sehe, dass mir Jasper per Mail einen Link auf seine Cloud geschickt hat. Na, endlich! Ich musste ihn schon zwei oder drei Mal erinnern. Er hat gesagt, er würde noch seine Festplatte aufräumen, altes Zeug löschen und zumindest die unscharfen und unterbelichteten Fotos vom Konzert rauswerfen. Das hat wohl deutlich länger gedauert als gedacht.

Ich klicke auf den Link und Google-Drive öffnet sich. Im freigegebenen Ordner finde ich mindestens siebzig oder achtzig Bilder. Wow. Wenn das schon die aussortierten sind – wie viele hat er dann insgesamt gemacht? Vielleicht fand er Ed doch nicht so langweilig? Ich scrolle durch die Liste und stoße auf eine einzelne WAV-Datei. Hat er etwa auch Musik mitgeschnitten?

Ich klicke die Datei an, stelle aber nach wenigen Sekunden fest, dass sie mit dem Ed-Sheeran-Konzert nichts zu tun hat. Vermutlich ist sie beim Ausmisten aus Versehen in den Ordner gerutscht. Der Dateiname besteht ebenfalls nur aus Zahlen, genau wie bei den Fotos, vermutlich ist ihm die Datei in der Menge der Fotos gar nicht aufgefallen. Wie oft habe ich schon Bilder abgespeichert, ohne zu merken, dass sie komplett im falschen Ordner gelandet sind.

Was ich höre, klingt so gut, dass ich die Datei nicht schließe. Klavierspiel ertönt, ziemlich gefühlvolles. Die Melodie hat etwas Melancholisches, aber auch hoffnungsvolle Töne mischen sich darunter. Sie würde zu Ed Sheeran passen, aber ich kenne alle seine Lieder, und diese Tonfolge ist mir gänzlich unbekannt.

Nach ungefähr 40 Sekunden fängt jemand zu singen an. Ein Typ. Jasper? Seine Stimme klingt etwas rau, sie verebbt beinahe, als traue er sich nicht, die Worte richtig auszusprechen oder gar laut zu singen. Manche Töne trifft er nicht ganz, er räuspert sich sogar zwischendurch.

Nachdem ich den knapp zwei Minuten langen Song angehört habe, starte ich die Aufnahme noch einmal von vorne. Diesmal versuche ich, den englischen Text zu verstehen. Das ist schwierig, weil die Worte so verwaschen und verschliffen klingen. Ich höre aber heraus, dass es um sehr viel *Heart, Sorrow, Stars* und *Tears* geht. Klingt ziemlich … *cheesy*. Aber die Melodie ist ein echter Ohrwurm und hat einen Sog, dem ich mich kaum entziehen kann. Wenn das wirklich von Jasper ist, können wir, glaube ich, richtig froh sein, dass er in die Band kommt. Er klingt wie ein erfahrener Musiker mit viel Gespür für Harmonien und überraschende Wendungen. Der Song ist verspielt und unglaublich melodiös, aber auch kraftvoll – als habe er starke Gefühle darin verarbeitet. Vielleicht ist es besser, ihn nicht darauf anzusprechen, nachher ist es ihm noch peinlich.

Ich klicke die ersten Fotos an. Wow – so wie es aussieht, stand er ziemlich dicht vor der Bühne. Man kann Ed Sheeran gut erkennen. Hach, dieser süße Typ! Irgendwie sieht er ja immer aus, als sei er gerade aus dem Bett gepurzelt, aber das macht ihn nur umso knuffiger. Die Brille verleiht ihm so eine dezente Intellektualität, während das schwarze T-Shirt und die unzähligen Tattoos auf seinen Armen ihn verwegen wirken lassen. Den Bildern nach zu urteilen, muss es wirklich eine tolle Show gewesen sein. Manche Bilder sind offensichtlich aus dem gleichen Winkel gemacht wie die auf Eds Insta-Account, da hat Jasper echt einen guten Platz gehabt. Beneidenswert! Ich stehe bei Konzerten ja auch supergerne direkt vor der Bühne, nur Lou zieht mich immer nach hinten oder an die Seite. Ich schaffe es nie, sie zu beruhigen und ihr klarzumachen, dass wir garantiert nicht zerquetscht werden, wenn wir so weit nach vorne gehen.

Ab dem gefühlt fünfzigsten Foto klicke ich etwas schneller. Die Aufnahmen wiederholen sich, aber Jasper hat wirklich ein gutes Gespür für Bilder. Mit der Zeit hat ihn der Strom der Menschen wohl doch etwas nach hinten gedrängt, denn die Bühne wird kleiner, die Menge der Köpfe um ihn herum größer.

Ob auch Finn oder Lou auf einem der Bilder zu finden sind? Bisher konnte ich keinen von beiden entdecken.

Fast bin ich durch. Ich klicke auf das drittletzte Foto, das der Uhrzeit im Dateinamen nach gegen Ende des Konzerts aufgenommen wurde. Diesmal ist von der Bühne fast nichts mehr zu sehen, dafür viele, teils unscharfe Leute. Das hätte Jasper eigentlich löschen können.

Ich klicke weiter. Und dann wieder zurück.

Da war etwas auf dem Foto. Etwas, das ich mir noch einmal genauer anschauen muss. Ganz am rechten Bildrand sehe ich es. Ich zoome den Ausschnitt heran. Ein Mädchen in einer weißen, durchscheinenden Bluse mit einem schwarzen Top darunter. Rote Locken. Es ist tatsächlich Lou. Ganz eindeutig. Sie reckt sich nach oben. Ihren Kopf weit in den Nacken gebeugt.

Ich ziehe das Foto noch größer. Ich will ganz sicher sein.

Mein Körper fühlt sich an, als sei er von einer Sekunde auf die andere erstarrt. Ich vergesse zu atmen. Denn auf dem Foto sehe ich, wie Lou und Finn sich küssen.

19. September, 16.10 Uhr

Was soll ich nur tun? Ich fühle mich wie zusammengeknüllt und in tausend kleine Stücke zerrissen gleichzeitig. Wie eine Bescheuerte bin ich jetzt fast eine Stunde in meinem Zimmer hin und her getigert, hab über Kopfhörer »Perfect« gehört und rumgeheult. Möglicherweise hilft es ja, das alles hier aufzuschreiben? Keine Ahnung. Aber vielleicht schafft es etwas Klarheit in meinem Kopf.

Wie hat das alles passieren können? Wieso habe ich mich dazu hinreißen lassen, mit dem Freund meiner besten Freundin zu knutschen? Das ist ein absolutes NO-GO! Egal, was ich empfinde. Ich kann ihn nicht einfach küssen. Er gehört zu Charlie. Nicht zu mir. Und das hat er mir heute in der Schule ja auch gleich bewiesen.

Das war so schrecklich!

Ich wäre am liebsten aus dem Fenster gesprungen oder hätte mich in die Fluten der Isar gestürzt.

Schon als ich Charlie gesehen habe, war es, wie wenn jemand mein Herz mit tausend Messern durchbohrt. Sie war so ahnungslos, so völlig verblüfft, dass ich sie abgewimmelt und nicht mit ihr gesprochen habe.

Oh Gott, und meine Ausreden waren ja so dermaßen mager. Aber was hätte ich denn sagen sollen?

Ich habe gemerkt, wenn ich ihr in die Augen schaue und sie anlüge, dann platze ich. Oder meine Beine knicken weg. Also bin ich gegangen. Und dann habe ich mich noch mal umgedreht. Und was sehe ich: Finn tritt hinter sie, sie dreht sich zu ihm und die beiden versinken in einem langen, langen Kuss. Der mir die Luft genauso nimmt wie ihr.

»Sie muss es ja nicht wissen.«

Seine Worte ploppen durch meinen Kopf und stoßen sich an jeder Hirnwindung. Was wehtut. Ihm scheint es überhaupt nichts auszumachen, ganz normal mit ihr umzugehen. Er kann das.

»Was sie nicht weiß, macht sie nicht heiß«, hat er tatsächlich gestern Abend noch gesagt.

Nach der Schule wollte ich nur weg – niemanden mehr sehen, nicht reden müssen, Mathe habe ich garantiert komplett verhauen. Irgendwie bin ich Charlie entkommen – aber wer lauert zwei Straßenecken weiter auf mich?

Finn.

Und er grinst mich so an, als wäre er ein Engel, mein Schutzengel. Aber das ist er nicht. Zumindest will ich ihn so nicht sehen.

Er redet auf mich ein, sagt, sie sei sowieso nicht mehr verliebt in ihn, da sei er ganz sicher, sei doch alles nicht so schlimm, ist doch nichts passiert. »Lou, es ist nichts passiert. Es ist normal, wenn man wen nicht mehr liebt.«

Ich denke an die vielen Streits, die sie in letzter Zeit hatten. Wie oft ich vermittelt habe. Vielleicht liebt sie ihn wirklich nicht mehr? Wir haben länger nicht darüber geredet.

Er hält mich an den Schultern fest, lehnt seine Stirn gegen meine, unsere Locken verfangen sich ineinander.

Er küsst meinen Scheitel, meine Wangenknochen, meine Nase. Ich will mich ihm entziehen und ihn anschreien, ihn fragen, warum er sie geküsst hat, als sei nichts, und kann es nicht. Bin Wachs in seinen Fingern. Er küsst meine Lippen und ich fange an zu fliegen!

Ich will ihn fortschubsen, will, dass er mich festhält. Dass er mir sagt: Da ist nichts mehr zwischen Charlie und mir, nur du bist da, ich sehe nur dich, will dich.

Oh my god, wie ich mich dafür verabscheue!

Und morgen ist Bandprobe. Und Charlie und ich müssen unser Duett von »The A Team« proben. Nein, da gehe ich nicht hin, auf gar keinen Fall.

5

Meine Zähne schmerzen schon, so fest presse ich Unter- und Oberkiefer aufeinander. Ich werde nicht weinen. Nicht einmal jetzt. Und doch habe ich das Gefühl, als würden Tränen inwendig durch meinen Körper rieseln. Es sind so viele, dass ich befürchte zu ertrinken. Bald steigt der Wasserstand in mir bis zur Nasenspitze an, dann ist es zu spät, dann bekomme ich keine Luft mehr und kollabiere.

Wie konnten sie mir das antun? Wie konnten sie das tun? Das ist ein absolutes NO-GO! Und ich weiß, Lou sieht das genauso. Was ist passiert? Haben Aliens die echte Lou entführt und sie durch einen identisch aussehenden Cyborg ersetzt? Der kein Gewissen hat?

Und was ist in Finn gefahren? Heute Morgen auf dem Flur – da hat er mich geküsst, als gäbe es kein Morgen. War das in Wahrheit ein Abschiedskuss?

Ich starre an die Zimmerdecke und hoffe, damit den Wasserstand ein wenig auszutricksen, um nicht jetzt, in dieser Sekunde, zu ertrinken. Ich spüre meine Hand, die Finger so um das Handy verkrampft, dass es wehtut. Ich hebe den Arm und will das Smartphone aus dem Fenster schmeißen. Ich möchte laut schreien und Möbel zerstören. Aber ich sitze da wie betoniert. Langsam lasse ich den Arm sinken, will mit ihm hinab in die Tiefe fallen.

Ist den beiden klar, was sie zerstört haben? Nicht nur meine Liebe, sondern auch die Freundschaft zu meinem wichtigsten Menschen auf diesem Planeten. Lou, wie konnte ich so ahnungslos sein und nicht wissen, dass du mich so verraten würdest?

Das alles wäre nicht passiert, wenn ich nicht krank gewesen wäre. Wenn es das Konzert nicht gegeben hätte. Wenn es Ed Sheeran nicht gäbe!

Ich atme sehr laut ein, bewege den Unterkiefer, um die Erstarrung zu lösen. Mit einem Mal fühle ich mich ganz klar. Ich sehe mich quasi von außen – die wenigen Male, die ich mit Lou (wer war das gleich?) gekifft habe, fühlte ich mich ähnlich. Eine außerkörperliche Erfahrung.

Ich rufe den Insta-Account von Ed Sheeran auf und suche das Foto von seinem München-Konzert. Längst hat er weitere Stationen hinter sich gebracht, bald ist die Tour beendet.

I hate you, Ed Sheeran, schreibe ich mit grimmiger Genugtuung. *You took all my beloved ones away from me.* Und … »kommentieren«. Und dann entfolge ich Lou und Finn auf ihren Insta-Accounts. Und blockiere sie gleich noch.

Kraftlos lasse ich mich auf mein Bett fallen. Und jetzt? Nichts fühlt sich besser an. Rein gar nichts.

Nun klopft es auch noch an der Tür. Anscheinend habe ich einen Laut von mir gegeben, der nach »Herein« geklungen hat, denn sie öffnet sich.

»Hi«, sagt Jasper mit diesem verlegenen Lächeln. Warum bleibt er nicht einfach draußen, wenn es ihm dermaßen unangenehm ist, hier hereinzuschneien!

»Was?«, muffele ich ihn an.

»Ich wollte dich nur fragen, wegen der Bandprobe morgen, also …«

Scheiße! Morgen muss ich mit Lou das Duett von »The A Team« üben.

»… ob du vielleicht die Noten hast?«

Ich starre ihn an, als sei er ein aliengesteuerter Roboter.

»Was?«, wiederhole ich.

»Sebi hat mir die Noten vom ›A Team‹ nicht mitgeschickt. Kannst du mir die geben? Dann kann ich mich schon mal drauf vorbereiten.«

Ich bringe ein Kopfnicken zustande, kann mir aber gerade nicht vorstellen, welche Handlungen ich vollziehen muss, um seine Bitte zu erfüllen, aber das ist jetzt irrelevant. Hauptsache, er geht gleich wieder.

»Hast du die Fotos angeschaut? Einen kleinen Eindruck vom Konzert bekommen?«

Ich nicke wie in Trance. *Allerdings,* möchte ich sagen. Und *was* für einen Eindruck die Bilder auf mich gemacht haben.

»Alles okay mit dir, Charles?«

Meint er mich?

»Oder ist dir wieder schlecht?«

Mir ist sogar kotzspeiwürgübel. Aber das sage ich nicht.

»Wie war es eigentlich mit Lou und Finn auf dem Konzert?« Ich weiß sowieso schon, was passiert ist – da kann er mir gleich alles erzählen. Denn er hat es doch garantiert mitbekommen, oder? Immerhin waren sie auf seinem Foto.

»Äh, ganz okay. Sie haben mich halt mit hingenommen … Am Anfang standen wir noch etwas zusammen, aber dann habe ich sie im Getümmel verloren. Ich bin weiter vor an die Bühne, Lou wollte da nicht hin. Danach habe ich sie nicht mehr gesehen.«

»Sicher?«

»Ja, klar. Was ist los?«

»Nichts. Ich schicke dir die Noten. Kannst du bitte ...?« Ich deute zur Tür. Er wippt etwas vor und zurück, verschwindet dann aber.

Um es hinter mich zu bringen, suche ich schnell die Noten raus, scanne und schicke sie ihm per Mail. Dann sinke ich zurück in mein Bett.

Zehn Minuten später steht Jasper erneut in der Tür. Ohne anzuklopfen. Er hält mir sein Handy entgegen. Darauf sehe ich das Foto eines Paares, das sich beim Ed-Sheeran-Konzert hingebungsvoll küsst.

»Hast du deshalb gefragt?« Er geht vor meinem Bett in die Hocke und schaut mich von unten an. Irgendwie schaffe ich es zu nicken.

»Das tut mir schrecklich leid!«, beteuert er. »Ich habe nicht bemerkt, wen ich da fotografiert habe.«

»Und wenn du's hättest? Was hättest du dann gemacht?«, frage ich.

Er zuckt mit den Schultern. »Weiß nicht. Vermutlich hätte ich es dir gezeigt. Weil ich glaube, jeder verdient die Wahrheit. Sie zu wissen, schützt langfristig vor enttäuschten Erwartungen. Ist so.«

Na, der kennt sich ja aus. Ich spüre, wie meine Augenbrauen nach oben wandern.

»Kann ich was für dich tun?«, fragt er.

»Ich wäre gerne allein«, sage ich.

Er nickt, steht auf, steckt sein Handy weg und verlässt mein Zimmer. Zurück bleibt das Nachbild des Fotos, das sich unauslöschlich in meine Netzhaut gebrannt hat.

»Charlie, kommst du, bitte!«, ruft Mum von unten und ich fahre erschrocken hoch. Die schrecklichen Erkenntnisse des Nachmittags haben mich so alle gemacht, dass ich tatsächlich eingeschlafen bin. Jetzt ist es fast sieben – Abendessenszeit. Ich gebe ihr zu verstehen, dass ich gleich runtergehe. Hoffentlich schaffe ich das auch. Ich habe nicht die geringste Lust, über das, was passiert ist, zu sprechen.

Mum würde sofort Magda anrufen und mit ihr in aller Quere und Breite besprechen, was geschehen ist. Und dann würden sie uns zu einem Versöhnungsgespräch oder so einem Bullshit zusammenbringen wollen. Dabei ist Lous Verhalten absolut intolerabel. Ich werde mich garantiert nicht mit ihr versöhnen. Die Frau ist Geschichte. Sie hat mich hintergangen. Aufs Allerübelste!

Ich klatsche mir im Bad ein paar Hände voll kaltem Wasser ins Gesicht und gehe nach unten. Hunger habe ich null. Obwohl ich nur diesen einen Puddingbecher heute gegessen habe. Aber die Vorstellung, eine Gabel voll Essen in meinen Mund zu stopfen – da wird mir schlecht. Schon wieder.

Theo wuselt um den großen weißen Holztisch, legt noch ein paar Servietten hin, schiebt eine Gabel gerade und verteilt dann Weingläser. Sogar Kerzen hat er angezündet – am Wochenende haben wir nämlich das von Mum geplante Willkommensessen für Jasper nicht hinbekommen.

Theo war mit ihm bei Ikea, sie haben ein paar Möbel für ihn ausgesucht und die dann zusammen in seinem Zimmer aufgebaut. Einige Poster wurden ebenfalls um- oder neu aufgehängt. Demnächst gibt es statt des schmalen Gästebetts noch ein breiteres, neues Bett. Die Jungs und meine Mutter haben sich Samstagabend Pizza kommen lassen, ich habe mich mit ein paar nackten, gekochten Kartoffeln begnügt, um meinen Magen nicht gleich wieder zu überfordern.

Mum hat mir zugeraunt, Theo sei es wichtig, mit seinem Sohn etwas zusammen zu unternehmen. Die beiden müssten sich auch erst mal wieder aneinander gewöhnen.

Hätten sie doch heute Abend schön essen gehen können, um in Ruhe Vater-Sohn-Gespräche zu führen! Aber offensichtlich will meine Mutter uns als Familie etablieren. Also gibt es heute Salat als Vorspeise, dann eine Pilzlasagne und Tiramisu zum Nachtisch. Normalerweise alles Dinge, die ich liebe. So aber picke ich drei Blättchen Salat auf und schiebe nun die Lasagne auf meinem Teller von rechts nach links und wieder zurück. Auf jedem Gegenstand, den ich anschaue, sehe ich ihre Gesichter. Wie ihre Lippen aneinanderkleben.

»Und, Jasper, hast du deiner Mutter eigentlich wie versprochen ein paar Fotos vom Konzert geschickt? Konnte sie die brauchen?«, fragt Theo.

Jaspers Miene verdüstert sich augenblicklich – so als sei *er* gerade betrogen worden. Er gibt nur ein unwilliges »Hmpf« von sich und starrt auf seinen Teller.

»Weißt du, Charlie, Balbina, also Jaspers Mutter, ist ja bei der Pla…«

»Das interessiert keine Sau«, unterbricht Jasper grob und funkelt ihn wütend an. »Erinnerst du dich freundlicherweise, was wir verabredet haben, bevor ich mich entschieden habe hierherzukommen? Und was du mir versprochen hast?«

»Ach so, ja.« Theo stopft sich schnell einen Happen Pilzlasagne in den Mund, schaut dabei aber hektisch zwischen Jasper, meiner Mum und mir hin und her. »Sorry«, fügt er noch an, als sein Mund leer ist. Jasper hat die Lippen aufeinandergepresst und scheint an seinem Essen genauso wenig interessiert wie ich an meinem.

»Schade, dass ich Imelda noch nicht kennengelernt habe«, versucht meine Mutter, die vergiftete Atmosphäre zu lüften. »Wie alt ist sie inzwischen?«

»Sechsundzwanzig«, sagt Theo.

»Siebenundzwanzig«, korrigiert ihn Jasper mit zusammengezogenen Augenbrauen. »*Zehn* Jahre älter als ich.« Er erklärt dann, das einzig Gute an London sei gewesen, dass er sie besser kennengelernt hat. Solange sie noch alle in Deutschland mit Theo unter einem Dach gelebt haben, war Imelda meistens unterwegs gewesen, und sie und er hätten nie die Chance gehabt, eine Beziehung als Geschwister zu entwickeln. Wenn ich es richtig verstanden habe, wohnt Imelda noch immer mit ihrer Mutter zusammen, was aber nur an den Londoner Immobilienpreisen liegt, die kein Mensch aufbringen kann.

Eigentlich ist mir das aber alles egal. Ich will weder jemanden sehen noch hören noch Fragen stellen oder Antworten geben müssen.

»Charlie, keinen Hunger heute? Ich dachte, du liebst Pilzlasagne?« Theo schaut mich fragend an. Artig stecke ich mir einen Bissen in den Mund. Ja, sie ist köstlich, aber mein Magen fühlt sich wie zugeschnürt an. Ich lächle tapfer.

»Hast du denn Jasper in der Schule schon allen vorgestellt? Ihm alles gezeigt?«, will meine Mutter wissen.

Jasper und ich werfen uns einen schnellen Blick zu.

»Na klar«, antwortet er an meiner Stelle. »An ihr ist eine richtige Fremdenführerin verloren gegangen.«

Ich schenke ihm dankbar ein winziges Lächeln.

»Vielleicht können wir alle mal zusammen nach London fahren«, schlägt Theo vor. »Dann kann sich Jasper revanchieren.«

»Coole Idee«, sage ich höflich und merke selbst, dass es völlig unenthusiastisch klingt. Ich sollte schauen, dass ich bald die Kurve kriege und mich zurückziehen kann. Um dieses Affentheater hier zu beenden. Von wegen heile Familie …

»Also, wenn du heute so wenig Hunger hast – ruf doch Lou an, ob sie noch was mitessen mag. Oder Finn. Oder beide.« Meine Mutter strahlt, stolz über ihren tollen Einfall. Und darüber, dass sie Finn quasi eingeladen hat. Die beiden sind nicht gerade ein Herz und eine Seele. Finn findet meine Mutter aufdringlich und sie meint, er sei ein Blender und Schaumschläger. Ich habe mir nie von ihr erklären lassen, was genau sie damit meint. Vielleicht sollte ich das mal?

»Ach nee, die haben beide bestimmt längst Abendessen gehabt«, behaupte ich.

»Frag sie doch wenigstens mal«, besteht meine Mutter auf ihrem Vorschlag.

»Nein.« Ich funkel sie gereizt an.

»Ach, was bist du denn so störrisch? Lou liebt Theos Pilzlasagne!«

»Ja, kann sein …« *Aber sie liebt auch Finn!*, will ich losschreien. Weil ich das aber nicht kann, rufe ich: »Du nervst einfach tierisch!«, springe auf, knalle meine Serviette auf den Tisch und stürme aus dem Raum die Treppen hoch.

»Was ist los mit dir?«, höre ich noch meine Mutter.

»Harter Schultag«, besänftigt Jasper sie. Und dann schmeiße ich meine Zimmertür zu.

Ich weiß nicht, warum, aber mit einem Mal bin ich wieder genauso aufgebracht, so entsetzt und erstaunt, so verletzt und ungläubig wie in dem Moment, in dem ich das Foto zum ersten Mal gesehen habe. Ich balle die Hände zu Fäusten. Warum habe ich keinen Boxsack im Zimmer hängen? Den würde ich jetzt verprügeln, bis er von der Decke fällt. Irgendwohin muss meine Wut, mein Zorn, mein ganzer Frust.

Mein Blick fällt auf meinen PC und auf das Mikrofon in seinem Ständer direkt neben dem Bildschirm. Und mit einem Mal werde ich ganz ruhig.

Ich setze mich, fahre den Computer hoch und starte unser Podcast-Aufnahmeprogramm. Ich räuspere mich ein paar Mal und dann lege ich einfach los. Ohne weiter nachzudenken.

»Hey, beste Freundinnen und Freunde, willkommen zu einer neuen Folge unseres Podcasts, heute mit dem Thema: *Was tun, wenn sich die beste Freundin zur letzten Bitch entwickelt.«*

19. September, 22.56 Uhr

Das gibt es doch gar nicht! Woher, verdammt noch mal, hat sie das Foto? Ich glaube es nicht! Und schon jetzt, zwei Stunden nach Veröffentlichung des Podcasts und des Fotos in unserem Blog, gibt es so viele Kommentare wie nie zuvor. Die Leute überschlagen sich geradezu. Mich als Schlampe und Miststück zu bezeichnen, ist noch das Harmloseste.

Stich die ab, fordert wer.

Nee, murks beide ab, kontert ein anderer.

Und die allermeisten beschimpfen mich. Finn wird gar nicht weiter beachtet. Dabei hat er sie doch genauso betrogen!

Ich hab mein Handy abgeschaltet und in den Kleiderschrank gesperrt, zwischen dicken Pullovern vergraben. Ich will vergessen, dass es außerhalb meines Zimmers eine Welt gibt. Was ist, wenn da draußen tatsächlich irgendein Irrer auftaucht und mir was antun will?

Dabei war ich um kurz vor sieben so weit, dass ich zu ihr gehen und ihr alles beichten wollte. Ich wollte sie um eine Aussprache, Verzeihung, um eine Versöhnung bitten. Ich wollte ihr erklären, warum es passiert ist, und ihr klarmachen, dass es ein einmaliger – okay, ein zweimaliger – Ausrutscher war. Dass es ab jetzt keinen einzigen Kuss mehr geben wird. Natürlich ist mir bewusst, dass sie verletzt ist und gekränkt und sich von uns total hintergangen fühlt. Das würde mir genauso gehen.

Aber ich habe gehofft, dass auch ihr unsere Freundschaft so wichtig ist, dass sie bereit ist, mich wenigstens anzuhören. Doch jetzt hat sie jeden Weg dorthin zerstört.

Um kurz nach neun vorhin stand schon wieder Finn vor der Tür. Ich wollte ihn gar nicht reinlassen. Es ist so anstrengend, all diese völlig gegensätzlichen Gefühle zu ertragen, die in mir aufkommen, wenn ich ihn sehe. Noch immer wogt eine Welle von Zärtlichkeit und Sehnsucht über mich hinweg, wenn ich in seine hellblauen Augen schaue, mir vorstelle, wie meine Finger durch sein gewelltes Haar fahren, wie er mich berührt, streichelt, wie sich unsere Lippen finden und verbinden.

Früher hat sich das nur in meinem Kopf abgespielt und es war kaum zu ertragen – aber jetzt weiß ich, wie es ist. Und das ist viel grausamer. Denn gleichzeitig verabscheue ich mich für jede Sekunde, die ich genieße. Jeder Kuss ein Schandmal, jede sanfte Berührung in Wahrheit ein Hieb.

»Ich muss dir was zeigen.« Mehr hat er diesmal gar nicht gesagt und auch keine Anstalten gemacht, mich zu küssen. Also habe ich ihn hereingelassen. »Oder hast du es schon gesehen?«

Ich wusste nicht, was er meinte. In den letzten Stunden habe ich nur Musik gehört, vor allem *Olivia Rodrigo,* die sich genauso wie ich nach einem guten Typen sehnt – »All I want!« Oh yes! Dann habe ich auf meinem Bass herumgeschrammelt und ausprobiert, ob ich meine Gefühle wenigstens in eine Melodie für einen neuen Song umwandeln kann. Aber es blieb nur zusammenhangloses Gezupfe.

Finn hat sich auf meinen Schreibtischstuhl gesetzt und mir sein Handy entgegengehalten. Was ich gelesen habe, hat mich fast umgehauen.

Was tun, wenn sich die beste Freundin zur letzten Bitch entwickelt, stand da als Überschrift zu einer neuen Podcastfolge. Die meine bisher beste Freundin allein, ohne mich, ohne Absprache, einfach so in die Welt geblasen hat.

»Spiel das bloß nicht ab!«, wollte ich rufen, aber zu spät. Er hatte schon auf Start gedrückt. Ihre Stimme klang so bitter, so enttäuscht, so verletzt, dass ich das Gefühl hatte, ich muss den Beitrag anhören, weil ich ihr das schuldig bin.

Etwa acht Minuten lang hat sie uns angeklagt, beschimpft, verdammt, verspottet, unsere Freundschaft in die Tonne getreten.

»Man glaubt ja, es passiert nur den anderen«, hat sie angefangen. »Man glaubt, man kann sich auf seine beste Freundin verlassen und ist sich sicher, sie beschützt einen und sorgt dafür, dass einem niemals Schlimmes widerfährt, so wie man das andersherum auch tut. Und dann ist es genau diese Freundin, die einen so unsäglich verrät. Ja, ihr habt richtig gehört – Louisa hat sich an Finn herangemacht. Noch dazu, während ich krank im Bett lag, dem Nichtstun, dem Nichteinschreitenkönnen hilflos ausgeliefert. Und dann musste ich auf einem dämlichen Foto (den Link darauf findet ihr im Blog) vom Ed-Sheeran-Konzert entdecken, wie die beiden geknutscht haben.

Dass Finn darauf eingestiegen ist, wundert mich irgendwie kaum noch – so sind Typen eben. Aber dass meine beste Freundin uns in Rivalinnen, Konkurrentinnen, Feindinnen verwandelt – damit hätte ich nie gerechnet. Und Louisa hatte nicht mal den Anstand, mir das zu beichten. Stattdessen ist sie mir aus dem Weg gegangen, hat blöde Ausreden erfunden. Und Finn hat es sogar so weit getrieben, dass er so getan hat, als sei überhaupt nichts. Er hat mich geküsst und war völlig entspannt. Wie hat er das nur hinbekommen? Hat er im Hirn nur klebrige, verklumpte Kichererbsen statt feuernder Synapsen?

Und Louisa? Sie ist so feige und versteckt sich seit Jahren hinter mir, weil sie doch ach so schüchtern ist. Dabei hat sie nur ausgenutzt, dass ich ihr den Weg bereitet habe in die Arme eines Typen. MEINES Typen. So war der Deal aber nicht, Louisa. Es gibt Dutzende Typen da draußen – warum muss es ausgerechnet meiner sein, mit dem du rummachst? Kannst du mir das verraten? Aber nein, ich will es gar nicht wissen. Ich will kein Wort von euch hören, euch nicht sehen müssen. Ihr seid für mich durchsichtig, unsichtbar geworden. Nicht mal eurem verpesteten Atem will ich je wieder ausgesetzt sein.

Hey, ich weiß, das war ein sehr emotionaler Ausbruch – aber mal ehrlich, beste Freundinnen und Freunde da draußen, wie seht ihr das? Der Freundin den Freund ausspannen: alles halb so wild? Oder ein No-Go? Bin gespannt auf eure Kommentare. Und wenn ihr einen Tipp habt, wie ich mich ab jetzt in der Gegenwart der beiden Verräter verhalten soll – nur her damit!

Eins noch: Was aus diesem Podcast jetzt wird? Ich habe keine Ahnung. Aber vorerst ist hier erst mal Schluss. Definitiv.«

Besonders schmerzt mich – es mag komisch klingen –, dass sie mich so penetrant Louisa nennt, das hat sie in ihrem ganzen Leben noch nicht getan. So wie ich sie noch nie Charlotte genannt habe. Als wolle sie mich ganz weit von sich schieben, mich zu einer ihr unbekannten Person machen. Aber natürlich ist auch der ganze Rest echt voll drüber. Wie kann sie das machen? Wieso redet sie nicht mit mir? Habe ich nicht eine kleine, winzige Chance verdient? Offensichtlich nicht.

Ich habe nach dem Anhören nur geheult. Finn saß ganz merkwürdig steif auf meinem Schreibtischstuhl und wusste wohl nicht, was er tun sollte. Nach zehn Minuten ist er aufgestanden.

»Wenigstens weiß sie es jetzt«, brummelte er und wollte gehen.

Ich bin ihm nachgerannt und habe ihn am Ärmel gepackt. »Warum, Finn?«

»Warum was?«, fragte er zurück.

»Warum hast du mich geküsst?« Er hat mit den Schultern gezuckt und auf eine Stelle knapp oberhalb meines Kopfes gestarrt.

»Weil ich es wollte.«

Und dann war er weg.

6

Ich schiebe mir die Basecap noch tiefer ins Gesicht, sodass ich kaum etwas sehen kann. Ein paar Haarsträhnen vor die Nase und meine Verkleidung ist vollendet. Yeah – so falle ich garantiert niemandem auf, trotz meiner eins fünfundsiebzig Körperlänge. Oder alle glotzen erst recht blöde … Wo ist Harry Potters Tarnumhang, wenn man ihn einmal braucht?

Spätestens in IT wird mich die Schmirgler-Benthaus zwingen, mein Undercover-Outfit aufzugeben. Schülerinnen und Schüler mit Mützen auf dem Kopf – das geht gar nicht. Aber wenigstens bis dahin habe ich einigermaßen meine Ruhe und kann weiter mit meinen Gedanken Karussell fahren.

Ich hätte es natürlich wissen müssen. Aber in dem Ausnahmezustand, in dem ich gestern war, weiß man gar nichts. Oder will es nicht wissen.

Nachdem ich den Podcast veröffentlicht habe, ist mir erst so richtig klar geworden, was es bedeutet, wenn wir keine Freundinnen mehr sind. Nicht nur, dass unser Podcast gestorben ist, sondern auch unser Instakanal. Wir werden nicht mehr zusammen abhängen, auf Dauer auch keine Musik mehr zusammen machen. Ich werde das Haus ihrer Familie nie mehr betreten und sie wird sich nie mehr bei uns blicken lassen. Mum wird das nicht gefallen. Und ich werde Magda, Adam und Lukas auch vermissen. Das tue ich jetzt schon. Und das ist alles ihre Schuld.

Stopp.

Ich werde versuchen, meine Gefühle nicht mehr so ungefiltert hinauszuposaunen. Und eine Nacht drüber zu schlafen, bevor ich eine weitere Podcastfolge aufnehme. Als ich heute Morgen durch die Blogkommentare gescrollt bin, ist mir fast schlecht geworden. Das habe ich mir nicht vorstellen können. Es gibt fast niemanden, der Lou verteidigt. Okay, das war zu erwarten gewesen. Aber da kamen echt krasse Sprüche, Tötungsfantasien, der ganze Internet-Troll-Mob-Scheiß hat sich da versammelt. Ich habe die Kommentarfunktion jetzt gesperrt, aber manche haben auf unserem Instakanal weitergemacht und dort sogar unter alte Fotos miese Kommis gepostet.

Ich setze mich auf meinen Platz in der hintersten Reihe und bin froh, dass Lou und Finn in der anderen IT-Gruppe einen Raum weiter sind. Jasper sitzt schräg vor mir, konzentriert sich aber offensichtlich auf den Unterricht. Ich bin ihm heute früh aus dem Weg gegangen, aber das ist gar nicht so einfach, wenn man sich ein Bad, eine Küche und einen Schulweg teilt. Ich bin extra mit dem Fahrrad gefahren, obwohl ich sonst meist laufe. Ob er den Podcast auch gehört hat? Aber seine Meinung ist mir sowieso egal. Glaube ich.

Während die Schmirgler-Benthaus von Programmiersprachen faselt, sehe ich mich um. Jetzt sind alle ruhig – aber als ich in die Klasse kam, hatte ich schon den Eindruck, es wird getuschelt. Manche, mit denen ich nie was zu tun habe, Franzi und Selina etwa, haben mich extrafreundlich begrüßt, gewürzt mit einer unüberhörbaren Dosis Mitleid. Das ich nicht will. Es macht mich schwach und das ist ein ekelhaftes Gefühl. Ein paar Jungs, Dave und Ugur, haben gegrinst und hinter vorgehaltener Hand getuschelt, garantiert anzügliche Bemerkungen. Ich habe sie alle nicht weiter beachtet und war froh, dass der Unterricht ziemlich schnell begann.

An die Bandprobe am frühen Nachmittag möchte ich jetzt noch gar nicht denken. Ich weiß, dass wir nicht einfach schwänzen können. Die Bergmeier redet seit der ersten Probe im neuen Schuljahr von dem riesigen Fest anlässlich des 50-jährigen Bestehens des Fanny-Hensel-Gymnasiums im Dezember und dass unsere Band ein wesentlicher Bestandteil des Unterhaltungsprogramms sein wird. Da wir nun mal ein musisches Gymnasium sind, erwarten alle von uns eine Performance, die mindestens so stark wie die einer Profiband ist, etwa *die Ärzte* oder *Green Day*. Mhm, is' klar!

Aber ich habe mir geschworen hinzugehen. Ich will nicht zulassen, dass es das Höllenpärchen auch noch schafft, meinen Ruf als zuverlässiges und berechenbares Bandmitglied zu ruinieren. *Ich* kann eh aufrecht in die Probe gehen.

Nach IT haben wir Musik und heute geht es mal um etwas ganz anderes als Komponisten, Musikstile oder Tonfolgen. Heute geht es um Tontechnik. Allerdings habe ich mir das Thema nicht so trocken vorgestellt. Wir dürfen uns mit Frequenzberechnungen und Resonanzen rumschlagen. Interessant wird's erst, als wir die Tonsignale von verschiedenen Instrumenten analysieren. Es macht großen Spaß, auf die Pauke zu hauen, und ja, es kann sein, dass ich es ein paar Mal öfter tue als nötig. Glücklicherweise sind Lou, Finn und ich auf drei verschiedene Ecken des Raumes aufgeteilt und ich kann die beiden einigermaßen ignorieren. Allerdings fühlt sich ihre Anwesenheit dennoch wie ein ständig juckender Mückenstich an.

Beim Mittagessen sitze ich mit Jasper in der Kantine ganz hinten dicht am Fenster und merke, dass es mir heute gar nicht so unrecht ist, ihn in meiner Nähe zu haben, quasi als mein menschlicher Schutzschild. Außerdem muss ich ihm nicht erklären, was los ist, warum ich den Tofuburger auf meinem Teller kaum anrühre und nur an der Apfelschorle nippe. Er respektiert mein schlecht gelauntes Schweigen und löchert mich nicht mit Fragen. Um kurz vor zwei packt er unser Geschirr auf sein Tablett, schiebt mein leeres darunter und lächelt mir aufmunternd zu. »Wollen wir?«

Ich nicke und stemme mich hoch. Die Basecap wieder tief ins Gesicht gezogen, folge ich ihm zum Geschirrwagen und dann weiter. Zu unserem Probenraum.

Schon im Gang höre ich aus der offen stehenden Tür leises Trommeln. Sebi ist also schon da und spielt sich warm. Irgendwie entspannt mich sein Rhythmus – denn er klingt nicht nach Einzug der Gladiatoren, sondern eher nach chilligem Fahrstuhlbeat. Auch sonst ist es recht ruhig in dem kleinen, fensterlosen Zimmer, das mit Eierkartons und Schaumstoff zur Verbesserung der Akustik und zur Unterdrückung der Lärmbelästigung ausgekleidet ist. So wie dieser Raum riecht kein anderer in der Schule. Als würden die vielen Töne und Geräusche, die wir hier drin fabrizieren, ihren eigenen Geruch haben, und die Eierkartonwände speichern diesen bis in alle Ewigkeit.

Die Bergmeier lehnt an der mannshohen Heizung und überfliegt ein Notenblatt. Sie blickt auf und begrüßt uns.

»Schau, Jasper, es ist kein Steinway-Flügel, aber immerhin ein anständiges Keyboard. Ich freue mich, dass sich die Anschaffung des Fördervereins endlich auszahlt.« Sie deutet auf das Instrument auf der linken Seite des Raums. Auf der rechten sitzt Sebi vor seinem Drumset, hat die Augen geschlossen und konzentriert sich offensichtlich weiter auf den Rhythmus des Songs, der ihm gerade durch den Kopf geht.

»Wo bleiben denn Louisa und Finn?« Die Bergmeier geht zur Tür und späht den Gang auf und ab. »Ihr seid doch sonst unzertrennlich.«

Ich ignoriere ihren Kommentar. Mich würde es nicht wundern, wenn sie heute nicht kämen.

Jasper setzt sich ans Keyboard und klimpert ein wenig drauflos. Nein, er klimpert nicht. Ganz und gar nicht. Er spielt die Melodie von »The A Team« und ich könnte mir für einen kurzen Moment glatt einbilden, dass Ed Sheeran gleich durch diese Tür geschlendert kommt – für eine kleine Jamsession mit uns.

Sebi stimmt in Jaspers Spiel ein und ich hole den Text aus der Tasche. Er ist nicht ganz einfach, denn Ed Sheeran ist ein Meister im Schnellsingen. Und er hat den Vorteil, dass Englisch seine Muttersprache ist. Ich summe und singe also mit, so gut es geht, und die Bergmeier guckt schon ganz wohlwollend.

Kaum verklingt der letzte Ton, öffnet sich die bereits geschlossene Tür, und Finn und Lou kommen herein. Finn grinst, Lou stiert auf den Boden. Obwohl ich ihr Gesicht nicht genau sehen kann, erkenne ich, wie blass sie ist. Und ihre Körperhaltung schreit geradezu: *Lasst mich hier raus!*

»Okay«, sagt die Bergmeier. »Ich will euch gar nicht lang vom Proben abhalten. Aber zum einen freue ich mich wirklich sehr, dass wir Jasper in der Band begrüßen dürfen. Herzlich willkommen bei uns, Jasper! Ihr kennt euch ja schon, meintest du.« Jasper nickt, Sebi macht ein Victoryzeichen und grinst.

»Und dann«, fährt sie fort, »Eure Setlist – die gefällt mir sehr gut. Ihr könntet noch überlegen, ob ihr den Queen-Titel nicht später spielt. ›Bohemian Rhapsody‹ wäre auch ein toller Schlusssong. Und mit ›With a little help from my friends‹ anzufangen, wäre irgendwie eine schöne Einstimmung – Freunde auf der Bühne, Freunde im Zuschauerraum. Das fände ich wunderbar!«

»Die Beschwörung der Freundschaft – das können wir gerade sehr … egal.« Sebi legt sich die Hand auf den Mund und schaut verunsichert in den Raum. Keiner reagiert.

Finn zuckt uneindeutig mit den Schultern, Lou fummelt an ihrer Bassgitarre und dem Mikrofonständer. Jasper spielt die ersten Takte des Beatles-Songs.

»Ach, nur eins noch – wollt ihr wirklich ›Six feet under‹ spielen?« Die Bergmeier scheint überhaupt keine Antennen für das zu haben, was hier gerade passiert. »Ich weiß nicht so recht – Billie Eilish kommt mir etwas unpassend vor. Das zieht einen schon sehr runter, das Lied.«

»Passt doch«, nuschle ich.

»Schauen wir mal«, antwortet Finn.

»Okay – legt erst mal los. Macht weiter mit dem ›A Team‹. Wenn ihr mögt, komme ich gegen halb vier noch mal vorbei und ihr spielt mir vor.«

Und dann ist sie weg. Auf mich wirkt es, als würden die

Eierkarton-Schaumstoff-Wände gleich näher an mich heranrücken. Hoffentlich habe ich genug Luft zum Singen.

Für einen Moment herrscht angespanntes Schweigen. Offensichtlich weiß auch Sebi, was passiert ist. Finn ist immerhin sein bester Freund und hat ihn bestimmt eingeweiht. Außerdem ist Sebi ein großer Fan unseres Podcasts, das hat er schon öfter beteuert. Mir gelingt es allerdings nicht einzuschätzen, ob er Lous und Finns Aktion oder meine öffentliche Reaktion darauf blöder findet. Wie so oft verhält er sich vollkommen neutral. Auch wenn wir mal über neue Songs, die Setlist oder andere Bandbelange diskutieren, sagt er selten seine Meinung. Hauptsache, er kann Schlagzeug spielen.

Jeder stellt sich an seinen Platz. Ich positioniere mich neben dem Keyboard, dann kommt Finn, dann Lou und ganz links Sebi. Finn dreht an den Stimmwirbeln seiner E-Gitarre und versucht, ein A dazu zu summen.

»Höher«, sagt Lou leise. Sie starrt noch immer nach unten.

»Freue mich, dass ich dabei sein darf«, sagt Jasper. Keiner reagiert.

Finn spielt die ersten Takte von »The A Team«, Sebi setzt mit Jasper ein, dann beginne ich zu singen.

Lou unterbricht mich nach der ersten Zeile.

»Du bist zu tief.«

»Hab ich gemerkt. Und du hast den Einsatz verpennt.« Ich merke selbst, wie aggressiv ich klinge.

»Noch mal von vorne, mir war auch nicht ganz klar, wo ich anfange«, sagt Jasper. »Ich weiß nicht, wie macht ihr das normalerweise? Sollen wir das vielleicht erst einmal nur instrumental versuchen?«

»Nee, Quatsch«, widerspricht Finn. »Is' einfacher, wenn die Ladys singen.«

Ich funkel ihn böse an. Ich hasse es, wenn er mich »Lady« nennt. Und er weiß es.

»Ja, aber für Charles und Lou auch?«, fragt Jasper. Finns Widerspruch scheint einfach an ihm abzuperlen. »Was meint ihr?« Er sieht uns fragend an. Lou zuckt hilflos mit den Schultern. Ich nicke ihm zu. Ich habe keine Ahnung, ob das Sinn hat. Aber es gibt mir Zeit, runterzukommen und nicht zu explodieren.

Jasper zählt vor, Finn setzt ein, dann nach und nach die anderen. Ich klatsche im Rhythmus mit und singe die Worte im Kopf.

»Klingt doch schon ganz gut, ich glaube nur, wir können ein bisschen schneller spielen«, sagt Jasper am Ende.

»Was bist du hier?«, fragt Finn. »Der verdammte Bandleader?«

Jasper zuckt zurück und hebt die Hände. »Sorry, wusste nicht, dass konstruktive Kritik nicht erwünscht ist.«

»Ich finde auch, das klang lahmarschig«, sage ich und sehe Finn trotzig an.

»Können wir es jetzt einfach noch mal von vorne spielen, und Lou und Charlie singen?«, schlägt Sebi vor.

Ich spüre, dass meine Hände schweißnass sind, und ich wische sie unauffällig an meiner Jeans ab. Jasper zählt wieder vor. Einsatz … und … diesmal singt Lou tatsächlich mit. Aber ich weiß genau, dass ihre Stimme sonst anders klingt. Heute hat sie etwas regelrecht Durchscheinendes, als würde sie gleich unter der geschlossenen Tür hindurch nach draußen geweht werden.

Tapfer singen wir uns durch die ersten zwei Strophen. Aber am Ende der zweiten kommt die Textzeile, die ich am liebsten ausradieren würde. Weil sie so wahr ist und mein ganzes Leid auf den Punkt bringt. Und ich weiß nicht, ob ich die Worte unfallfrei hervorbringe. Denn ja, eindeutig, das Schlechteste im Leben bekommt man umsonst. Ich spüre, wie meine Stimme zu zittern beginnt, wie sich der Kloß im Hals immer weiter ausdehnt. Ich werde jetzt nicht weinen. Ich werde diese Zeile laut und vernehmlich singen und mir nichts anmerken lassen. Doch ich weiß gleich nicht mehr, wie ich noch einen einzigen Ton an dem fetten Klumpen in meiner Speise- oder Luftröhre vorbeiquetschen soll. Meine Augen schwimmen schon in Tränen. Ich öffne den Mund. *»The worst …«*

Jaspers Klavierspiel wird lauter, dann leicht schräg, dann bricht er ab.

»Oh, sorry, bin verrutscht. Oder so was.« Er schenkt mir ein aufmunterndes Lächeln. »Machen wir gleich mit der nächsten Strophe weiter?«

Keiner hat was dagegen. Ich wende mich kurz ab und wische mir die Augen. Dann atme ich tief durch. Keine Schwäche zeigen.

Als die tränenfördernde Textzeile das nächste Mal dran ist, fühle ich mich schon etwas gefestigter und singe einigermaßen lässig darüber hinweg. Den Impuls, Lou meine Hand zum High Five hinzustrecken, kann ich in letzter Sekunde zügeln. Normalerweise klatschen wir uns immer ab, wenn eine von uns etwas gut hinbekommen hat. Aber heute wäre das ganz schön verquer.

»Können wir jetzt endlich was anderes spielen?«, fragt Lou nach dem zweiten Durchgang.

»›With a little help from my friends‹ vielleicht?«, zische ich. Ich sehe, wie das Weiß ihrer Fingerknöchel hervortritt, so fest umklammert Lou ihre Bassgitarre.

»›Bohemian Rhapsody‹?«, schlägt Jasper vor. »Das habe ich ehrlich gesagt noch nie gespielt und würde es gerne üben.«

Die anderen nicken, heute scheint jeder froh darüber zu sein, wenn die Konversation so wenig Raum einnimmt wie möglich.

Diesmal müssen alle singen. Jasper braucht ein paar Anläufe, bis er den richtigen Einsatz mit dem Keyboard erwischt, aber dann kommt er ziemlich gut mit. Seine Stimme klingt gar nicht schlecht, leicht rau, aber das hebt sie hervor, macht sie besonders. Und sein Englisch ist natürlich beneidenswert. Auch wenn wir alle den Text in- und auswendig kennen und unsere Aussprache sicher okay ist, klingt es bei einem Native Speaker einfach unsagbar viel cooler.

Gegen Ende der Probe kommt die Bergmeier noch einmal vorbei und hört sich das »A Team« an. Sie wippt begeistert mit und dirigiert hingebungsvoll.

»Ihr werdet immer besser!«, lautet ihr Urteil. »Ich glaube, ihr solltet euch unbedingt beim Schooljam-Wettbewerb anmelden. Wer weiß, ob ihr in der Oberstufe noch Zeit für die Band habt. Und ihr könntet Liveauftritte beim Hurricane- und Southside-Festival gewinnen. Plus ein Wochenende in einem echten Musikstudio, wo euer Song professionell aufgenommen wird. Was meint ihr?«

Bloß das nicht!, will ich ausrufen. Ein Wochenende mit den beiden Verrätern in einem Tonstudio? Und dann noch auf einer Bühne vor Zehntausenden Leuten stehen und so tun, als seien wir alle best Buddys?

»Cool!«, ruft Sebi aus. »Fände ich schon geil. Also ich wäre dabei!« Jasper nickt zögerlich und auch Finn hat offensichtlich ebenfalls kein Problem damit, sich so etwas vorzustellen. Nur Lou und ich bleiben stumm.

»Ihr müsstet euch allerdings mit einem eigenen Titel anmelden«, erklärt die Bergmeier. »Ihr habt ja zwei, drei Songs – aber ganz ehrlich: Für den Wettbewerb reichen die nicht. Ich habe mir mal angehört, was die Sieger der letzten Jahre so draufhatten, und die Latte liegt hoch.«

»Ach, da fällt uns bestimmt noch was Cooles ein.« Finn spielt gleich mal ein schnelles Riff und schüttelt seine Locken. »Was mit Power.«

Ich denke an Jaspers Lied, das ich in dem Dateiordner des Todes entdeckt habe, aber ich sage nichts dazu.

»Allerdings ist der Anmeldeschluss schon Ende des Monats.«

»Puh, ganz schön knapp«, werfe ich ein.

»Louisa, hast du auch eine Meinung dazu?«, fragt die Bergmeier.

Lou sieht das erste Mal auf und schüttelt den Kopf. »Sorry, ist heute nicht so mein Tag. Aber prinzipiell, klar, warum nicht.«

»Charlotte?«

»Ich weiß nicht. So toll sind wir ja nun nicht.«

»Hey, stellt euer Licht mal nicht so unter den Scheffel. Ihr seid letztes Jahr Stadtmeister geworden – und seitdem habt ihr euch weiter deutlich verbessert. Gerade was deine Gesangsstimme angeht.«

Es ist ja lieb von ihr, dass sie so an uns glaubt. Aber wenn wir jetzt mal ganz ehrlich sind, steht die Band doch kurz vor dem Aus. Drei von fünf Mitgliedern haben komplett Beef miteinander – ich kann mir nicht vorstellen, wie das gehen soll. Das Konzert zum Schuljubiläum – okay, aus der Nummer kommen wir nicht raus und keiner von uns wird der Bergmeier eine Absage antun wollen. Aber ein Wettbewerb? Das ist echt too much!

»Ihr könnt's euch ja noch überlegen«, empfiehlt sie. »Schließlich sprüht ihr doch nur so vor kreativen Ideen.« Und dann verabschiedet sie sich.

Kaum ist sie draußen, sagt Sebi: »Ich finde das echt geil mit dem Wettbewerb. Hey, stellt euch vor, wir auf einer riesigen Bühne – vor uns Hunderttausende Fans …« Er strahlt über das ganze Gesicht, und im Normalfall würde ich seine Leidenschaft auch teilen. Ich weiß, dass er als Einziger von uns davon träumt, Berufsmusiker zu werden. Eine erfolgreiche Teilnahme am Schooljam-Wettbewerb würde sich da in seinem Lebenslauf ziemlich gut machen.

»Ja, finde ich auch super!«, unterstützt ihn Finn. »Lasst uns abstimmen – wer ist dafür? Wer dagegen?«

Sebi und Finn reißen bei *dafür* die Arme nach oben, Lou und ich bei *dagegen*. Jasper enthält sich.

»Mann, Alter, komm schon«, fordert ihn Finn auf. »Ein Patt ist doch scheiße.«

Jasper hebt entschuldigend die Hände. »Ich bin einfach noch nicht so in eurer Band drin – ich kann schwer einschätzen, wie viel Potenzial ihr habt.«

»Ihr?«, hakt Lou nach.

»Wir«, verbessert sich Jasper. »Ich bin gerne dabei. Ich mag die Songs, die ihr spielt. Aber … können wir das nächste Woche entscheiden? Ist vielleicht nicht gerade der beste Zeitpunkt heute.« Er sieht mir fest in die Augen. Schnell schaue ich woandershin.

»Allerdings«, sage ich. »Kein guter Zeitpunkt.«

»Ach, aber nächste Woche, oder was?« Es wirkt, als sei Lou gerade aus einem umnebelten Traum aufgewacht und endlich wieder in der Realität angekommen. Ich bin mir nicht so sicher, ob ich das gut finden soll.

»Das weiß ich nicht«, antworte ich. »Das hängt ganz davon ab, wie sich manche Menschen in diesem Raum bis dahin verhalten.«

»Wie *du* dich verhältst!«, gibt Lou zurück. Ich bin völlig perplex, wie offen wütend sie mich anschaut. Wenn sie sonst mal sauer auf mich ist, was selten genug vorkommt, dann zieht sie sich für ein, zwei Tage zurück und dann ist alles wieder gut. »Vielleicht veröffentlichst du ja noch einen Podcast zum Thema ›Mach mit und hilf mir, meine beste Freundin in einen Shitstorm zu schicken, aus dem sie nicht mehr rausfindet‹.«

»Ja, und was war der Anlass dafür? Habe *ich* mich falsch verhalten oder du?« Die Wut und der Zorn, die mich nun schon seit bald vierundzwanzig Stunden beherrschen, ballen sich in meinem Brustraum. Gleich schießt daraus eine Faust hervor und landet in Lous zartem Gesicht.

»Mann, Charlie! Es war ein Kuss! Ein kleiner Kuss! Weil wir so begeistert waren!«

»Davon, dass ich euch nicht im Weg rumstehe, oder was? Dass ich scheißkrank im Bett liege und ihr endlich euren Gefühlen füreinander freien Lauf lassen könnt? Dass ihr mich endlich so richtig verarschen könnt?«

»Nein, das ist doch Bullshit!« Lou schüttelt ununterbrochen den Kopf. »Mann, Finn, sag doch auch mal was.« Sie haut ihm auf die Schulter und er zuckt zusammen. Bisher haben die Jungs nichts auf die Kette bekommen, als fasziniert zwischen uns hin- und herzuschauen.

»Ja, klar, genau«, stammelt Finn, aber er klingt null ehrlich. »War ein Versehen. Die Stimmung hat uns mitgerissen.«

»Und das soll ich glauben?«

»Tu's oder lass es!« Nun zuckt Finns rechter Nasenflügel. Ein klares Indiz dafür, dass er sich von mir unter Druck gesetzt fühlt. Was er hasst.

»In jedem Fall ist dein Podcast eine absolute Sauerei, Charlotte!« Lou schreit nun beinahe. Sie hat die Hände zu Fäusten geballt, sie zittern auf Taillenhöhe.

Sebi sieht betreten auf sein Schlagzeug und dreht die Drumsticks in Händen. Jasper starrt auf die Keyboardtastatur.

»Das ist doch scheiße!«, rufe ich aus. »Ist euch nicht klar, was ihr damit angerichtet habt? Die Band können wir jetzt glatt vergessen. Und alles andere auch. Schuld seid ihr ganz allein!« Ich presse meine Lippen aufeinander, greife nach den Noten auf dem Ständer, nach meiner Tasche und dann renne ich aus dem Probenraum raus. Ich bekomme gleich keine Luft mehr!

Niemand ruft »warte«.

7

Draußen ist es stürmisch, der Wind scheucht große, graue, nasse Wolken vor sich her und wirbelt die ersten Herbstblätter durch die Straßen. Bestimmt fängt es gleich zu regnen an. Ich versuche, mit den Händen meine Arme warm zu rubbeln. Verdammt, meine Jacke liegt noch im Probenraum, aber dahin gehe ich garantiert nicht zurück. Ich habe schon die halbe Strecke bis nach Hause hinter mich gebracht, da wird mir bewusst, dass ich *laufe*. So ein Mist, wie kann man nur so verpeilt sein? Ich hab doch tatsächlich mein Fahrrad vor der Schule vergessen!

Vor lauter Wut springe ich in den ersten Laubhaufen, der am Straßenrand aufgetürmt liegt, und trample auf den Blättern herum, als seien sie giftige Gedankensplitter, die ich alle zerstören muss. Die verwunderten Blicke eines hastig vorbeieilenden muskelbepackten Typen erwidere ich mit einer finsteren Grimasse, und er geht einen Tick schneller.

Kannst du bitte mein Fahrrad mitbringen? Das türkisfarbene mit dem Korb. Steht neben dem Zebrastreifen vor der Schule. Schlossnummer: 1025, schreibe ich per Messenger an Jasper, nachdem ich mich beruhigt habe. *Danke,* füge ich noch hinzu.

1025. Mein und Louisas Geburtstag. Der 10. und der 25. Oktober. Ich eine Waage, sie gerade so Skorpion. Ja, wir sind sehr unterschiedlich, aber das haben wir nie als Hindernis empfunden. Im Gegenteil. Wir haben uns dadurch gegenseitig gestärkt und beschützt. Bis jetzt.

Ich vermeide es, durch ihre Straße zu gehen, was einen Umweg von einigen Hundert Metern bedeutet. Obwohl ich ja weiß, dass sie noch gar nicht zu Hause sein kann. Vielleicht ist sie mit zu Finn gegangen? Wo sie sich erst gegenseitig versichern, was für eine schreckliche Kuh ich bin, und sich dann wieder hingebungsvoll küssen.

Ich knabbere an meiner Unterlippe, dann beiße ich sogar fest zu. Ich will nicht an die beiden zusammen denken. Immer war es: *Finn und Charlie – Charlie und Finn.* Seit über zwölf Monaten. Wir haben zusammengehört. Und ich bilde mir ein, ich habe diese Situation für Lou so erträglich gestaltet, wie es ging. Ich habe sie in unsere Aktivitäten mit einbezogen, sei es, ins Kino zu gehen oder zum Essen. Ich habe sie mit eingeladen, wenn Finn bei uns gefuttert hat. Manchmal ging es sogar so weit, dass er gemeckert hat, weil er mich nie für sich allein hatte. »Warum muss die immer dabei sein?«, hat er gefragt. Ich habe versucht, ihm klarzumachen, dass es für Lou eine schwierige Situation ist. Während ich verliebt im siebten Himmel schwebte, war sie allein. Da konnte ich sie unmöglich im Stich lassen. Er hat das nicht wirklich verstanden. »Warum sucht sie sich nicht einen Kerl? Sie ist doch hübsch.« Als ob diese Eigenschaft das einzige Kriterium bei der Partnerwahl wäre – dass das Mädchen gut aussieht. Ich habe nur die Nase gerümpft und versucht, ihn vom Thema abzubringen.

Manchmal habe ich mich dann allein mit ihm getroffen, hatte aber oft ein schlechtes Gewissen. Natürlich haben wir noch andere Freundinnen – Martha, Lisa und Kim etwa.

Aber die sind kein echter Ersatz für unser Zusammensein. Man kann mit ihnen großen Spaß haben, aber echte Probleme bereden wir nur zu zweit. Das ist einfach … historisch gewachsen.

Die ganze Situation mit Finn war kompliziert – vor allem für mich. Aber ich habe mich immer bemüht, das weder Finn noch Lou spüren zu lassen. Und wie danken sie es mir?

Mir, der heiligen Charlotte von Selbstmitleidhausen?

Ein Bild im Breitleinwandformat wird ungefragt auf die Sehrinde meines Hirns projiziert. Rechts Lou, links Finn, im Profil, sanftes Licht, ihre Gesichter nähern sich einander, weiter und weiter und dann berühren sich ihre Lippen, sie legen die Köpfe schräg, schlingen die Arme umeinander und im Kuss wird aus zwei Körpern einer.

Schluss, cut, abbrechen!, will ich schreien, aber das Bild ist übermächtig.

Endlich erreiche ich unser Haus, ich schleiche mich hinein – hoffentlich ist niemand da! Ich vermeide irgendwelche Geräusche beim Hochsteigen der Treppe, erreiche mein Zimmer, schließe die Tür hinter mir und lasse mich auf mein Bett fallen. Endlich. Gerettet.

Doch der Nachmittag hebt meine Stimmung nicht sonderlich. Unten in der Küche höre ich Theo mit Jasper reden. Netterweise hat er sowohl meine Jacke als auch mein Fahrrad von der Schule mitgebracht. Die beiden haben mir was von ihrem gemeinsam gekochten Risotto angeboten, aber ich hatte einfach überhaupt keinen Appetit. Sogar als ich beim Gang aufs Klo gehört habe, dass Jaspers und Theos Stimmen etwas lauter und zorniger klingen als zuvor, habe ich nach wenigen Sätzen das Lauschen eingestellt. Dennoch habe ich ihrem Streit entnommen, dass Jasper genervt war, weil Theo wohl mehr über die Ereignisse wissen wollte, die zu Jaspers Flucht nach Deutschland geführt haben. Denn das war es anscheinend – eine Flucht.

»Ich habe dir gesagt, du kannst kommen, wenn du offen bist und mit mir redest – mich an deinen Problemen teilhaben lässt«, sagte Theo so laut, wie ich ihn nie zuvor gehört habe. Der stets sanfte Grundschullehrer-Sound war völlig dahin.

»Ich will das aber hinter mir lassen«, schoss Jasper zurück. »Das geht dich nichts an, niemanden! Warum verstehst du das nicht?« Und dann schlug irgendeine Tür ziemlich laut und ich bin schnell ins Bad gehuscht. Als ich rauskam, lag bleierne Stille über dem Haus.

Ich merke, dass ich zu gar nichts Lust habe. Nicht mal zum Gitarrespielen. Erst habe ich Löcher in die Luft gestarrt und versucht, an irgendetwas Schönes zu denken. Den letzten Urlaub. In Schweden. Mit Lou.

Den nächsten Urlaub. Mum und Theo haben gemeinsam mit Magda und Adam ein riesiges Ferienhaus in Südtirol zum Skifahren gebucht.

Der letzte schöne Abend. Vor zehn Tagen. Mit Lou und Finn waren wir erst bei unserem Lieblings-Thai-Laden und dann in einer Spätvorstellung der Rocky-Horror-Picture-Show, so ein alberner Gruselmusical-Film von 1975, der seit 45 Jahren jeden Freitag- und Samstagabend in den Museumslichtspielen läuft. Auf Anraten von Mum hatten wir sogar Reiskörner, Kekse und Knicklichter dabei, die während des Films zum Einsatz kommen. Viele Leute waren wie

Figuren aus dem Film verkleidet, währenddessen wurden der Time-Warp getanzt und ekstatisch die Knicklichter geschwenkt. Saukomisch und abgefahren! Unsere Instastory dazu hat unglaubliche Mengen von Likes bekommen und ich war überrascht, wie viele Leute den Film kannten.

Ich merke, dass ich schon wieder in einer Badewanne voller Selbstmitleidsplörre versinke. Ich hasse das! Aber fast alle schönen Dinge, an die ich denken kann, haben mit Finn und Lou zu tun. Ich höre mich selbst seufzen, so wie es meine Oma immer tut, wenn sie schlimme Rückenschmerzen hat.

Auch wenn ich es gar nicht will – es ist wie ein automatisierter Mechanismus, den ich nicht steuern kann –, greife ich zu meinem Handy. Und schaue mich auf Instagram um.

Noch immer gibt es Dutzende Kommentare zu meinem Podcastbeitrag. Und wenn ich ganz ehrlich bin, ertrage ich sie kaum. Ich schäme mich wirklich und kann verstehen, dass Lou sauer ist. Aber … nichts aber, wispert mir der Schämzwerg ins Ohr. Doch, ich war verletzt, ich war außer mir. Menschen tun blöde Sachen, wenn sie unglücklich sind. Ich scrolle mich auf unserem Account durch die Zeiten.

Seit vier Jahren betreiben wir unseren Instakanal, den Podcast sogar schon seit fünf Jahren. Am Anfang haben uns nur ein paar Klassenkameradinnen und unsere Verwandtschaft angehört und abonniert. Uns war das aber auch total egal, wir haben über unsere Freundschaft geredet und hatten keinerlei Erwartungen, dass wir mal bekannter werden. Aber offensichtlich fanden uns die Leute lustig – und so kamen immer mehr Likes und Abozahlen dazu.

Als wir dann die ersten Tausend geknackt hatten, ging's

immer schneller. Okay, wir haben uns natürlich echt Mühe gegeben und versucht, auch mal neue Sachen auszuprobieren.

Ich scrolle zurück in die Deepline unseres Accounts, zu den Anfängen – da waren wir elf, zwölf und eine Zeit lang haben wir uns mit Pranks gegenseitig herausgefordert. Als ich die Videos von damals anklicke, muss ich grinsen – ob ich will oder nicht. Herrje, wie albern wir waren!

Auf einem der ersten reckt mir Lou ihre Hand zum High Five entgegen. Ich schlage ein und zucke erschrocken zurück, weil da plötzlich dieser eklige Schleim an meiner Hand ist. Der Rest des Videos ist total verwackelt – kein Wunder: Lou musste dermaßen lachen, dass sie ihr Handy nicht stillhalten konnte. Es hat echt gedauert, bis ich gemerkt habe, dass es nur Vaseline war. Kurz darauf habe ich mich bitter gerächt. Beim nächsten Ausflug mit dem Fahrrad in die Stadt rein habe ich, ohne dass sie es gemerkt hat, unsere identisch aussehenden Zahlenschlösser ausgetauscht. Sie hat ganz schön geflucht, als sie ihr Rad später nicht aufgesperrt bekam, und erst mal überhaupt nicht daran gedacht, dass ich dahinterstecken könnte. Bis sie bemerkt hat, dass ich mit dem Handy filme, wie sie verzweifelt eine Zahlenkombi nach der anderen eingegeben hat. Ihr Gesicht dabei war unglaublich lustig und wir haben eine ganze Menge Likes dafür kassiert.

Doch mit den Pranks haben wir ziemlich schnell aufgehört. Lou hat mir nach viel Rumgedruckse gestanden, dass sie das nur mir zuliebe mitmacht und sich dabei eigentlich total unwohl fühlt. Also haben wir uns stattdessen auf die Podcasts und Instagram konzentriert.

Das kommt mir jetzt alles so lange her vor, als sei es im letzten Jahrtausend passiert. Als es uns noch gar nicht gab. Und diese alten Geschichten anzuschauen, hebt meine Laune auch nicht gerade. Ich will das Handy sinken lassen, als ich eine Benachrichtigung entdecke.

Ed Sheeran hat dich in einem Kommentar erwähnt, lese ich.

What???

Ich klicke darauf und lande auf dem Insta-Account des Sängers. Sofort fällt mir mein frustrierter Kommentar von neulich Abend ins Auge – dieser Kommentar, in dem ich ihm an den Kopf knalle, dass ich ihn hasse, weil er mir meine Lieblingsmenschen weggenommen hat. Und nun steht darunter tatsächlich, dass es ihm total leidtue und das nicht seine Absicht gewesen sei. Und er will wissen, wie er das geschafft hat. Außerdem bietet er mir zwei Freikarten für sein nächstes Deutschlandkonzert an. PN folgt.

Da hat sich doch jemand einen Spaß erlaubt, oder? Ed Sheeran persönlich kommentiert mich? Ich prüfe noch mal, ob ich auf dem wirklich total echten Sheeran-Account bin, aber ja, kein Zweifel. Oh Mann, was soll ich denn da zurückschreiben? Das ist ja total süß und lieb und natürlich tue ich alles, bloß ihn nicht hassen. Das sollte ich vielleicht mal als Allererstes klarstellen. Und jetzt kündigt mir Instagram sogar noch eine Message von dem Superstar an. Wie krass ist das denn, bitte?

Mit leicht zittrigen Fingern klicke ich die Nachricht an.

Hi charlottel, tell me about your trouble. What happened to your beloved ones?

Ich bin versucht, mir in den Arm zu kneifen. Das kann

unmöglich wahr sein. Ed Sheeran himself fordert mich auf, ihm von meinem Kummer zu berichten und ihm zu erzählen, was mit meinen Lieblingsmenschen passiert ist?

Es dauert bestimmt eine halbe Stunde, bis ich eine Antwort formuliert habe. Ich bemühe mich, sie in völlig korrektem Englisch zu verfassen, merke aber, dass das gar nicht so einfach ist. Zwischenzeitlich überlege ich, Jasper um Hilfe zu bitten, aber mein Gefühl sagt mir, dass das hier nur eine Sache zwischen Ed und mir ist. Die geht keinen was an. Die gehört nur mir. Wenn die Welt sonst schon so garstig zu mir ist, dann ist dies meine Insel – mein Rückzugsort, nur für mich und Ed. Mein Gott, wie das klingt.

Nachdem ich die Antwort gefühlt 124-mal durchgelesen habe, klicke ich auf »senden«. Ich habe versucht, ihm einfach eine Kurzfassung der ganzen Finn-und-Lou-Misere zu geben, und mich für die Beschimpfung entschuldigt. Ich habe ihm gestanden, dass er für mich einer der größten und fantastischsten Musiker auf der ganzen Welt sei. Ich lese meine Zeilen noch einmal durch und komme mir total bescheuert vor. Als ob Ed Sheeran das tatsächlich interessieren würde! Und dann auch noch dieses Honig-um-den-Bart-Schmieren … Einfach nur peinlich! Schnell schicke ich noch einen Dank für das Ticketangebot hinterher und dass ich mich sehr darüber freuen würde, wenn es klappt. Wie konnte ich das nur vergessen?

Keine zwei Minuten später kommt wieder eine Reaktion. Ich kann nicht glauben, was ich da lese. Auf Englisch schreibt er: *Tritt deinem Boyfriend in den Hintern – aber versöhne dich mit deiner Freundin. Nur so ein Ratschlag von einem alten Mann mit viel Lebenserfahrung*😉😉😉

20. September, 17.35 Uhr

Langsam muss ich echt aufpassen, was ich sage. Mamusia hat schon drei Mal gefragt, warum Charlie so selten auftaucht derzeit. Ob sie immer noch krank sei. Ich habe irgendwelche Schulreferate vorgeschoben und versucht, Gesprächen aus dem Weg zu gehen. Tatuś meint, ich esse zu wenig, und Lukas will wissen, warum ich so schlecht gelaunt bin. Der hat da echt Antennen für. Ich versuche, ihnen möglichst wenig zu begegnen, verbarrikadiere mich in meinem Zimmer und schiebe Lernen vor, wenn trotzdem wer reinkommt. An Lernen ist natürlich null zu denken, weil sich mein Kopf wie eine Pingpongkugel anfühlt, die orientierungslos über eine Tischplatte eiert. An jeder Ecke, jeder Kante droht ein Absturz. Und ich weiß nicht, wie lange ich den noch aufhalten kann.

Die Bandprobe heute war voll das Grauen. Wie sie mich angeschaut hat! Im ersten Moment völlig eisig und kontrolliert und irgendwie total von oben herab. Ich habe gedacht, mein ganzes Inneres friert ein, und ich wusste nicht, ob ich überhaupt einen Ton herausbringen würde. Noch schlimmer waren dann später diese absolute Fassungslosigkeit und die Verletztheit in ihrem Gesicht. Ich hatte den Eindruck, dass sie das gar nicht gemerkt hat, aber: Da lag echt ihre Seele bloß und eine große Welle von Scham ist über mich hinweggerollt. Es ist meine Schuld, dass sie so leidet.

Unsere. Unsere Schuld. Finn ist genauso beteiligt.

Aber was macht der? Will an diesem Schulbandwettbewerb teilnehmen! Als ob nie etwas gewesen sei. Wenn ich … okay, also, das ist jetzt verdammt schwer … wenn ich … ich will das nicht formulieren. Wenn ich es aufschreibe, wird es wahr. Aber es zerreißt mich, wenn ich es nicht aufschreibe. Gut, also: Manchmal habe ich das Gefühl, ich habe mich in ihm getäuscht. Habe ihn einfach vergöttert, weil er so gut aussieht, weil er so coole Sprüche bringt, weil ich mich neben ihm so anders gefühlt habe. Selbst lässiger und cooler. Als würde das auf mich abstrahlen. Aber jetzt denke ich manchmal, er ist ein selbstverliebter Penner, dem andere ziemlich egal sind. Vor allem deren Gefühle.

Puh, jetzt ist es raus.

Wenn er allerdings in fünf Minuten hier auftauchen und mich wieder küssen wollte, könnte ich für nichts garantieren. Ich glaube nicht, dass ich ihn heimschicken würde.

Verdammt, seit wie vielen Jahren träume ich davon, mit ihm zusammen zu sein? Ich mochte ihn schon, als wir noch in der fünften Klasse waren und Charlie immer gespottet hat, wie doof er sei. Ich habe immer so getan, als sähe ich das genauso. Hab ihn höchstens ein kleines bisschen verteidigt, aber nur so, dass sie nicht merkt, wie sehr ich in ihn verknallt bin. Weil ich wollte, dass sie mich nicht für blöd oder oberflächlich hält.

Und dann kommt sie letztes Jahr an und erzählt mir kichernd und glucksend und freudestrahlend, sie sei jetzt mit Finn zusammen und total in ihn verliebt. Ich meine – hallo? Von einem Tag auf den anderen?

Sie hat dann erzählt, sie hätte ihn wirklich nicht sonderlich gemocht, aber dann hat sie ihn zufällig vor Kurzem an der Isar mit seinem Neffen getroffen und er war »so unglaublich süß und lieb mit dem Kleinen, das kannst du dir nicht vorstellen«. Doch, konnte ich, ich habe bei Finn immer diese weiche, liebe Seite gesehen. Aber das habe ich nicht gesagt. So wie sie mir zuerst nichts von dieser Begegnung erzählt hat.

Kurz danach war dann der Vorfall in der Band. Ich kann mich lebhaft dran erinnern! Charlie und ich kamen zur Probe und waren ganz verwundert, dass Finn, Sebi und Idris schon da waren. Idris hatte davor schon gesagt, dass er wegen der Schule bald aus der Band aussteigen würde, und es war klar, dass Finn zukünftig seinen Gesangspart übernehmen würde. Die Jungs haben uns dann freudestrahlend begrüßt und erklärt, dass wir heute ein neues Stück proben würden – »Nightrain« von *Guns n' Roses.* Finn würde singen. Die Bergmeier hätte nichts dagegen. Und schon haben sie losgedonnert. Charlie und ich haben uns fassungslos angesehen. Es war immer klar gewesen, dass wir a) keine Hardrock-Titel spielen würden und b) unser Repertoire gemeinsam beschließen. So wie sie spielten, war klar, dass Finn das durchgesetzt hatte. Sebi wäre, glaub ich, am liebsten in seiner Trommel verschwunden und Idris hat mit seinem Saxofon sowieso kaum etwas beigetragen. Als sie fertig waren, hat Finn stolz gestrahlt. Keine Frage – er hatte Fakten geschaffen. Aber Charlie schießt auf ihn los, baut sich direkt vor ihm auf und schreit ihn an: »Du hast wohl den Knall nicht gehört! Du bist der arroganteste Kotzbrocken, den ich kenne! Meinst du, du kannst dich hinter unserem Rücken zum Bandleader aufschwingen? …« Und so ging das noch ein paar Minuten.

Finn stand nur mit offenem Mund da und hat sie fassungslos angestarrt. Sie ist dann wütend rausgerannt und hat ihm gar keine Chance für eine Erwiderung gegeben, ich bin ihr natürlich hinterher. Ich fand das auch blöd von Finn, aber so aufgebracht wie sie war ich nicht.

Eine Stunde später hat sie dann wohl über Instagram eine Message von ihm bekommen, ob sie mit ihm »Wonder Woman« im Cinema in der Nymphenburger Straße anschauen kommt. Englisches Original, keine Untertitel, Wiederaufnahme. Und hier war der Punkt, so habe ich mir das im Nachhinein erklärt, wo sie im Normalfall zu mir gekommen und mir die Nachricht gezeigt hätte. Wir hätten diskutiert, und ich hätte nicht gestanden, wie neidisch ich auf diese Einladung bin. Ich hätte es als Selbstverständlichkeit empfunden, ihr zuzuraten, sie solle ihn treffen. Aber sie hat sich nicht mit mir besprochen. Sie hat ihn heimlich getroffen. Und mich hinterher vor vollendete Tatsachen gestellt. Denn sie haben sich an dem Abend das erste Mal geküsst. Und seitdem war ich erst recht zum Schweigen verdonnert, was meine Gefühle für ihn angeht.

Und Charlie hat berichtet, er hätte ihr erklärt, dass er sich geschämt habe, weil seine Stimme nicht so toll sei und dass das sicher noch mehr auffallen würde, wenn Idris mit seinem Sax weg ist. Und er wollte einen Titel spielen, bei dem er gut dastehen würde und auch mal der Star auf der Bühne sei. Diese Ehrlichkeit hat ihr imponiert. Sie meinte, sie ist sich sicher, dass er durch ihren Einfluss endgültig der tolle Kerl werden kann, der er im Grunde eh ist – von wegen »harte Schale, weicher Kern« und so. Sie wird es sein, die das Beste in ihm hervorholt. Als sei das ihr Auftrag, ihre Mission.

Als sei sie »Wonder Woman«. Ich habe das total gut verstanden, weil – eigentlich habe *ich* mich in der Rolle der Retterin gesehen. Ich wollte es sein, dank der Finn nur noch seine guten Seiten auslebt. Doch ich habe den Eindruck, auch ich werde scheitern, genau wie zuvor Charlie.

Oh Mann, was für ein Scheiß! Und dann war ich vorhin auch noch so blöd und hab die Finger nicht von meinem Handy gelassen. Ich wollte nicht noch mehr von diesen ätzenden Kommentaren entdecken, die in meine Timeline gespült werden, und habe Instagram nur aufgerufen, um die Benachrichtigungen abzustellen. Das hatte ich vor lauter Schock und Ekel glatt vergessen.

Und was sehe ich da?

Charlie hat das Ed-Konzert kommentiert – und er hat ihr geantwortet. ED SHEERAN HAT GEANTWORTET! Und ihr zwei Karten fürs nächste Konzert angeboten. Und eine PN angekündigt. Jetzt wissen offensichtlich schon Weltstars über mein Verbrechen Bescheid. So ein … fuck! Ob er ihr wirklich eine PN geschrieben hat? Ich kann mir das nicht vorstellen! Ach, könnte ich sie doch nur fragen …

Ich wollte schon eine Instastory mit einer Entschuldigung darin erstellen und posten. Um ihr zu zeigen, wie wichtig sie mir ist. Und dass es mir wirklich leidtut. Ich hätte eine Collage gebastelt mit den schönsten Bildern der letzten Jahre, so ein richtiger Erinnerungsflash, der ihr klarmachen soll, was wir verlieren, wenn wir nicht mehr befreundet sind. Wegen einer – meiner – einzigen Fehlentscheidung. Ich habe hin und her überlegt, ob ich das machen soll, und dann wurde mir klar, dass ich ihren Rat bräuchte. Dass ich sie fragen würde, was ich nun machen soll. Dass ich sie aber auch das nicht fragen kann. Ich musste so weinen. Schrecklich!

In meiner Verzweiflung habe ich Finn per WhatsApp um Rat gefragt. Bad idea!

Er hat doch tatsächlich geschrieben, Charlie sei es nicht wert und ich solle sie einfach aus meinem Leben streichen. Wenn das seine Strategie ist, mit der Trennung umzugehen – okay. Aber für mich kommt das nicht infrage. Ich fühle mich, als sei mir eine Herzklappe amputiert worden. Shit, ich weiß überhaupt nicht mehr, was ich machen soll.

8

»Ich hab heute keine Lust zu kochen«, verkündet Theo und ich bin beinahe erleichtert. Kein gemeinsames Abendessen! Jasper ist irgendwo unterwegs und braucht auch nichts.

»Ich mach mir ein Brot, kein Problem«, verkünde ich, doch Theo winkt ab.

»Nein, so meinte ich das nicht. Ich lade euch zum Essen ein.«

»Oh, wie lieb!« Meine Mutter freut sich offensichtlich, denn sie kuschelt sich an Theo und küsst ihn dann auch noch ausgiebig. Als habe er ihr ein Diamantencollier versprochen. Ich kann nicht anders und verdrehe die Augen.

»Aber ist das nicht doof, wenn Jasper nicht da ist?«, wage ich einzuwerfen.

»Wir gehen ins *Holly Golightly* – da hat er heute nämlich seine erste Schicht und ich dachte, wir unterstützen ihn ein bisschen moralisch.«

Und schauen ihm dabei zu, wie er vor lauter Aufregung Biergläser umwirft und Bestellungen vergisst. Na, der wird begeistert sein.

»Weiß er davon?«, hake ich nach.

»Überraschung!« Theo zieht seinen breiten Mund noch breiter. Ich nuschle etwas von wegen »wird eh keinen freien Platz geben«, aber da fällt mir schon Mum ins Wort.

»Komm schon, Charlie, vergiss mal die Schule und all das Lernen und sei mal ein bisschen spontan. Dein Stiefbruder wird sich freuen, wenn er nicht nur uns alte Semester bedienen muss.«

Mein Stiefbruder! Das klingt ja total gruselig. Und ich bin dann die böse Stiefschwester wie bei Aschenputtel, oder was? Ich ziehe ein Duckface und stimme zu. Wer weiß, vielleicht ist ein kleiner Ausflug mit etwas Ablenkung besser, als wieder frustriert in meinem Zimmer zu hocken. Und außerdem knurrt mein Magen jetzt doch hörbar.

Das *Holly Golightly* ist nur fünf Minuten zu Fuß entfernt, und dass es dort auch eine Abendkarte gibt, ist relativ neu. Eigentlich ist es ein Frühstückscafé – daher auch der Name. Lou hat mich total ausgelacht, als ich nicht wusste, wer Holly Golightly ist, und hat mir erklärt, dass so Audrey Hepburns Filmfigur in *Frühstück bei Tiffany* hieß und sie eine der berühmtesten Schauspielerinnen der Zeit war. Wir haben uns diesen 60er-Jahre-Klassiker dann mal angeschaut, und ich weiß nicht, wer von uns mehr Taschentücher gebraucht hat. Oh Gott, wenn sie am Ende im Regen zwischen all den Mülleimern nach ihrer Katze sucht … das ist so … kitschig, aber einfach auch wunderbar. Außerdem hat der Film megatolle Musik und lange Zeit war der Titelsong »Moonriver« eines von meinen und Lous Lieblingsliedern. Ich kann's heute noch auf der Gitarre spielen.

Jedenfalls bietet unser Stammcafé mittlerweile nicht nur amerikanisches Frühstück, sondern auch typisches Dinnerfood an. Allerdings sind die Burger aus Biofleisch und es gibt auch eine vegane Variante. Die Pommes sind handgeschnippelt und die Mayonnaise homemade. Alle Salatzutaten kommen aus der Region und werden saisonal zusammengestellt.

Der enge Laden ist proppenvoll, aber Theo hat – unter falschem Namen – einen Tisch bestellt und so lassen wir uns an einem der weiß lackierten Holztische mit vier verschiedenen Stühlen ringsum direkt am Fenster fallen. Es dauert nicht lange und Jasper entdeckt uns.

»Nee, nicht wirklich!«, ruft er grinsend, als er uns sieht. Ich kann nicht genau einschätzen, ob er sich wirklich freut oder nur höflich ist.

»Wir wollten dir ein bisschen beistehen«, erklärt Theo, und mit der für ihn so typischen Geste kratzt sich Jasper verlegen am Hinterkopf.

»Na, schauen wir mal«, sagt er. »Es ist alles noch ein bisschen verwirrend und ich weiß nicht, in welchem der kommenden Jahrzehnte ich das Kassensystem verstehen werde. Außerdem ist es so voll, dass wir mindestens zwei Bedienungen mehr brauchen könnten.«

»Können wir trotzdem schnell ein Foto machen?«, fragt Theo. »Ein Selfie von uns allen?«

Außer mir hört vermutlich niemand, dass Jasper leise stöhnt. Er zückt dennoch rasch sein Handy und ruft die Kamera auf. Wahrscheinlich ist es ihm lieber, das schnell hinter sich zu bringen, als endlos zu diskutieren. Theo ist echt ein gutmütiger Typ, aber wenn er sich mal an einer Idee festgebissen hat, dann kann er penetrant werden.

Jasper kniet sich vor uns hin und wir strecken uns alle der Linse entgegen. Während Mum und ich »Affenscheiße« ausrufen, geben Theo und Jasper ein »Hängetitten« von sich. Jasper schaut kurz aufs Foto.

»Super, ich schick's dir später. Jetzt aber – was kann ich euch bringen?«

Theo und Mum schrecken zusammen, weil sie sich gerade außerordentlich verliebt in die Augen schauen und ihre Nasen aneinanderpressen, was ich megapeinlich finde, aber mich fragt ja keiner. Endlich hören sie mit dem Geturtel auf und bestellen die »American Cuties«-Platte für zwei. Darauf sind alle möglichen verschiedenen Klassiker in Miniformat. Zwei kleine Burger, zwei kleine Hotdogs, Pommes, Cole-Slaw-Salat und obendrauf noch Spareribs in hausgemachter Barbecuesoße. Ich nehme einen Caesar's Salad und eine Cola Zero.

Kaum ist Jasper in Richtung Tresen verschwunden, um die Bestellung aufzugeben, beugt sich Theo vertraulich zu mir herüber.

»Sag mal, Charlie«, fängt er an. »Was hast du für einen Eindruck? Meinst du, Jasper fühlt sich in der Schule wohl?«

Am liebsten würde ich »Frag ihn doch selber« antworten, aber mir ist schon klar, dass sich Jasper ihm gegenüber bei dem Thema wohl bedeckt hält und Theo auf Zeugenaussagen angewiesen ist.

»Ich kann dazu gar nicht viel sagen«, muss ich jedoch selbst zugeben. »In der Band gefällt es ihm wohl ganz gut, im Unterricht hab ich nicht so drauf geachtet, und mit wem er die Pausen verbringt, bekomme ich gar nicht so mit. Vielleicht hat er sich schon etwas mit Sebi, unserem Schlagzeuger, angefreundet.«

»Und hast du erlebt, dass er schon mal blöd angemacht wurde? Wegen seiner Hautfarbe?« Theo lehnt sich plötzlich schnell zurück und grinst etwas verkrampft. Jetzt bemerke ich erst Jasper, der auf einem Tablett unsere Getränke bringt. Er muss sich offensichtlich noch sehr darauf konzentrieren, nichts zu verschütten. Es gelingt ihm, Cola, Apfelschorle und Bier unfallfrei vor uns abzustellen, und er strahlt uns erleichtert an. Als er wieder fort ist, greife ich Theos Frage auf.

»Nee, ich glaub nicht, ich meine, in München sind People of Colour ja auch nicht ganz so ungewöhnlich.« Ehrlich gesagt habe ich darüber noch keine Sekunde nachgedacht. »War das in London ein Problem?«

»Nicht dass ich wüsste«, entgegnet Theo. »Da gab es wohl eher Ärger, weil manche ihn ziemlich …«

»Oh, schau, wie nett!« Meine Mutter streckt den Arm aus und winkt. Gerne hätte ich gehört, wie Theo den Satz beenden wollte. Mit »gemobbt haben« vielleicht? Doch auch er winkt nun, ich drehe mich in Richtung Raummitte und zucke zusammen. Durch die Tür ist gerade Magda hereingekommen, jetzt Adam und dann Lukas.

Hoffentlich ist Lou nicht dabei!

Die Eingangstür schließt sich und ich kann ausatmen. Keine Lou. Glück gehabt.

Die drei kommen natürlich sofort auf unseren Tisch zugerannt und ein Gewimmel aus Armen und Köpfen führt die obligatorische Begrüßungszeremonie durch. Jeder küsst und umarmt jeden, nicht mal Lukas wird ausgenommen, der das mit seinen elf Jahren garantiert ätzend findet. Andererseits – er kennt es ja nicht anders.

Die drei sehen sich etwas unsicher um.

»Ganz schön voll hier, das hätte ich nicht gedacht«, sagt Magda.

»Kommt doch dazu!« Natürlich bietet Mum ihnen das an. Magda ist ihre beste Freundin. Sie setzt sich auf den freien

Stuhl neben mich, Adam und Lukas stellen sich zwei Stühle an die Stirnseite und versuchen, so wenig Platz wie möglich einzunehmen. Jasper wird es schwer haben, an ihnen vorbeizukommen, aber ich sage nichts dazu.

»Bist du wieder gesund?«, bombardiert mich Magda sofort. »Hab dich so lange nicht gesehen, meine Süße, was war los?«

»Schulstress«, gebe ich einsilbig von mir. »Und Lou wollte nicht … mit hierherkommen?« Bestimmt ist es verdächtig, dass ich das nicht weiß.

»Ach, sie muss noch ihr Referat fertig machen«, erklärt Adam. »Aber ich frage mich – was ist das für ein Referat, dass sie seit Tagen nichts anderes tut?«

Ich zucke nur die Schultern und behaupte, es gehe bestimmt um IT. Die Referate dafür sind alle megaaufwendig mit Power-Point-Präsentationen und so.

Wie üblich entsteht schnell munteres Geplauder. Adam und Theo überbieten sich im Witzchenreißen, Lukas ist in ein Handyspiel versunken und unsere Mütter überlegen, bei welchen Flohmärkten man die beste gebrauchte Skiausrüstung für unseren bevorstehenden Urlaub in den Weihnachtsferien zusammenkaufen kann. Ich setze ein freundliches Lächeln auf und versuche mich ansonsten in Unsichtbarkeit. Hoffentlich spricht mich keiner an.

»Und hier kommt euer Essen.« Endlich tritt Jasper an unseren Tisch und hat zumindest schon mal die Platte für Mum und Theo dabei. Er hat offensichtlich erst jetzt bemerkt, dass sich die Jablonskis zu uns gesetzt haben. Da sie ihn mit zum Ed-Sheeran-Konzert gefahren haben, kennt er sie bereits und begrüßt sie herzlich. Sie geben ihre Bestellung auf und Jasper schaut suchend in die Runde.

»Ach so, Lou ist natürlich nicht dabei«, sagt er. »Klar.«

Bevor ich antworten kann, sagt meine Mutter: »Wieso klar?«

»Wegen dem Referat …«, sage ich. Und bemerke erst jetzt, dass Jasper gleichzeitig mit mir geantwortet hat. Und länger spricht als ich.

» … ihren Streit wohl leider immer noch nicht beigelegt«, höre ich. Und möchte ihm am liebsten ins Gesicht springen! Wie kann er das sagen?

»Wegen Finn«, schiebt er auch noch hinterher.

»Jasper!«, schreie ich. »Das geht keinen was an.«

»Was?«, fragt Mum.

»Was?«, fragt Magda.

»Was?«, fragt Adam.

»Hä?«, fragt Theo.

Ich springe so schnell auf, dass ich mein Colaglas umstoße und sich die braune Brühe in Sekundenbruchteilen ihren Weg über den Tisch sucht. Mein Stuhl knallt gegen den des Mannes hinter mir, dessen Reaktion ich aber gar nicht mehr mitbekomme.

»Shit, ich dachte, alle wüssten Bescheid!«, ruft mir Jasper nach. Auch Mum und Magda und Adam rufen irgendwas, aber da schlage ich schon die Lokaltür hinter mir zu. Die kalte Herbstluft umfängt mich und am liebsten würde ich jetzt Richtung Süden laufen, die Isar entlang bis zu den Alpen und immer weiter, bis ich am Mittelmeer ankomme und mich in seine Fluten stürzen kann.

9

Ich bin so froh, dass niemand zu Hause ist, als ich nach einem Sprint in Jogging-Geschwindigkeit atemlos die Haustür aufschließe. Erstens kann ich jetzt das *Nevermind*-Album von Nirvana so laut aufdrehen, wie ich will. Zweitens kann ich ungestört in mein Kopfkissen boxen. Und drittens kann ich einen völlig überraschend im Gefrierschrank gefundenen Eisbecher Salted Caramel Brownie von Ben&Jerrys komplett allein aufessen, denn nachdem ich mich ein wenig beruhigt habe, hat sich doch Hunger eingestellt. Als der Grund des Bodens sichtbar wird, ist mir fast schon wieder schlecht. Ich glaube nicht, dass dieser Tag noch eine gute Wendung nimmt.

»Schatz, bist du noch wach?« Meine Mutter streckt die Nase zum Zimmer rein. Ich hebe die Schultern, lass sie wieder fallen. »Mach doch mal die Musik leise.« Sie schlüpft herein und setzt sich auf meine Bettkante, ganz ans Fußende.

»Ich weiß, dir ist nicht nach einem Mutter-Tochter-Gespräch«, sagt sie. »Aber ich musste einfach schauen, ob du okay bist.«

»Geht schon.«

»Ist wirklich Schluss zwischen Finn und dir?«, beginnt sie das Kreuzverhör.

»Ja, sieht so aus«, antworte ich, setze mich am Kopfende in den Schneidersitz und betrachte meine Fingernägel. »Freu dich.«

»Quatsch, warum soll ich mich freuen?«

»Du hast ihn nie gemocht.«

Mum starrt auf den flauschigen Vorleger vor meinem Bett. Dann streckt sie den Arm aus und streichelt mein Knie.

»Das ist doch total egal. Solange ihr euch verstanden habt.«

»Na, das ist ja jetzt Geschichte.«

»Es tut mir so leid.«

»Tja.«

Sie sieht mich ratlos an, öffnet ein paarmal den Mund, sagt aber nichts.

»Und Lou?«, fragt sie schließlich. »Die ist jetzt wirklich mit ihm zusammen?«

Na, da hat Jasper ja ganze Arbeit geleistet.

»Magda hat sich schon gewundert, warum Finn in letzter Zeit so oft bei ihnen aufgetaucht ist. Ach, Mensch, das hätte ich nie von Lou geglaubt«, sagt meine Mutter.

»Ich auch nicht.«

»Ich wollte nur sagen, wenn ich dir irgendwie helfen kann … also, ich weiß, das kann ich nicht, aber … na, du weißt schon.«

Irgendwie ist sie richtig süß. Ich rutsche an sie heran und schlinge meine Arme um sie. Sie streichelt meinen Rücken.

»Wir sind doch Kämpferinnen, wir zwei«, flüstert sie. »Wir haben schon schlimmere Sachen durchgestanden, oder?«

Ich nicke.

»Aber das mit Lou ist so richtig Kacke«, ergänzt sie dann selbst. »Ich hoffe, ihr bringt das wieder in Ordnung.«

»*Wir* ist gut! An mir soll's nicht liegen. Wie haben Magda und Adam reagiert?«

»Die wussten auch von nichts. Magda ist aus allen Wolken gefallen.«

»Glaub ich.«

Sie löst sich von mir und steht auf. »Kann ich dir noch was Gutes tun? Na ja, was Besseres als ein Becher Ben&Jerry's würde mir jetzt auch nicht einfallen.«

»Danke, Mum.«

Sie geht und ich fühle mich ehrlich gesagt nicht besser, sondern schlechter. Vorhin war ich nur sauwütend, aber jetzt bin ich richtig traurig. Weil die anderen alle mit mir leiden. Und das sollen sie doch nicht.

Schnell greife ich nach meiner Gitarre und klimpere ein paar Akkorde. Aber ich bringe keine Melodie zustande. Dabei ist meine jetzige Stimmung oft der beste Ausgangspunkt für ein neues Lied. Mir fällt Jaspers Song ein, der aus Versehen in den Fotoordner gerutscht war. Ich suche ihn heraus und lasse ihn laufen, versuche, dazu zu spielen. Die Melodie ist wirklich richtig großartig. Und sie passt so gut zu meiner Stimmung. Sie erinnert mich ein bisschen an »Fear and Force« von *Vagabon*, bleibt jedoch bis zum Ende eher ruhig. Es ist gar nicht einfach, die richtigen Akkorde zu treffen, aber nachdem ich sie ein gutes Dutzend Mal gehört habe, klappt es schon besser.

Normalerweise würde ich mein Geklampfe jetzt aufnehmen und an Lou schicken. Und sie fragen, ob wir uns nicht gemeinsam einen Text dazu einfallen lassen wollen. Und dann hätten wir am Ende sicher einen tollen Beitrag für den Wettbewerb. Und nicht diese bescheuerten Stücke von Finn, die so belanglos und wie hundertmal gehört klingen.

»Charles?« Schon wieder Besuch. Und diesmal ist es Jaspers gedämpfte Stimme. Immerhin hat er geklopft und gerufen und nicht sofort die Tür aufgerissen. Schnell lege ich die Gitarre beiseite. Hoffentlich hat er nicht gehört, was ich gespielt habe. Ein bisschen kommt es mir vor, als würde ich in seiner Privatsphäre rumstochern, indem ich seinen Song spiele. Ich sage »Herein« und schon steht er im Türrahmen.

»Ähm, wollte mich noch mal entschuldigen wegen vorhin«, sagt er. »Ich hab echt gedacht, es wissen inzwischen alle Bescheid. Tut mir leid. Ist nicht meine Art, Geheimnisse auszuplaudern.«

»Irgendwann hätten sie es eh erfahren«, antworte ich. »Wie war die erste Schicht?«

»Du meinst, abgesehen von dem zerbrochenen Weinglas, dem nicht kassierten Dessert an Tisch drei und der Verwechslung von einem veganen Burger mit einem 250-Gramm-Riesenburger an Tisch neun ganz okay.« Er hebt die Arme und zieht sich an meinem Türrahmen hoch. Unter den hochrutschenden T-Shirt-Ärmeln kommen samtig geformte Muskeln zutage. »Aber ganz schön anstrengend. Ich sollte in Zukunft eher Nachmittagsschichten machen.«

»Ist vielleicht besser«, stimme ich ihm zu und versuche mich an einem Lächeln.

»Hast du …«, er deutet auf die Gitarre, »gespielt?«

»Ich hab's versucht. War eher kläglich. Nicht mein Tag heute.«

»Wir können ja mal zusammen spielen. Vielleicht fällt uns was für den Bandwettbewerb ein.«

»Bist du jetzt doch dafür?«

»Einen Versuch wäre es wert. Ich meine, wenn wir nicht gewinnen, was ich eigentlich vermute, ist der Preis sowieso egal. Dann müssen wir auch nicht zusammen in einem Studio oder auf Festivals abhängen. Und falls wir gewinnen sollten – dann könnten wir unseren Beitrag ja immer noch zurückziehen. Im schlimmsten Fall.«

»Im schlimmsten Fall? Na ja, ich weiß nicht, ob sich an der Situation so schnell was ändert.«

»Ich fände, es wäre eine tolle Herausforderung. Ehrlich.«

Ich zucke mit den Schultern. »Gute Nacht!«, sage ich, und zwar so, dass er es als Rausschmiss verstehen muss. Folgsam deutet er einen kleinen Diener an, verabschiedet sich und schließt die Tür. Doch zwei Sekunden später öffnet er sie wieder.

»Ähm, eins noch …« Er deutet auf den leer gefutterten Eisbecher. »Hat's geschmeckt?«

Ich starre ihn verdattert an und ganz langsam fallen die Puzzleteile an ihren Platz.

»Oh, Mist, hattest du dir den besorgt?«

»Heute Abend wollte ich sowieso kein Eis mehr.«

»Das tut mir total leid! Ich kauf dir morgen einen neuen, versprochen!« Wie peinlich! Da mecker ich ihn wegen des Schokopuddings an und schnapp ihm dann seinen Eisbecher weg …

»Schon gut. Hoffe, es hat geholfen.«

Ich nicke, so vehement ich kann. »Auf jeden Fall, danke!«

Er hebt die Hand zu einem letzten Gruß und dann ist er weg.

Ahhhh! Was bin ich für eine egoistische Kuh! Nicht eine Gehirnzelle habe ich daran verschwendet, ob mir der Becher zusteht oder nicht. Ich habe ihn einfach genommen. Und aufgegessen.

Ich stehe vom Bett auf, räume die Gitarre weg und schnappe mir mein Handy, um es ans Ladekabel zu hängen. Eine Instagram-Benachrichtigung springt mir ins Auge.

Ed Sheeran sent you a message.

Crazy shit! Ich klicke sie an.

Alles wieder okay? Hast du ihm in den Hintern getreten und ihr vergeben?, schreibt er auf Englisch. *Wenn man jemandem vergibt, heilt die eigene Seele am besten.*

Das stimmt garantiert. Wenn ich nur wüsste, wie man das anstellt.

10

»So, und jetzt teilt euch bitte in Gruppen ein, jeweils so vier bis fünf Leute.«

Ich blicke auf den glänzenden Marmorfußboden und wünsche mir nichts sehnlicher als eine Zeitbeschleunigungsmaschine, damit dieser ganze Mist schon hinter uns liegt. Doch da höre ich schon Pfannenstiels Stimme: »Am besten geht die Band zusammen und dann wäre es gut, wenn sich Martha, Lisa und Kim noch einen männlichen Mitstreiter suchen, vielleicht Mats und …«

Ich blende seine Stimme aus und bemerke, dass Jasper neben mir steht, etwa drei Meter entfernt Finn und Lou und dazwischen etwas verloren Sebi.

Keiner von uns hat mehr daran gedacht, dass heute der Workshop in der Pinakothek der Moderne ansteht. Ich fand schon die Vorstellung gruslig, dass wir alle zusammen in Kunst um einen Tisch sitzen müssen, aber als es dann hieß, los jetzt, Abmarsch ins Museum, ist es mir echt kalt über den Rücken gelaufen. In der U-Bahn haben wir uns auf die gefühlt entgegengesetztesten Wagen verteilt, aber hier können wir uns nicht mehr aus dem Weg gehen. Und der Pfannenstiel meint natürlich, er tut uns was Gutes. Außerdem haben sich die anderen so schnell in ihren Gruppen gefunden, dass uns sowieso nichts anderes übrig blieb.

Zwei nette Workshopleiterinnen, die eine Museumspädagogin, die andere eine echte Autorin, besprechen erst einige Bilder mit uns. Dann geht es darum, eines der Ausstellungsstücke als Ausgangspunkt für eine kleine, erfundene Geschichte zu nehmen, die wir dann mit einer Video-App auf dem iPad und uns als Schauspielerinnen und Schauspielern verfilmen.

Zuerst analysieren wir ein paar Gemälde von Ferdinand Hodler, Ernst Ludwig Kirchner und August Macke, machen ein paar fotografische Übungen und dann einen Streifzug durch die riesigen Räume.

Schließlich heißt es: »So, und jetzt können die Gruppen losziehen und sich ein Bild aussuchen. Treffpunkt in zehn Minuten an der Treppe.«

Sebi und Jasper übernehmen die Führung, ich hänge mich an sie dran und spüre Finn und Lou in meinem Nacken. Finn erzählt Lou scheinbar völlig unbefangen irgendwas von seinem Fußballtraining und vom nächsten Turnier, bei dem sie garantiert gewinnen. Lou gibt nur kleine Laute von sich. Als ich mich kurz zu ihnen umsehe, legt Finn gerade seinen Arm um sie und zieht sie an sich. Für eine Millisekunde kreuzen sich ihr und mein Blick, aber ich kann nicht einordnen, wie sie drauf ist: verlegen? Genervt? Angestrengt? Oder gar unterdrückt zufrieden?

»Wie wäre es mit dem Bild?«, fragt Jasper nun und zeigt auf ein Gemälde, auf dem ein E.T.-artig aussehender Mann mit Blumen in der Hand zu sehen ist.

»Oder das hier … das ist auch cool!« Sebi deutet auf »Tanzschule« von Ernst Ludwig Kirchner.

Ich verdrehe die Augen. »Ernsthaft?«

Auf der Leinwand ist ein unglücklich dreinschauender Mann zu sehen, der zwischen zwei nackten Frauen steht.

Das Bild ist in kräftigen Rot- und Gelbtönen gehalten und hat etwas unterschwellig Aggressives. Das Thema »unglückliche Dreiecksbeziehung« drängt sich einem geradezu auf. Lou und Finn wenden sich schnell ab.

»Ich fände das hier gut«, sage ich und bleibe vor einem großen Bild des Malers Lovis Corinth stehen. »Der rote Christus« heißt es. Darauf ist eine Kreuzigungsszene dargestellt. Jesus, bedroht von Männern, durchbohrt von Pfeilen, blutüberströmt unter der Dornenkrone, alles in sehr expressivem Stil gehalten mit dick aufgetragener Farbe. Es schreit nach einem Film voller Folterszenen. Und ich weiß schon, wer das Opfer sein sollte.

»Da sehe ich mich auch«, schlägt sich Sebi auf meine Seite.

»Gruselig, das Bild«, lässt sich Lou zum ersten Mal hören. Finn hat ihre Hand genommen und küsst ihren Handrücken. Sie entzieht sich ihm, aber da stellt er sich hinter sie und schlingt die Arme um ihren Hals. »Können wir nicht was Schönes nehmen? Diese ›Mädchen unter Bäumen‹ vorhin waren doch okay.«

»Langweilig«, sage ich. »Mit dem Corinth-Bild könnten wir doch so was wie einen Horrorfilm machen oder so.«

»Na ja, Jesus und Horrorfilm ist schon ein bisschen … blasphemisch«, schaltet sich Jasper ein. Finn zuckt mit den Schultern.

»Dir ist vermutlich alles egal!«, fauche ich ihn an. Er nickt breit grinsend.

»Hab eh keinen Bock auf den Quatsch hier«, sagt er.

»Hey, wir müssen in einer Minute an der Treppe stehen und sagen, für welches Bild wir uns entschieden haben«, ermahnt uns Sebi.

Finn steckt seine Nase in Lous Haar und schnüffelt. »Du riechst so gut.«

Sie macht sich von ihm los und baut sich vor mir auf, die Arme vor dem Oberkörper verschränkt. »Na, dann erzähl uns mal deine Story«, fordert sie mich auf.

Ich schaue einfach über sie drüber und fixiere das Gemälde.

»Da ist ein Typ, der hat seine Freundin betrogen und jetzt wird er von einem Frauengericht zum Tode verurteilt.« Ich kann mir ein Grinsen nicht verkneifen. »Finn spielt den Betrüger, ich die Richterin und du, Lou, könntest die Henkerin sein.«

Lou dreht sich einfach um und geht, ohne ein Wort zu sagen, in Richtung unseres Klassentreffpunkts. Finn dackelt hinter ihr her und legt schon wieder seinen Arm auf ihrer Schulter ab.

»Okay, meinetwegen das Bild hier«, lenkt Jasper ein. »Aber über die Story reden wir noch mal.«

Nachdem wir mit der Autorin unsere Minigeschichte festgezurrt und uns einige Kostüme und Requisiten aus diversen bereitstehenden Boxen zusammengesucht haben, können wir mit den Dreharbeiten loslegen. Wir haben nur eineinhalb Stunden Zeit und müssen uns ziemlich ins Zeug legen.

Unter normalen Umständen würde mir dieser Workshop richtig gut gefallen. So aber versuche ich nur, ihn einfach hinter mich zu bringen, ohne schreiend davonzulaufen. Sebi und Jasper wechseln sich mit der iPad-Kamera ab und spielen kleine Nebenrollen. Als Richterin fahre ich in einem der gläsernen Aufzüge von oben nach unten herunter und verkünde diabolisch mein Urteil. Tod durch Kreuzigung, weil der Bösewicht das wichtigste Gut der Menschheit verraten hat: die Liebe. Ich trage einen rot schimmernden, riesigen Umhang, den ich hin und her schwenke und der, in einer Zeitlupe gezeigt, bildlich richtig etwas hermacht.

Lou hat rumgemeckert, dass sie nicht die Vollstreckerin spielen will, aber angesichts der Zeitknappheit haben wir sie einfach überstimmt. Jetzt tut sie alles, außer sich Mühe zu geben. Sie spricht leiernd und nuschelt so, dass man kaum etwas versteht, außerdem zeigt sie keinerlei Emotionen.

»Und Action, bitte«, dirigiert Jasper den vierten Versuch der Szene.

Lou beugt sich mit dem Schwert – ein Plastikkinderspielzeug – zu Finn hinunter und soll ihm damit eigentlich die Kehle durchschneiden. Doch er greift nach der Klinge, zieht sie nach vorne und küsst sie.

»Stopp!«, schreie ich. »Mann, Finn, wir haben alle keinen Bock auf den Scheiß hier, aber wir bemühen uns. Kannst du das vielleicht auch mal probieren?«

»Wieso?«, gibt er zurück und setzt sich auf. »Das war gerade ein spontaner Einfall – der Anblick der sexy Henkerin gibt dem Delinquenten den Glauben an die Liebe zurück. Ich fände es besser, wenn wir eine Rettungsgeschichte machen und nicht so negativ enden.«

Jasper verdreht die Augen. »Das ist doch Schrott!«

»Ich weiß was!« Sebi drückt Finn und Lou wieder zurück in ihre Positionen. »Weil der Verurteilte schon halb tot ist, als der Kuss geschieht, verwandeln sich beide in Zombies und wandern gemeinsam bis ans Ende der Zeit durch die Welt und predigen die Liebe.« Er strahlt. Meint er das ernst?

»Ihr solltet langsam in den Gruppenraum kommen und mit dem Schnitt anfangen«, erklärt uns nun Pfannenstiel. »Seid ihr bald durch?«

»Mann, Herr Pfannenstiel, jetzt sind Sie uns mitten in die Szene geplatzt«, behauptet Finn und spielt den genervten Regisseur. »Dabei hat Lou gerade eine Glanzleistung der Schauspielkunst abgeliefert.« Er küsst ihr theatralisch die Hand und verbeugt sich tief. Kichert Lou etwa? Oder sind das Peinlichkeitslaute?

»Oh, das tut mir leid«, sagt unser Kunstlehrer betroffen und macht ein paar Schritte nach hinten.

»Die Kamera lief gar nicht«, wiegelt Jasper ab. »Und uns fehlt nur noch die Schlusseinstellung.« Pfannenstiel zieht beruhigt ab.

»Spielverderber«, zischt Finn, aber Jasper wendet ihm einfach den Rücken zu.

»Mir egal, macht, was ihr wollt«, sage ich und hebe die Hände. »Ich bin hier eh fertig, oder?«

Jasper nickt und ich verdrücke mich schon mal in den Gruppenraum. Es ist ein bisschen fies, die drei im Stich zu lassen, aber ich ertrage Finns und Lous Geturtel einfach nicht mehr.

Im Gruppenraum herrschen fröhliches Geschnatter und albernes Gekicher. Die Köpfe sind über die iPads gebeugt und die beiden Workshopleiterinnen erklären, wie der Schnitt funktioniert.

Fünf Minuten später tauchen auch Jasper, Sebi, Lou und Finn auf. Mit ziemlichem Abstand zueinander bauen wir uns um Jasper und Sebi auf, die den Schnitt übernehmen. Finn tuschelt Lou ständig irgendwas ins Ohr.

Lächelt sie aus Höflichkeit oder findet sie sein Geplauder wirklich amüsant? Es ist für mich völlig ungewohnt, dass ich ihre Stimmung nicht deuten kann. Immer mal fliegen unauffällig neugierige Blicke unserer Mitschüler zu uns.

Ich versuche, mich auf den Schnitt zu konzentrieren, aber Jasper schiebt so flugs irgendwelche Szenen von rechts nach links, klickt auf dem iPad herum oder wechselt von einem Menü ins andere, dass ich überhaupt nicht mitbekomme, was er eigentlich tut. Das Einzige, was ich wahrnehme, sind die Toneffekte, die er üppig über den Film verteilt. Hier ein Beckenschlag, dort ein schräges Arpeggio wie aus einem Gruselschocker, dazwischen Polizeisirenen und bedrohlich klingende Schritte.

In der letzten verbleibenden Viertelstunde schauen wir uns die vier entstandenen Filme an. Glücklicherweise ist keiner ein cineastisches Highlight, aber ich bin auf das unpassende Gekicher, das in manchen der Videos zu hören ist, regelrecht neidisch, zeugt dies doch von Spaß und Harmonie. Unser Produkt ist das letzte, das wir anschauen. Stille herrscht im Raum und alle starren gebannt auf die Leinwand.

Ich weiß nicht, wie Jasper das hinbekommen hat, aber er hat aus unserem miserablen Material einen ziemlich coolen, gut dreiminütigen Gruselclip geschnitten. Viele Schwarzblenden, dunkle Filter und verstörende Soundeffekte sorgen dafür, dass alles wirklich furchterregend wirkt. Mein Auftritt im Aufzug, den Sebi aus einem sehr steilen Blickwinkel am Boden kauernd aufgenommen hat, ist regelrecht diabolisch.

Sogar der überaus kritische Pfannenstiel, der sich gerne

als verkannter Künstler zelebriert, klatscht enthusiastisch Beifall.

Auf der Rückfahrt hocken wir alle im gleichen Abteil. Jeder ist in sein Handy versunken. Der Tag war anstrengend. Aber irgendwie auch cool. Zumindest wenn man das Ergebnis betrachtet. Kurz bevor die U-Bahn am Kolumbusplatz einfährt, zieht Finn Lou von ihrem Platz hoch und küsst sie lange. Ich dränge mich an ihnen vorbei zur Tür und marschiere einfach los. Das wird nie wieder geschehen, wird mir klar, dass ich Finns Lippen auf meinen spüre. Ich werde ihn nie wieder einfach so umarmen können und das Recht haben, ihn zu berühren, wo immer ich mag. Diese Erkenntnis versetzt mir einen Hieb in die Magengrube und fühlt sich an, als malträtiere jemand meine Eingeweide mit einem Schwert – und zwar keinem Spielzeugschwert.

22. September, 21.55 Uhr

Nachdem er sich heute im Museum dermaßen peinlich benommen und so getan hat, als seien wir das größte Liebespaar seit Romeo und Julia, habe ich den Rest des Tages nichts mehr von ihm gehört. Dieser Typ macht mich wahnsinnig! Ich weiß nie, was ich von ihm denken soll. Einmal ist er lieb und zärtlich und scheint voll in mich verliebt zu sein (Gott, wie das klingt!!), dann ist er wieder abweisend und gibt mir das Gefühl, ich falle ihm zur Last. Wobei mir das Geschmachte heute im Museum wie reines Schaulaufen vorkam – mit Charlie als einziger Zuschauerin.

Ich habe sie genau im Ohr, wie sie immer gestöhnt hat. Auch sie wusste morgens nie, was der Tag mit ihm bringen würde. Er ist nicht wirklich launisch oder so, aber wahnsinnig impulsiv. Das ist einerseits anziehend, weil er spontan die witzigsten Sachen raushaut und immer eine Überraschung auf Lager hat, andererseits auch nervig, weil er genauso plötzlich voll abtaucht und nur noch zocken will, FIFA oder egal was. Dann nimmt er einen gar nicht mehr wahr und vergisst alle Verabredungen.

Aber dann fallen mir wieder so Sachen ein … in der letzten Ferienwoche kam er – natürlich mal wieder nach einem Streit mit Charlie, weil er sie derbe hat schmoren lassen – abends um elf und hat Steinchen an ihr Zimmerfenster geschmissen. So richtig oldschool. Ich habe bei ihr übernachtet, aber das schien ihn nicht zu stören. Er hat Zeug für ein

Picknick dabeigehabt und wir haben uns damit in das alte, ziemlich marode Baumhaus in Charlies Garten gequetscht. Ich weiß nicht, ob er enttäuscht war, dass ich dabei war, aber vielleicht fand er es auch cool, mit zwei Mädels da zu hocken.

Wir haben Champagner getrunken, den er seiner Mutter aus dem Keller geklaut hat, Cracker und Käse und irgendwelche sauteure Schweizer Schokolade gegessen. Charlie hat davon erzählt, wie ihr Papa und ihre Mum damals das Baumhaus in den Apfelbaum gebaut haben. Da war Jan schon ziemlich schwach, aber er wollte seiner Tochter unbedingt ein Haus bauen. Charlie war ein bisschen traurig, weil sein zehnter Todestag zwei Tage zuvor gewesen war.

Trotzdem war es ein schöner Abend, und obwohl ich mal wieder eifersüchtig war, dass Charlie in Finns Armen lag und nicht ich, habe ich es genossen, dabei zu sein.

Und jetzt – wo ich tatsächlich in seinen Armen liegen kann, weiß ich nicht genau, wie ich es finden soll. Es fühlt sich schon gut an. Aber auch falsch. Hat nicht mal irgendwer gesagt, die schlimmsten Wunschträume sind die, die wahr werden? Da ist echt was dran!

Als ich vorhin an diese Geschichte im Baumhaus denken musste, habe ich mein Handy rausgeholt und mal wieder die Fotos in unserem Insta-Account angeschaut. In dem seit einigen Tagen totale Flaute herrscht. Wie furchtbar! Andererseits haben endlich diese ätzenden Kommentare nachgelassen und die Welt kümmert sich wieder um andere Dinge.

Ich vermisse es, mit Charlie Storys oder Reels zu erstellen. Ich vermisse es, mich mit ihr über die Beschriftungen, Filter, Emoticons und die richtige Musik zu streiten. Ich vermisse es, mit ihr einen Podcast aufzunehmen und so zu tun, als würden wir uns wirklich gut mit Freundschaftsdingen auskennen. Was wir nicht tun, wie man jetzt sieht.

Ich weiß nicht, ob das okay ist, aber ich habe am Computer aus den alten Fotos und Stories eine neue, lange Instastory erstellt. Charlie und ich bei der Eis-Bucket-Challenge. Charlie und ich, wie wir den Vorhang einer Umkleide auf- und zuziehen und jedes Mal dahinter etwas anderes anhaben. Oder die Fotos von den Weihnachtsgeschenken, die wir uns jedes Jahr machen. Jede von uns schenkt der anderen mindestens fünf Sachen und alle werden total aufwendig verpackt. Manchmal ist nur Quatsch in den Päckchen – etwa eine winzige Füllerpatrone in einem Karton, in den ein Fernseher passen würde.

Auf den letzten Teil der Story habe ich einen Text geschrieben. In ihrer Lieblingsschriftart, die ich, wie sie genau weiß, hässlich finde.

Wer ist jetzt noch der Meinung, wir sollten diese Freundschaft wirklich beenden?
Ich nicht.
Wer ist der Meinung, ich sollte Charlie meine Hand zur Versöhnung reichen?
Ich.
Wer erinnert sich mit mir an all die krassen Momente unserer Freundschaft?
Du, Charlie. Nur du.
Ist es ein Junge wirklich wert, dass wir all das aufgeben?
Never ever.

Ich habe keinen Schieber zur Abstimmung eingebaut, denn die einzigen Antworten, die mich interessieren, müssen von Charlie kommen. Und dafür braucht es keine Abstimmung. Zum Schluss habe ich noch »Auf uns« von Andreas Bourani über die Story gelegt und dann auf »in meiner Story teilen« geklickt. Das Handy habe ich weit weggelegt, weil ich gar nicht sicher bin, ob ich ihre Reaktion sehen will. Oder ihre Nichtreaktion.

11

»One, two, three, four …«

Schlagzeugsolo, die Gitarre schleicht sich dazu, Keyboardeinsatz … und Finn beginnt zu singen. Das Lied klingt wie eine Mischung aus »Tage wie diese« von den *Toten Hosen* und »Knockin' on Heaven's Door« in der Version von *Guns n' Roses,* nur schlechter. Und langweiliger.

Finn bricht mittendrin ab.

»Singst du nicht mit?«, schnauzt er mich an. Ich kann nicht anders und verdrehe die Augen.

»Mit der billigen Abklatschnummer kommen wir nicht mal in die erste Runde!«, gifte ich zurück. Würden wir doch nur die Finger von diesem Wettbewerb lassen! Aber Finn und Sebi haben der Bergmeier vorhin begeistert mitgeteilt, dass wir dabei sind. Sie war natürlich entzückt und hat uns gleich in den Probenraum gescheucht. Zu unserer Überraschung haben Finn und Sebi dann verkündet, sie hätten in den letzten Tagen »nur so ein bisschen rumgejammt« und eine »geile Nummer« geschrieben. »Viel besser als der bisherige Mist.«

Besser vielleicht, aber eben immer noch Mist.

Während ich genervt Löcher in die Luft starre, Sebi irgendeinen Rhythmus schlägt, Finn fingerschnipsend alberne Tanzschritte vollführt und sich Lou offensichtlich im Inneren ihrer Bassgitarre verstecken möchte, was in jeder Beziehung recht kompliziert werden dürfte, klimpert Jasper herum. Besser gesagt: Er probiert aus. Spielt verschiedene Akkordfolgen, variiert hier, tüftelt dort.

»Wie wär's damit?«, fragt er nach fünf Minuten und spielt Finns Melodie in einer Neufassung vor. Es klingt trickreicher, überraschender, wärmer irgendwie.

Sogar Finn nickt anerkennend.

»Geil, Alter«, sagt er. »Hat mal wer 'nen Stick? Dann können wir alles aufnehmen und vergessen es bis zum nächsten Mal nicht wieder.«

Sebi, Lou und ich schütteln die Köpfe.

»Wir könnten es doch auch auf dem Computer speichern, oder?«, schlägt Jasper vor.

Wir brechen in Gelächter aus. Nicht dass es befreit und harmonisch klingt, aber immerhin lachen wir.

»Der Computer schmiert so oft ab – da ist die Gefahr viel zu groß, dass nichts gespeichert wird und alles futsch ist«, sagt Lou.

»Aufnehmen und per E-Mail an alle schicken?«

»Du glaubst doch nicht, dass der PC mit dem Netz verbunden ist. Hier unten gibt es nicht mal WLAN«, erklärt Sebi.

»Oben auch nicht«, ergänze ich.

»Nicht euer Ernst!« Jasper blickt uns fassungslos an. »Okay, das war an meiner Londoner Schule ganz anders.«

»Vielleicht können wir es mit einem Handy aufnehmen?«, schlägt Lou vor.

»Ne, da ist die Aufnahmequalität doch Kacke«, bremst Sebi sie. »Und wir sollten gleich gutes Material haben, um später was Anständiges zum Zusammenschneiden zu haben.«

Jasper steht auf und kramt in seinem Rucksack herum. In der kleinen vorderen Tasche wird er schließlich fündig.

»Wusste ich's doch, dass da noch einer ist.« Er hält einen Stick hoch und schiebt ihn in eine USB-Buchse am PC.

»Come on«, fordert er uns nun auf. »Los geht's.«

Zu unserer aller Überraschung schaffen wir es, uns für eine gute Dreiviertelstunde auf den Song zu konzentrieren. Und tatsächlich klingt er musikalisch deutlich anspruchsvoller und nicht mehr ganz so abgekupfert. Dennoch ist es einfach nicht meine Art von Musik. Vom Text ganz zu schweigen.

»*Heiße Tage, geile Nächte, wenn wir um die Häuser ziehen … noch ein Bierchen, noch 'n Wodka und die Zeit bleibt für uns stehen …*«

Boah, nee, echt nicht. Wir sind hier doch nicht am Ballermann.

»Was ist los, Charles, du siehst aus, als sei dir übel«, holt mich Jasper aus meinen Überlegungen.

»Sorry, aber die Lyrics sind einfach grottig«, sage ich unumwunden. Gegenüber Finn muss ich nun echt nicht mehr höflich sein.

»Dann mach doch bessere«, schießt der prompt zurück. »Aber ohne Blümchen und Herzilein und Regenbogenwunderland und Einhorn-Pups-Heititei. Okay?«

Am liebsten würde ich mit dem Fuß aufstampfen. Als ob ich jemals Heile-Welt-Texte geschrieben hätte. Oder auch nur gut finden würde. Ich balle die Fäuste und aus mir platzt es raus: »Vielleicht solltest du in Zukunft mit der da …« Ich deute auf Lou. »… als Duo auftreten. Als Duo Infernale. In der Hölle geboren.« Ich überkreuze die Arme vor der Brust und wende ihnen den Rücken zu. Sie sollen nicht sehen, dass mein Unterkiefer unkontrollierbar zittert.

Mit einem quietschenden Geräusch koppelt Lou ihre Bassgitarre vom Verstärker ab und knallt ihr Instrument in den Ständer.

»Macht euren Mist allein. Mir reicht's.« Sie sagt das ganz ruhig, auch wenn ich bemerke, dass ihre Stimme diesen verletzten Beiklang hat. Sicher beißt sie sich auf die Unterlippe, was ich nicht sehe, weil ich weiterhin die Eierkartons an den Wänden anstarre.

»Lou, bitte!«, ruft Finn ihr hinterher, macht aber keine Anstalten, ihr zu folgen.

»Vielleicht machen wir einfach Schluss für heute«, schlägt Jasper pragmatisch vor. »Texten ist leider nicht meine Stärke – da müsst ihr noch mal dran, denke ich.«

»Das ist eigentlich Lous Ding«, erkläre ich ihm. »Vielleicht fragst du sie mal? Wenn ich das mache … ich glaub, das ist derzeit nicht so gut.«

»Ich kann sie fragen«, schlägt Sebi vor. »Ich habe ja mit niemandem Streit. Außerdem texte ich auch gern.« Er zupft an den Spitzen seines Pferdeschwanzes und zieht die Augenbrauen hoch. Ich glaube, für ihn gibt es wirklich nur Drumsticks, Hi-Hat und Tomtoms. Wobei … zum ersten Mal durchfährt mich die Vorstellung, dass er vielleicht gerne mit Lou zusammen an einem Text arbeiten würde. Weil er sie mag.

»Oh Shit«, schreckt mich Jasper auf. »Ich müsste schon längst im Café sein, das habe ich völlig vergessen.«

»Dann mal los«, treibe ich ihn an. Er packt in Windeseile sein Zeug und entschwindet. Und ehe ich mich versehe, ist auch Sebi fort. Nur Finn und ich sind jetzt noch da. Ich tue so, als bemerke ich das nicht, und stopfe die Noten in meine Tasche, die Gitarre in ihren Kasten. Finn steht stumm da und beobachtet mich.

»Was?«, frage ich schließlich.

Er hebt die Schultern. »Wäre doof, wenn die Band zu leiden hat. Nur weil wir …« Er deutet zwischen uns hin und her.

»An mir soll's nicht liegen«, sage ich leichthin.

»Ja, aber Lou …«

»Was ist mit Lou?«

»Na ja, es wäre cool, wenn ihr euch wieder vertragen würdet.«

Jetzt muss ich doch zwei Mal tief durchatmen.

»Was willst du denn damit sagen? Meine Schuld ist es nicht, dass es so ist, wie's ist. Das hättet ihr euch vorher überlegen müssen.« Ich merke, wie mein Herz immer schneller schlägt und sich die Wut über ihren gemeinsamen Verrat in meiner Brust zusammenbraut wie ein Orkan.

»Aber was du ihr mit dieser Podcastfolge angetan hast – das ging echt zu weit. Da leidet sie total drunter. Haste ja gestern im Museum gemerkt. Und eben auch. Die steht total neben sich. Ich weiß nicht, ob du das jemals wiedergutmachen kannst.«

»Boah, habt ihr sie noch alle? Jetzt bin ich an allem schuld, oder was? Das ist ja total … Shit, total widerlich!« Ehe ich auch nur eine Sekunde nachdenken kann, spucke ich vor Finn auf den Boden. Dann reiße ich meine Tasche vom Stuhl, schnappe meine Jacke und stürme aus dem Probenraum. Das ist ja wohl das Allerletzte! Ich soll Lou meine Hand zur Versöhnung hinstrecken? Ich? Lieber hacke ich sie mir vorher ab!

Ich weiß nicht genau, wie, aber ich lande zehn Minuten später im *Holly Golightly* und setze mich in eine ruhige Nische in der hintersten Ecke, wo mich keiner sieht. Neben mir steht ein riesiger Kleiderständer, an dem Tageszeitungen in Haltern befestigt herumbaumeln. Perfekte Tarnung!

Ich bestelle einen doppelten Espresso und bin ganz froh, dass Jasper nicht für meinen Tisch zuständig ist. Dass er dort gerade bedient, fiel mir erst ein, als ich schon im Laden drinstand. Aber er ist so beschäftigt, dass er sowieso keine Zeit hat und mir nur kurz zunickt.

Ich muss erst mal runterkommen und tue nichts, außer die Leute um mich herum zu beobachten. Viele davon sind Schüler, aber auch einige ältere Menschen aus dem Viertel trinken Kaffee und essen Kuchen. Jasper kassiert bei einer mittelalten, hageren Frau ab, die auf Lous und meinem Lieblingsplatz, dem blauen Sofa, sitzt und ihm das Geld in kleinen Münzen auf den Tisch zählt. Es sieht nicht danach aus, als ob es für ein Trinkgeld reicht. Vermutlich hat sie nicht mehr. Als sie jedoch ihr Portemonnaie umständlich und hektisch zugleich in ihre Tasche zurückstecken will, segeln mehrere große Geldscheine auf den Holzboden. Jasper bückt sich und will ihr beim Aufheben helfen.

»Finger weg!«, keift sie ihn an. Jasper schreckt zurück und hebt abwehrend die Hände. »So Ausländer wie du seid doch alle Diebesgesindel!«

Hab ich mich verhört? Das hat die Tussi nicht wirklich gesagt, oder?

»Also, ich bin in München geboren, in der Maistraße«, sagt Jasper nun laut, aber ganz ruhig.

Die Frau starrt ihn verständnislos an. »Was?«, blafft sie.

»In der Frauenklinik, gleich auf der anderen Isarseite.« Er blickt sie ernst an.

»Ich weiß, wo die Maistraße ist«, meckert die Frau, hebt ihr Geld auf und verlässt unter lauten Flüchen das Café.

Natürlich hat das gesamte Café die Szene verfolgt und Jasper ist trotz seiner schlagfertigen Antwort rot angelaufen.

»Was war los?« Emma, der das Café gehört, kommt mit einem Tablett voll frischer Muffins aus der Küche. »Hat sich da wer beschwert?«

Jasper erklärt ihr kurz den Vorfall. Das Gesicht seiner Chefin verzieht sich innerhalb von Sekunden zu einer wütenden Grimasse.

»Das nächste Mal holst du mich«, bittet sie. »Solchen Leuten erteile ich sofort Hausverbot. Rassisten können wir hier nicht brauchen!«

Emma legt Jasper eine Hand auf den Rücken, während er sein Tablett mit dem – im wahrsten Sinne des Wortes – verdreckten Geschirr der Frau darauf in Richtung Küche trägt. Ob ich nach ihm schauen soll? Aber vielleicht ist er jetzt lieber allein? Am besten, ich frage ihn.

Ich verlasse meinen Platz, gehe hinter den Tresen und spähe durch das Guckloch in der Küchentür. Jasper räumt die große Industriespülmaschine aus und sein Gesicht ist vom Wasserdampf fast verdeckt.

»Geh nur«, höre ich Emma hinter mir sagen und stoße die Tür auf.

»Alles okay?«, frage ich.

Jasper blickt irritiert auf. Durch die dunstige Luft kann er wohl nicht gleich zuordnen, woher meine Stimme kommt. Dann entdeckt er mich und nickt.

»Das war ja total krass!«, sage ich. »So eine dumme Frau.« Er schließt für einen Moment die Lider, zuckt dann mit den Schultern und klappert weiter mit dem Geschirr herum. »Kann ich was für dich tun?«, hake ich nach.

»Nein, nein, schon gut.« Er wirkt tatsächlich nicht so, als möchte er sich mit mir über diese Erfahrung austauschen. Sein Lächeln scheint aufgesetzt zu sein und erreicht seine Augen nicht. »Sei mir nicht böse, aber mir ist gerade nicht nach Reden.«

»Aber falls doch, weißt du, wo du mich findest.« Ich deute hinter mich in Richtung Gastraum.

Jasper presst kurz die Lippen aufeinander und nickt.

»Alles klar … wir sehen uns später.« Mit einem hilflosen Gefühl verlasse ich die Küche.

Muss er so etwas öfter durchmachen? Gott, was wäre ich geschockt, würde mir das zustoßen! Auch ohne direkt beteiligt zu sein, spüre ich einen fetten Klumpen Ekel in meinem Magen. Wie können Menschen nur so sein? So hasserfüllt und böse! Zurück an meinem Platz kippe ich noch einen Löffel Zucker in meinen Espresso, auch wenn er dadurch fast ungenießbar süß wird. Aber ich brauche irgendeinen starken Reiz, um mich zu beruhigen.

Mein Smartphone kündigt den Empfang irgendeiner Push-up-Nachricht an und ich ziehe es heraus. Nichts Wichtiges. Ich rufe noch einmal die letzte Nachricht von Ed Sheeran auf. Am Vorabend hatte ich keinen Kopf mehr für eine gute Antwort. Da ich ihm ja auf Englisch schreibe, habe ich immer große Sorge, irgendwas falsch oder missverständlich auszudrücken.

Der erste Satz ist einfach: *It's complicated.* Klar – ich habe

Finn in den Hintern getreten, so wie Ed mir vorgeschlagen hat. Der Auftritt meines Ex vorhin nach der Probe hat mir einmal mehr gezeigt, dass er mir eigentlich einen Gefallen getan hat, indem er mich betrogen hat. Aber mich mit Lou zu versöhnen? Dafür sitzt der Stachel noch zu tief. Und vor allem, wenn stimmt, was Finn sagt, dann will sie im Moment selbst gar keine Versöhnung.

Ihr von mir aus die Hand hinzustrecken und zu schauen, was passiert – das kann ich mir noch nicht vorstellen. Obwohl ich die Atmosphäre zwischen uns kaum aushalte. Eigentlich wäre jetzt Lou genau die Richtige und diejenige, die ich um Rat fragen würde. Aber das geht ja nun mal nicht.

Ob es wirklich Ed Sheeran ist, der mir weiterhilft? Bestimmt texte ich hier mit irgendeinem Praktikanten, der von seiner Plattenfirma für die Betreuung des Insta-Accounts angeheuert wurde. Immerhin scheint es ein netter Praktikant zu sein. Oder doch Ed Sheeran? So bodenständig, wie er überall auftritt, würde ich es ihm schon zutrauen, dass er selbst solche Nachrichten an seine Fans verschickt. Egal – der Austausch zwingt mich, meine Gedanken zu sortieren. Es tut gut, sich alles von der Seele zu schreiben.

Also bedanke ich mich erst mal für sein Interesse und versuche dann klarzumachen, warum das mit dem Verzeihen nicht so einfach ist.

Mein Stolz kommt mir in den Sinn. Das muss ich zugeben.

Ich habe immer gedacht, Lou und auch Finn seien mir gegenüber integer und loyal. Weil ich … ich weiß nicht, ich habe noch nie so darüber nachgedacht, weil ich mich immer für ihr Zentrum gehalten habe. Lou liebt mich wie eine Schwester, und zwar eine, die sie bewundert. Weil ich immer etwas mutiger war als sie, immer selbstbewusster, uns aus blöden Situationen herausmanövriert habe, weil sie sich immer auf mich verlassen konnte. Und bei Finn hatte ich das Gefühl, ich bedeute ihm mehr als umgekehrt. Natürlich war ich verliebt in ihn, aber mir hat er zu verstehen gegeben, dass ich eine Göttin für ihn bin, deren Atem ihm erst Leben einhaucht. Na ja, zumindest in den guten Momenten, wenn er mal nicht an Fußballtraining, Zocken, Bingen, Abhängen und Trinken mit seinen Kumpels gedacht hat. Aber dass er mich so verehrt hat, hat mir wirklich gefallen.

Doch mit einem Mal haben mich die beiden an den Rand gedrängt. Ich bin nur noch eine Nebenfigur, nicht mehr notwendig, man könnte mich auch rauskegeln, austauschen oder einfach … vergessen. Und diese Vorstellung ist so grauenhaft, dass ich ihnen einfach nicht vergeben kann – denn dann würde ich ja eingestehen müssen, dass ich nicht so wichtig bin. Ich will aber wichtig sein in ihren Leben. Oder zumindest in Lous.

Das alles auf Englisch zu formulieren, wäre ganz schön schwierig und außerdem will ich Ed nicht so zuspammen. Also belasse ich es bei der Kurzform. Auf Englisch schreibe ich: *Ich glaube, mein Stolz steht mir noch im Weg. Ich brauche noch Zeit.*

»Magst du noch was?« Plötzlich steht Jasper vor mir und greift nach meiner leeren Espressotasse. Ich schüttle den Kopf und sehe ihn aufmerksam an.

»Geht's wieder?«, frage ich. »Das war wirklich unfassbar vorhin!«

Er presst die Lippen aufeinander und bemüht sich dann um ein kleines Lächeln. Es sieht etwas echter aus als das von vorhin. Irgendwo in seinem Hirn setzen sich solche Erlebnisse doch sicher fest. Und beeinträchtigen seinen Blick auf die Welt. Machen sie ein Quäntchen dunkler. So stelle ich mir das wenigstens vor.

»So was ist mir nicht zum ersten Mal passiert«, erklärt er.

»Das glaube ich sofort«, sage ich. »Wie Kacke!«

»Ganz super ist beispielsweise, wenn du in der U-Bahn bist und dich an so einer Haltestange festhältst. Und dann kommen ein paar Typen und drängen dich erst mal immer mehr zur Seite, kommen dir viel zu nahe und so.« Sein Blick geht in Richtung Fenster, als laufe dort die Szene in Echtzeit ab. »Und dann fangen sie an, Affengeräusche zu machen, und springen gegen die Haltestangen, schlagen sich auf die Brust, kratzen sich auf dem Kopf und dabei lachen sie dir mitten ins Gesicht. Und keiner drum rum reagiert. Alle starren peinlich berührt aus dem Fenster. Und die nächste Station will einfach nicht kommen. Und innerlich gefrierst du zu einer unbeweglichen Masse und dabei würdest du am liebsten laut schreien.«

Mir wird ganz schlecht bei diesen Worten. Zudem klingt er beim Reden so sarkastisch, als könne er die Erlebnisse damit wegschieben und irgendwohin verdrängen, wo sie ihn nicht mehr erreichen. Aber ob das klappt? »Das ist wirklich übelst.«

»Manche Leute checken auch gar nicht, dass sie dich total daneben behandeln – oder sie tun zumindest so, als würden sie es nicht kapieren.«

»Was meinst du?«

»Na, wenn dich wer was fragt zum Beispiel und dabei so redet, als wärst du total hohl in der Birne. Die sprechen dann ganz langsam, mit vielen Gesten und in sehr einfacher

Sprache.« Er zeigt kurz auf die Espressotasse. »Möchtest du …« Dann zeigt er auf mich. »… noch einen Kaffee?« Nun macht er eine Bewegung, als wolle er aus der Tasse trinken. »Verstanden? Du? Kaffee? Wollen?«

»Ätzend!« Wobei … in meinem Kopf rattert es. Habe ich das unbewusst vielleicht auch schon mal gemacht? Irgendjemanden nicht so behandelt, wie ich meinetwegen meine Mum behandle, nur weil ich glaubte zu wissen, wie der andere allein aufgrund seines Aussehens sein müsste? Ich bin mir nicht sicher. In Zukunft werde ich da jedenfalls viel bewusster mit umgehen. »Du hast bei der Alten so cool reagiert! Unglaublich! Ich wäre völlig vor den Schädel geschlagen gewesen.«

»Na ja, man lernt mit der Zeit dazu.«

»Tut mir leid, dass du das musst!«

Ich packe meine Sachen zusammen und zahle den Kaffee.

»Wie lange geht deine Schicht heute noch?«, frage ich. Irgendwie würde ich ihm jetzt gerne etwas Gutes tun. Ihm zeigen, dass nicht alle weißen Menschen so sind. Was ihm natürlich klar sein dürfte.

»Bis sieben«, sagt er, wird dann aber vom Klingeln seines Handys in der Gesäßtasche seiner Hose unterbrochen. Er fummelt es unter der langen Schürze hervor, die eng um seine Beine liegt.

»Oh, hi, Mum«, sagt er und wechselt sofort ins Englische. Er winkt mir noch kurz zu und geht Richtung Ausgangstür. Vermutlich will er seinen Anruf draußen führen. Ich angle nach meinen Sachen und verlasse das Café ebenfalls.

Ich weiß nicht, warum, aber ich trödel draußen herum. Mit einem Mal bin ich neugierig: Wird Jasper seiner Mutter von der Begegnung mit dieser grässlichen Frau erzählen? Die Worte, die ich aufschnappe, lassen anderes vermuten. Er redet von der »School« und den »Teachers«, von »Weekend« und »lots of Plans«, welche auch immer das sein mögen.

Damit es nicht zu verdächtig wird, schlendere ich langsam davon. Ob er seine Mum vermisst? Freunde? Freundinnen? Mir wird klar, dass ich rein gar nichts weiß über sein Leben – außer ein paar Rahmendaten. Aber ehrlich gesagt ist er auch zu einem ziemlich ungünstigen Zeitpunkt in unser Leben geplatzt.

»Charles?«, höre ich ihn nun hinter mir rufen. Offensichtlich hat er sein Gespräch beendet. Ich drehe mich zu ihm um. Mit seinem schlaksigen Schritt kommt er mir hinterher.

»Hast du eigentlich Lous Versöhnungsstory auf Insta gesehen?«, fragt er.

What? Nein! Ich schüttle den Kopf.

»Schau sie dir mal an. Vielleicht hilft's …« Er lächelt mir aufmunternd zu. »Ich muss mal wieder rein …«

Hastig wühle ich das Smartphone aus meiner Hosentasche und klicke mich zu Lous Insta-Account und der Story durch. Sie hat sie schon gestern Abend gepostet.

Während ich die Fotos und Videos sehe und dazu Andreas Bourani »Auf uns« durch die stille Straße um mich herum singt, krabbeln mir gespensterhafte Schauer über den Rücken. Das ist alles unsere gemeinsame Geschichte. Das zeigt alles, was wir sind. Und was wir jetzt nicht mehr sind.

12

Mein Finger zittert über dem Klingelknopf. Wie oft schon habe ich ihn gedrückt in meinem Leben? Als ich noch zu klein war, haben mich Mum oder Papa hochgehoben, damit ich ihn betätigen kann. Ich hatte ganz schnell raus, welcher der richtige von den zehn Knöpfen war, um zu meiner liebsten Spielgefährtin zu gelangen. Und heute traue ich mich nicht recht, ihn zu drücken.

Ich starre an der Fassade des dunkelgrünen, fünfstöckigen Hauses hoch. Ich weiß genau, hinter welchem Fenster Lous Zimmer liegt. Im dritten Stock, gleich rechts von dem Erker, der dem Gebäude in seiner Mitte aufgesetzt wurde und ihm einen hochherrschaftlichen Anstrich verpasst. Will ich wirklich dorthin?

Dabei hat mich die Instastory so gepackt, dass ich sicher war, sofort zu ihr zu müssen, um mich tatsächlich auszusöhnen. Aber jetzt überkommen mich Zweifel. Was soll ich sagen? Und vor allem: Erwartet sie von mir, dass ich mich entschuldige? Wegen der Podcast-Nummer? Ich habe die Episode inzwischen von unserer Seite gelöscht, weil ich eingesehen habe, dass das ein bisschen zu weit ging. Aber trotzdem … ich … Himmel, ist das schwierig. Vielleicht gehe ich besser wieder.

Gerade als ich mich umdrehen will, wird die Haustür von innen geöffnet. Und Lukas kommt herausspaziert, im Trainingsanzug und seinem Lewandowski-Trikot, eine Sporttasche in der Hand und offensichtlich auf dem Weg zum Fußballspielen.

»Hi, Charlie-Marley«, sagt er wie üblich. »Willst du zu Lou? Die ist bei Finn.« Er hält mir die Tür dennoch auf und sieht mich fragend an.

»Okay … danke«, stottere ich. Wofür bedanke ich mich?

Er hebt kurz grüßend die Hand und dackelt davon. Ich sehe ihm hinterher, als müsse ich mich vergewissern, dass er ein lebender Mensch ist und kein böser Geist, der mich quälen will. Lou ist bei Finn. Na, das ist ja echt eine vertrauensbildende Maßnahme! Offensichtlich meint sie es mit der Versöhnung doch nicht so ernst.

Ratlos marschiere ich die Straße vor ihrem Haus rauf und runter. Was soll ich nur machen? Hier warten, bis sie heimkommt? Und sie dann gleich wieder konfrontieren? Fragen, warum sie bei Finn abhängt? Was das mit der Versöhnungsstory dann soll?

Soll ich zu Finn gehen und beide aufmischen? Oder nach Hause, mir die Bettdecke vors Gesicht hängen und in einer weiteren Runde Selbstmitleid baden? Ich hasse das so dermaßen! Ich will diesen Zustand nicht mehr.

Ich spüre, wie sich meine Hand um das Taschentuch in meiner Jackentasche verkrampft. Vermutlich muss ich der Tatsache ins Auge schauen, dass es nie mehr so wird, wie es war. Sondern einfach mindestens so beschissen bleibt, wenn nicht noch schlechter wird. Ich wünsche mir jemanden herbei, mit dem ich reden kann. Jetzt. Auf der Stelle. Bloß wen?

Klar gibt es Lisa und Kim und Martha, aber die haben mich die letzten Tage so merkwürdig angeschaut und keine Einzige von ihnen ist auf die Idee gekommen, mal zu fragen, wie es mir geht. Sie haben mich betrachtet, als hätte ich Aussatz oder so was.

Außerdem vertraue ich ihnen nicht. Was, wenn sie alles weitertratschen, und dann erfährt wieder irgendwer hintenrum etwas und gibt es verdreht weiter und das hört dann wieder Lou und versteht es falsch ... nein, das bringt gar nichts.

Jasper? Der muss gerade arbeiten.

Meine Mutter? Nee, echt nicht. Dann macht sie sich wieder riesige Sorgen und hat schlaflose Nächte.

Mein Handy gibt einen Signalton von sich. Hat mir jemand eine lebensrettende Botschaft geschrieben? Ich angle es aus der Tasche, starre darauf – und merke, wie sich mein Gesicht zu einem breiten Lächeln verzieht. Tatsächlich! Ed hat schon wieder geantwortet.

Ich bin wirklich nicht so doof, ernsthaft zu glauben, dass mir Mr Superstar höchstpersönlich eine Nachricht schickt, aber dennoch fühlt es sich irgendwie total gut an, mit jemandem, der Ed Sheeran heißt, zu texten. Als sei er mein persönlicher Coach. Außerdem ist er so weit weg, dass ich ihm gegenüber ehrlich sein kann. Denn was soll er schon mit meiner Geschichte anfangen? Im besten Fall inspiriere ich ihn zu einem neuen Lied. Ich sehe schon den Titel vor mir: *Song for C.* oder so etwas. Kein Mensch wird ahnen, wer C. ist. Außer vielleicht Lou und Finn und Jasper. Aber die kennen auch die Geschichte dahinter. Wobei – dass ich mit Ed Sheeran texte, habe ich niemandem erzählt.

Don't get lost in your pride, schreibt Ed. Verlier dich nicht in deinem Stolz. Er hat gut reden. Und dass ich mich unbedingt jemandem anvertrauen soll, der dafür sorgt, dass ich Ablenkung finde, fährt er fort.

Das versuche ich – das Blöde ist, dass diejenigen, die mich normalerweise am besten ablenken, genau die sind, wegen denen ich so unglücklich bin, schreibe ich auf Englisch zurück. Schon zeigt eine kleine Einblendung an: »… schreibt …«

Ist ihm gerade langweilig? Vielleicht sitzt er in einem Tourbus und muss eine unendlich lange, öde Strecke hinter sich bringen, um zum nächsten Konzertort zu gelangen.

Ist da nicht dieser nette Typ in deinem Umfeld aufgetaucht? Dieser Jasper? Was sagt er dazu?

Holla, Ed kennt Jasper! Oder habe ich ihn irgendwann mal erwähnt?

Ich weiß nicht, schreibe ich zurück. *Der hat doch seine eigenen Sorgen. Muss sich hier erst mal eingewöhnen und so. Ist mir eh schon unangenehm, dass er ausgerechnet jetzt hier angekommen ist – und mitten in der großen Band- und Familienkrise gelandet ist. Sonst geht es bei uns deutlich entspannter und lustiger zu.* Mit der Zeit fällt es mir immer leichter, auf Englisch zu schreiben. Ich bin dankbar für jede Netflix-Serie, die ich im Original mit Untertiteln angeschaut habe.

»Bestimmt hat er auch schon mal Liebeskummer gehabt«, kommt es von Ed zurück. »Frag ihn doch mal, was er in deiner Situation tun würde.«

Kurz überlege ich, ob Jasper wirklich schon mal Liebeskummer hatte. Daran habe ich noch kein Fünkchen Nachdenken verschwendet. Außerdem wirkt er immer so lässig, als habe er alles im Griff. So wie vorhin im Café mit der schlimmen Frau. Ich finde es schon bewundernswert, wie schnell er sich hier bei uns zurechtfindet. Kommt sofort in die Band, findet einen Nebenjob, versteht sich mit Sebi gut und erträgt sogar meine miese Laune. Ich würde sagen, der hat sein Leben echt im Griff. Andererseits … mit Theo hat er schon das ein oder andere Mal Stress gehabt, wie es scheint. Und irgendwas verheimlicht Jasper …

Ich wünsche dem – mit allergrößter Wahrscheinlichkeit unechten – Ed Sheeran noch einen schönen Tag. Da schreibt er noch ein weiteres Mal auf Englisch zurück: *Kennst du* »FUNK«*? Diesen Internetjugendkanal? Dafür hab ich bei Gute Nacht, Alter ein Interview gegeben. Wird Montagabend online gestellt. Vielleicht hast du Spaß an meinem Auftritt.* 😉😉😉😉😉😉😉

Hä? Jetzt bin ich total verwirrt. Was will er mir damit sagen?

»Wartest du auf mich?«

Ich zucke so sehr zusammen, dass mir beinahe das Smartphone aus der Hand fällt. Erst jetzt wird mir klar, dass ich noch immer auf der Straße direkt vor Lous Haus stehe. Das Chatten mit Ed hat mich total abgelenkt.

»Nee.« Ich kann nicht lächeln. Ich schaffe es nicht. Sie nickt kurz. Für einen beklommenen Moment sehen wir uns wortlos an.

»Was soll das?«, frage ich endlich. Sie schließt das eine Auge etwas und legt den Kopf schief. Sprechen wir überhaupt noch dieselbe Sprache? »Ich meine, da machst du eine Versöhnungsstory und dann gehst du doch wieder zu Finn. Ich verstehe es einfach nicht, Lou. Was geht dadrin vor sich?« Ich will ihr mit einem Finger gegen die Stirn klopfen, aber sie weicht zurück.

»Dafür, dass du sonst kaum aus Insta wegzubekommen

bist, reagierst du ja ziemlich spät drauf«, sagt sie schließlich. Ist sie wirklich beleidigt, weil ich ihr nicht mehr folge?

»Echt jetzt?«, schieße ich zurück. »Und deshalb hast du deine Beziehung zu Finn gleich weiter ausgebaut?«

»Ich habe nie gesagt, dass ich mit Finn Schluss mache.« Ihre Augen füllen sich mit Tränen, ihre Stimme zittert leicht.

»Aber wie sollen wir uns denn vertragen, wenn du mit ihm zusammen bist? Wie soll das funktionieren, bitte?«

»Du verstehst es einfach nicht.« Sie sieht nun auf den Boden und geht an mir vorbei in Richtung ihrer Haustür.

»Dann erkläre es mir!«, rufe ich ihr nach. »Ich bin ganz Ohr. Komm schon!«

Doch sie dreht sich nicht mehr um, reagiert gar nicht, schließt einfach die Haustür auf, die wenige Sekunden später scheppernd ins Schloss fällt. Was soll das denn? Kurz bin ich versucht, hinter ihr herzurennen und Sturm zu klingeln. Aber offenbar hat sie ja ihre Gründe, nicht mit mir zu reden.

Ich schaffe es rasend schnell nach Hause, denn die Wut, die meine Bauchhöhle ausfüllt, braucht Bewegung.

Daheim tue ich etwas, das ich seit Wochen nicht mehr getan habe. Ich schlüpfe in meine Joggingklamotten und starte zu einer Runde die Isar entlang.

Auf den Ohren habe ich laute Musik, irgendein Sportmix mit austauschbaren Songs, die mich ziemlich kaltlassen und zuverlässig vom Denken ablenken. Ich renne an der Cornelius- und der Reichenbachbrücke vorbei Richtung Süden bis zur Wittelsbacherbrücke und noch ein wenig weiter. Irgendwann kann ich nicht mehr vor lauter Seitenstechen. Ich bin definitiv zu schnell gelaufen.

Keuchend trete ich den Rückweg an, vorbei an den ganzen Familien, die sich zu den vermutlich letzten Picknicks des Jahres in den Isarauen niedergelassen haben, vorbei an den ersten aufsteigenden Drachen, den vielen herumspringenden Hunden, die auf Rufen und Pfeifen ihrer Frauchen oder Herrchen gar nicht reagieren. Vorbei an all den lauschigen Plätzen, an denen Lou und ich als Kleinkinder im seichten Flusswasser geplanscht haben, als Schulkinder zwischen den Büschen Verstecken gespielt und als Anfänger-Teenager die ersten (und auch letzten) Kippen darin ausprobiert, die erste Flasche Bier getrunken haben.

Heute sind diese Plätze entzaubert für mich. Sie bilden eine Großstadtlandschaft, in der der Müll sich manchmal breiter macht als die Menschen, die ihn verursacht haben. In der bedauernswerte Obdachlose unter der Wittelsbacherbrücke ihre Freiluftwohnzimmer eingerichtet haben und man ständig aufpassen muss, dass man nicht in Hundekot tritt.

Als ich nach Hause komme, spüre ich, dass die Wut fürs Erste verraucht ist. Da ist nur noch eine große Müdigkeit und das Gefühl, nicht nur den Schweiß, sondern auch diese ganzen unangenehmen Emotionen von meinem Körper waschen zu wollen.

Ich quetsche mich an einem riesigen Karton vorbei, der den halben Flur versperrt und der mir bisher tatsächlich nicht aufgefallen ist. Da muss ich einen krassen Tunnelblick gehabt haben. Schnell springe ich unter die Dusche und lasse das warme Wasser auf mich herunterprasseln. Für einen Moment stellen sich Ruhe und Behaglichkeit ein.

Könnte ich nicht einfach für den Rest meines Lebens hier stehen bleiben?

In den Bademantel gekuschelt, ein Handtuch auf dem Kopf, setze ich mich in meinen Hängesessel und baumel durchs Zimmer. Ich mag nicht einmal Musik hören. Jeder Song könnte nur alles wieder lostreten, Selbstmitleid, Zorn, Trauer oder Hoffnungslosigkeit explodieren lassen.

Auch wenn ich es eigentlich gar nicht will, schaue ich nach, ob Ed noch einmal geschrieben hat. Aber er hat nun wohl wirklich bessere Dinge zu tun. Auf jeden Fall werde ich Montagabend mal in dieses *Gute Nacht, Alter*-Interview reinschauen. Vielleicht singt Ed ein neues Lied. Und ganz vielleicht ist der Chat nur eine Werbemasche? Aber das kann ich mir einfach nicht vorstellen.

Ich frage mich erneut, ob Jasper tatsächlich schon mal Liebeskummer hatte. Immerhin hat er neulich mit seinem Vater gestritten, weil er dem wohl irgendwas aus seiner Vergangenheit nicht preisgeben wollte. Ich suche ihn auf Instagram. Bisher bin ich noch nie auf die Idee gekommen, mir sein Profil dort anzuschauen. Zu meinem großen Erstaunen hat er nur drei Fotos eingestellt. Eins ist das Patchworkfamilienfoto aus dem *Holly Golightly* neulich Abend mit einem Hashtag zu meinem Account (was auch erklärt, wieso Ed eine Verbindung zwischen ihm und mir entdeckt hat), das andere zeigt einen Blick aus seinem Fenster in unseren Garten und auf dem dritten ist die Isar zu sehen. Aus seiner Vergangenheit, aus England, hat er kein einziges Foto gepostet.

Unter dem ersten steht »#mynewfamily«, unter dem zweiten »#roomwithnoview« und unter dem dritten »#notthethames«. Kommentare gibt es dazu so gut wie keine. Theo und meine Mum haben das Familienfoto gelikt, meine Mutter hat noch ein Herz dazugesetzt.

Ich sehe mir an, wem er folgt und wer ihm so folgt. Offensichtlich sind es ein paar wenige Leute aus England, mit denen er noch verbunden ist, die mir aber nichts sagen. Ihre Namen hat er nie erwähnt. Okay, wann auch. Ich habe ihn ja nicht gerade ausgehorcht bisher. Dafür folgt er zahlreichen Bands, einigen Pianisten und Black-Lives-Matter-Aktivisten. Ein paar vegetarische Köchinnen und Köche finden sich, Klimaretter, englische Comedians und das elitäre Wilhelmsgymnasium in Lehel – so wie es aussieht, eine Partnerschule seiner bisherigen englischen Schule. Auch ein paar Mädels in Unterwäsche entdecke ich. Okay, die will ich mir gar nicht genauer ansehen.

Follower hat er nur wenige. Ein paar Leute aus der Schule, darunter Sebi und sogar Lou.

Als Einziges fällt mir ein Account mit dem Namen bella_bellisima auf. Ich klicke ihn an. Er gehört zu einem Londoner Mädchen in meinem Alter, die ein umwerfendes Profilbild hat. Allerdings ist sie so schön, dass sie regelrecht unecht wirkt. Lange Wimpern, perfekt geschwungene Lippen, leuchtend blaue Augen, goldglänzende Haare in üppigen Wellen, megaschlank und trendy angezogen mit einer bauchnabelfreien, dafür hochgeschlossenen Bluse in kleinen lila-weißen Karos, darunter einen abgefahrenen pinkfarbenen Minirock aus irgendeinem flauschigen Stoff und dazu farblich passende Sandalen mit Plastikblumen auf dem Spann. Ob man in England so zur Schule geht? Ich dachte immer, die hätten Schuluniformen. Aber bestimmt nicht in ihrer Freizeit.

Sie hat nicht allzu viele Fotos gepostet, dafür zahlreiche Storys in den Highlights gespeichert.

Wow – diese Bella, wie sie offensichtlich heißt, scheint stinkreiche Eltern zu haben. Mal hat sie irgendeine englische Landschaft vom Beifahrersitz eines Oldtimercabrios aufgenommen, dann sieht man sie beim Golfen in sattgrüner Hügellandschaft oder beim – vermutlich – Champagnerschlürfen mit Freundinnen in einem Club. Vieles davon ist mit einer Hyperlapse aufgenommen, dazu blinkende Emoticons oder flirrende Filter, geradezu schreiende Schriften in Quietschgelb und treibende Rhythmen über alles geklatscht. Not my style! Ob das eine Schulfreundin von ihm ist? Die wirkt ja nicht gerade so, als ob sie mit dem ruhigen, gechillten Jasper viel gemeinsam hätte.

»Sorry, kannst du mir mal kurz helfen?« Mal wieder, ohne anzuklopfen, linst Jasper ganz plötzlich zur Tür herein. Ich raffe meinen Bademantel enger um mich und rücke ein Stück aus meinem Hängesessel vor.

»Hm?«, frage ich.

»Heute wurde die neue Matratze für mein Bett geliefert, und ich bekomme die allein die enge Treppe nicht hoch. Wärst du so nett?« Ah, daher der riesige Karton im Flur unten.

»Ist Theo nicht da?«, entfährt es mir.

»Nein«, sagt Jasper. »Sonst würde ich dich nicht fragen.«

»Komm ja schon.« Ich hieve mich aus dem Sessel, was garantiert kein Mensch auf Erden jemals elegant hinbekommen hat. Ich ziehe den Gürtel meines Bademantels noch einmal fest. »Deine Schicht ist schon rum?«

»Zum Glück.«

Ich laufe hinter ihm die Treppe runter. Auf den zwei untersten Stufen lehnt eine Matratze in einer Plastikverpackung.

»Ich hätte sie erst oben aus dem Karton nehmen sollen«, überlegt er. »So ist sie viel unhandlicher.«

»Mitgedacht und Spaß gehabt«, sage ich ein wenig undeutlich.

Er hat mich offensichtlich dennoch verstanden, denn er schenkt mir einen genervten Blick.

Ich fasse vorne an, Jasper hinten. Das Plastik ist total rutschig und meine Hände sind es nach dem Eincremen mit Bodylotion auch. Ständig flutscht sie mir aus den Fingern. Jasper versucht zu schieben, aber das bewirkt nur, dass die Matratze in der Mitte einknickt, sich aber nicht vorwärtsbewegt.

»Du musst sie höher halten«, sagt er.

»Und du musst sie wenigstens ein bisschen anheben«, gebe ich zurück. »Aus was ist die? Beton?«

»Nee, keine Ahnung.«

»Und warum ist sie so breit? Willst du darauf Orgien feiern?«

»Ha, ha«, macht er tonlos.

Wir ächzen und drücken, stöhnen und ziehen. Die Matratze folgt unseren Bemühungen ausgesprochen behäbig. Nachdem wir sie endlich über die letzte Treppenstufe gehievt haben, keuche ich, als hätte ich meine Joggingrunde von vorhin dreimal hintereinander absolviert.

Durch den Flur bekommen wir sie etwas besser durch, aber dann müssen wir sie noch aufs Bett wuchten.

In Jaspers Zimmer ist es ziemlich dämmrig, er hat nicht einmal die Jalousien richtig hochgezogen. Auf dem Boden liegen Klamotten rum, Schulzeug stapelt sich auf dem kleinen Schreibtisch unterm Fenster.

»Ach, *da* ist meine Lieblingstasse!«, rufe ich aus und deute auf einen farbenfrohen Becher, der wackelig auf einem Stapel Bücher neben dem Bett thront.

»Sorry, stand nicht drauf«, gibt Jasper mit einem leicht gereizten Tonfall zurück. Ey, wie ist der denn drauf? Oder hat ihm die unangenehme Begegnung im Café vorhin doch mehr zugesetzt, als er zugeben wollte?

»Und was ist mit der alten Matratze?«, will ich wissen.

»Die schleppen wir dann runter.«

Ich verdrehe die Augen, hoffe aber, dass er es nicht sieht. Hätte er mir nicht vorher sagen können, dass das hier ein richtiger Arbeitseinsatz wird? Da kann ich ja gleich noch mal duschen gehen.

»Kannst du vielleicht auf der anderen Seite hochheben?«, bittet er nun.

Na klar, kann ich. Leider ist die alte Matratze kaum leichter und natürlich genauso unhandlich breit. Ich beuge mich weit hinüber, weil sie irgendwo in der Mitte klemmt. Jasper steht schräg gegenüber und zieht seinerseits. Endlich bekomme ich die Matratze frei und richte mich wieder auf.

»Puh«, gebe ich von mir. Jasper starrt mich an. Nicht mein Gesicht, wird mir klar. »Oh, Shit!« So schnell ich kann, halte ich meinen Bademantel vor mir zusammen. Während ich verzweifelt nach dem gelösten Gürtel taste, betrachtet Jasper nun ausführlich den Fußboden. Ich verknote die Bändel, so gut es geht – ich muss ihm kein zweites Mal einen Blick auf meinen nackten Körper gewähren. Gott, wie peinlich! Wie megapeinlich! Das muss ich nachher gleich Lou schreiben.

Halt. Stopp. Nein. Das werde ich Lou nicht schreiben. Verdammt.

»Ich hab dir nichts abgeschaut, keine Sorge«, sagt Jasper, während wir an der alten Matratze rumdrücken und sie in Richtung Treppe schieben. »Außerdem sind wir damit quitt.«

Ich spüre, wie es in mir brodelt und ich irgendetwas sagen möchte. Fragt sich nur, was. Dass ich es nicht mit der kleinsten Nervenzelle darauf angelegt habe, ihn nackt im Bad zu sehen? Dass er sich bloß nicht einbilden soll, ich hätte das extra gemacht? Oder dass wir ja schließlich so was wie Geschwister sind? Oder dass mir völlig egal ist, was er sieht und was nicht?

»Ja, klar, nee«, stammle ich stattdessen nur und es brodelt weiter. »Was war das eigentlich für eine Schule, auf der du in London warst?« Woher kommt die Frage auf einmal? Offensichtlich hat mein Hirn die Idee, dass ich damit von der doofen Situation ablenke.

Jasper gibt der Matratze nun einen Schubs und behäbig rutscht sie die Treppe hinunter, bis die stirnseitige Wand sie abfängt.

»Wie kommst du denn jetzt da drauf?«, fragt er prompt. Ich setze mich auf die oberste Treppenstufe und stütze das Kinn in die Hand.

»Keine Ahnung. Mir ist aufgefallen, dass ich irgendwie nichts über dein früheres Leben weiß.«

»Ach ja?« Er setzt sich neben mich und streckt seine Beine aus. »War auch nicht sehr spannend. War eine Privatschule.«

»Okay.« Er wird ja wohl mehr dazu sagen können. Doch er bleibt stumm. »Und?«, hake ich nach. »Doof da oder gut? Besser oder schlechter als hier?«

Er zuckt mit den Schultern. Wo ist der charmante, liebenswürdige Jasper?

»Schule ist doch meistens blöd. Selbst wenn man Eintritt dafür zahlt.«

Das ist ja mal 'ne kryptische Aussage.

»Warst du da auch in einer Band?«

Er steht auf und streckt seine Arme nach rechts und links übers Treppengeländer. »Nö. Da war ich nicht gut genug für.«

»Was? Du? Nicht gut genug?«

»Nee, da durften quasi nur die hin, die schon mal beim LYPCO mitgemacht haben.«

»Beim was?«

»Ach, so was wie Jugend musiziert. *London Youth International Piano Competition.*«

»Krass. Klingt ganz schön snobistisch.«

»Tja, und als Kraut hatte ich sowieso nicht die besten Karten.«

»Als was?«

»Na, als Deutscher. Ich war ja schon vierzehn, als ich an meine Londoner Schule kam, die Oak House. Altehrwürdig, ziemlich versnobt, ziemlich weiß.«

Puh, mir wird zum ersten Mal klar, dass das nicht einfach für ihn sein kann. In England gilt er als blöder Deutscher, hier wird er wegen seines etwas dunkleren Hauttons fies angemacht. Bestimmt gar nicht einfach, sich da irgendwo zugehörig zu fühlen.

»Hattest du wenigstens nette Mitschülerinnen und Mitschüler?«

Er wiegt den Kopf. »Geht so.«

»Diese Bella sieht ja hammermäßig aus. Waren die da alle so schön?« Er wendet mir abrupt sein Gesicht zu und ich merke, wie sich seine Augen weiten. Oh verdammt, am liebsten würde ich die Worte wieder zurückholen und mir die Hand auf den Mund legen.

»Was weißt du von Bella?« Seine Stimme klingt eine Oktave tiefer. Und leicht rau.

»Gar nichts«, versichere ich schnell. »Ich hab da nur so ein Instafoto gesehen.« Jetzt zieht er auch noch missmutig die Augenbrauen zusammen. Vermutlich ist ihm glasklar, dass ich mir sein Instagram-Leben etwas genauer angeschaut habe. Beziehungsweise nicht nur seins, sondern auch das der Leute, die ihm folgen. Was ja doch für eine etwas ausführlichere Recherche spricht.

»Ja, es gibt einige, die so gut aussehen wie sie. Aber wenige, die so … egal.«

»Tut mir leid«, sage ich. »Ich wollte dir nicht nachschnüffeln oder so. Aber diese Bella ist eine Freundin?«

»Es wirkt aber sehr wie Nachschnüffeln. Du kannst mich auch direkt fragen, wenn du was wissen willst.«

»Das tue ich gerade«, antworte ich pampig. »Aber du weichst mir ja aus.«

»Ist doch auch völlig irrelevant, wer meine Mitschüler waren. Durch Fragen nach denen lernst du mich auch nicht kennen.« Nun klingt er regelrecht empört. Au weia!

»Hey, reg dich ab. Ich wollte Konversation machen, kein tiefenpsychologisches Gespräch über deine Vergangenheit führen.«

»Die geht dich auch nichts an.«

Ich springe hoch und rufe: »Die interessiert mich auch einen Dreck!«

Einen Moment sieht er mich an mit einem merkwürdigen

Ausdruck in den Augen. Irgendwas zwischen Enttäuschung und Ärger, gepaart mit einer großen Verletzlichkeit.

»Jasper …«, hebe ich zu einer Entschuldigung an, aber er unterbricht mich.

»Ich muss jetzt mal die Matratze vors Haus schaffen. Mein Vater wird gleich vorfahren und sie einladen. Wenn wir uns beeilen, schaffen wir es noch zum Wertstoffhof.« Er geht die Treppe ohne ein weiteres Wort hinunter. Mit viel Mühe schafft er es, die Matratze aus der Ecke heraus und über den Flur nach draußen zu ziehen. Um Hilfe bittet er mich nicht noch einmal.

24. September, 06.17 Uhr

Samstagmorgen und ich kann nicht mehr schlafen. Es ist zum Ko…!

Ich habe mir gestern Abend eine von Mamas Proseccoflaschen geklaut und sie ganz allein beinahe ausgetrunken. Ich wollte mal wieder so was Leichtes, Schwebendes fühlen, nicht immer diese bodenlose Schwere, die mich herunterzieht seit … Aber es hat nichts genutzt. Ich habe scheiße geschlafen und bin mit Kopfweh aufgewacht. Als ich den Rest im Glas gesehen habe, direkt auf meinem Nachttisch, ist mir beinahe speiübel geworden. Immerhin hat sich das Bett nicht mehr so gedreht wie gestern Abend. Aber die Bilder sind immer noch in meinem Kopf.

Charlie steht vor meinem Haus und es sieht so normal aus, wie sie da, in ihr Handy versunken, auf mich wartet. Als wollte sie mich zum Trampolinspringen abholen wie damals mit zehn Jahren. Oder einfach, um ins *Holly Golightly* zu gehen.

Beinahe hätte ich sie ganz normal angesprochen, so wie immer, wie die letzten fast 17 Jahre jeden Tag. Und auf einmal wurde mir klar, dass das nicht mehr geht. Es hat sich angefühlt, als drehe jemand ein Messer in meinem Bauch und meinem Herzen gleichzeitig. Und dann diese Wut in ihrem Blick, als sie mich entdeckt hat. Ich habe für einen winzigen Augenblick die Hoffnung gehabt, sie kommt und will mir die Hand reichen, aber dann war ihr Blick voller … nein, kein Hass. Enttäuschung?

Woher wusste sie, dass ich von Finn komme? Ob ihr das irgendjemand aus meiner Familie gesteckt hat, der den Mund nicht halten kann? Ich habe auf Lukas getippt, aber der hat behauptet, er hätte sie gar nicht gesehen. Wahrscheinlich hatte er nur Angst, ich bin sauer auf ihn. Und natürlich hat Charlie gleich wieder unterstellt, ich war nur bei Finn, um unsere Beziehung auszubauen. Dabei ... jedenfalls war ich erst mal total sprachlos. Mein Hirn war wie leer gefegt und ich konnte sie nur meinerseits anblaffen, weil sie auf meine Versöhnungs-Instastory so spät reagiert hat. Als ob es wichtig wäre, wann sie die entdeckt hat.

War blöd, ich weiß, aber es hat mich so geärgert, dass sie mir gleich wieder die schlimmsten Sachen unterstellt. Ich meine, klar, ich habe ihren Freund geküsst.

Halt, nein, er hat mich geküsst.

Ich stand einfach da und er hat mich geküsst, ich habe ihn nicht dazu aufgefordert. Ich weiß, ich hätte ihn abhalten müssen. Hätte nicht darauf eingehen sollen. Ich weiß das alles, aber ... aber ... Verdammt!

Sie ahnt ja nicht, wie schwierig das ist! Sie hat keine Vorstellung!

Außer Finn hätte sie damals mindestens noch drei andere haben können. Mats ist garantiert schon seit Jahren in sie verknallt und manchmal glaube ich, sogar Sebi. Dabei wäre er ihr doch überhaupt nicht gewachsen.

Egal.

Jedenfalls hätte ich ihr so gerne gesagt, dass ich nur bei Finn war, um herauszufinden, was er will. Das ist mir nämlich immer noch nicht klar. Nach der ätzenden Probe am frühen Nachmittag, als ich einfach abgehauen bin, da habe ich gedacht, er kommt vorbei oder meldet sich wenigstens mal, aber da herrschte wieder Stillschweigen. Als interessiere es ihn null, wie es mir geht. Ich habe das nicht ausgehalten. Ich kam mir vor wie so ein Ball an einem Gummiband, den er beliebig an sich heranschnalzen und wieder wegwerfen kann. Ich wollte, dass er mir sagt, was jetzt Sache ist.

Also bin ich zu ihm gegangen, und ich weiß nicht, im ersten Moment, glaub ich, war's ihm nicht so recht, dass ich da war. Doch dann hat er mich wieder abgeknutscht und ich bin beinahe geschmolzen in seinen Armen und hab einfach nur den Moment genossen und alles andere war mir völlig egal. Aber plötzlich wurde mir bewusst – halt, stopp, nein, deswegen bist du nicht hier!

Also habe ich mich von ihm losgemacht und wollte ihn schon fragen, wie das alles weitergehen soll, da springt er vom Bett und sagt, ihm sei vorhin eine Melodie für einen Song eingefallen.

Ich war so perplex, dass ich gar nichts sagen konnte, und schon hatte er seine Gitarre auf den Knien und hat gespielt. Es klang noch ein wenig holperig, aber beim dritten, vierten Mal hat's besser geklappt, und ich konnte ihn nur mit offenem Mund anstarren. Wow – was für eine Melodie! Das hätte ich ihm niemals zugetraut. So voller Gefühl und Hingabe, Wahnsinn. Da konnte ich nicht anders und hab den Mund gehalten. Er hat mir dann seine Folkgitarre gegeben und wir haben das Stück zusammen gespielt und mir ist auch gleich eine Zeile für den Refrain eingefallen. Irgendwas mit »bringst mich auf den Boden zurück«.

Finn war total stolz, weil ich so begeistert war, und als ich gesagt habe, das wäre ein cooler Song für den Wettbewerb, hat er abgewunken. Der Song sei allein für mich, hat er gesagt. Oh Mann, und damit hat er mein ganzes Vorhaben wieder komplett zum Erliegen gebracht. Er musste dann mit seinen Eltern fort, sonst wäre ich sicher noch geblieben. Aber wer weiß, was dann alles noch passiert wäre, und Charlie hätte noch mehr recht, sauer auf mich zu sein.

Vielleicht hätte ich sie bitten müssen, mir Zeit zu geben, mir zu vertrauen, aber das habe ich natürlich nicht über die Lippen gebracht. Das kann ich nicht von ihr verlangen.

Mann, wie bescheuert – dabei haben wir mindestens einen Podcast gemacht, wie man Streitereien unter Freundinnen beilegt. Und wir kamen uns dabei besonders clever vor. Denn uns war total klar: Wir werden uns niemals völlig verkrachen. Ich weiß gar nicht mehr, was wir da für Strategien angepriesen haben. Da muss ich glatt mal reinhören.

Podcast

März 2022

Charlie: »Hey, beste Freundinnen und Freunde, willkommen zu einer neuen Folge unseres Podcasts, heute mit dem Thema ›Wie ihr Streit zwischen euch selber schlichtet‹. Wir sind …«

Lou: »Lou.«

Charlie: »Und Charlie. Beste Freundinnen von Geburt an.«

Lou: »Und das ist unser Kanal. Viel Spaß mit den *Po-Casterinnen.«*

Charlie: »Sag mal, Lou, kannst du dich erinnern? Waren wir mal so richtig verkracht? So, dass wir mehrere Tage nicht miteinander gesprochen haben?«

Lou: »Hm, lass mal nachdenken …«

Charlie: »Ach, ich weiß, ich war mal sauer, weil ich dachte, du wolltest mich in einer Lateinschulaufgabe nicht abschreiben lassen. Dabei hast du – im Gegensatz zu mir – auf dem Schirm gehabt, dass uns der Lehrer die ganze Zeit im Blick hatte. Aber das habe ich erst viel zu spät verstanden.«

Lou: »Stimmt, jetzt erinnere ich mich. Hatte ich völlig vergessen. Ja, und nach der Klassenarbeit wolltest du erst mal gar nicht mit mir reden. Ich habe überhaupt nicht verstanden, warum du so sauer bist.«

Charlie: »Also, daraus können wir schon mal ableiten: Bei Streits hilft es unglaublich gut, wenn man einmal versucht, die Perspektive der anderen einzunehmen. Was denkt sie über einen Vorfall? Was wusste sie, was ich vielleicht nicht wusste? Gab es Gründe für ihr Verhalten, die mir nicht bekannt sind?«
Lou: »Genau, nicht immer gleich meinen, man selbst ist im Recht und der oder die andere im Unrecht.«
Charlie: »Das führt nämlich nur dazu, dass man dann vielleicht etwas Blödes tut, was den Streit noch größer macht.«
Lou: »Auch blöd ist es, wenn man nachtragend ist. Wir sind alle nur Menschen. Jeder macht mal einen Fehler. Und weil man die andere doch eigentlich total gerne mag – sonst wäre sie ja nicht die beste Freundin –, sollte man doch wirklich großzügig sein. Überlegt erst mal: War das, was die andere getan hat, wirklich so schlimm? Muss man da wirklich so eine große Sache draus machen?«
Charlie: »Manchmal ist man ja auf die andere nur sauer, weil man sich über sich selbst ärgert. Dann ist die Freundin wie so ein Blitzableiter – und sie versteht gar nicht, wofür. Das ist fies. Fragt euch also, ist mein Ärger berechtigt? Und dann: Hat die andere wirklich mit böser Absicht gehandelt? Oder hat sie vielleicht nur nicht richtig nachgedacht? War vielleicht zu impulsiv? Das kommt doch in den besten Freundschaften vor.«
Lou: »Ja, genau. Aber das Wichtigste: Redet miteinander! Vielleicht nicht direkt nachdem ihr fürchterlich gestritten habt. Schlaft erst mal 'ne Nacht drüber, spürt nach, ob eure Wut oder euer Ärger immer noch nicht verraucht ist – und dann macht ein Treffen aus. Letztlich hilft so ein Streit

im Nachhinein doch dabei, sich gegenseitig noch besser zu verstehen.«

Charlie: »Das glaube ich auch! Und wenn ihr von vornherein Vertrauen zueinander habt, dann könnt ihr euch störende Dinge doch auch sagen, bevor ein echter Streit daraus wird.«

Lou: »Beinahe niemand zettelt absichtlich Streit an. Meist steckt irgendwas dahinter. Und das bekommt ihr heraus, wenn ihr offen und ehrlich und möglichst ohne Vorwürfe miteinander redet.«

Charlie: »Hey, wow, jetzt wünsche ich mir fast, dass wir mal streiten – dann können wir das alles mal ausprobieren.«

Lou: »Och nee, danke, ich kann drauf verzichten.«

13

Ich weiß nicht, wie oft ich mir die Szene schon angeschaut habe. Vielleicht, weil ich dachte, dass sie sich bei der fünfundzwanzigsten Wiederholung doch noch anders entwickelt? Dass er eine andere Antwort gibt?

Beinahe hätte ich gestern Abend vergessen, mich bei FUNK umzusehen. Ich hab ein bisschen suchen müssen, aber dann habe ich tatsächlich das Interview gefunden. Ed saß neben der Moderatorin Ariane Alter und zuerst führten die beiden ein launiges Gespräch über Eds aktuelle Tour.

Irgendwann fragte Alter: »Wie ist das bei dir – du giltst als sehr zugänglich gegenüber deinen Fans. Nimmst du, zum Beispiel über Instagram oder so, auch schon mal persönlich Kontakt mit ihnen auf?«

Da lief es mir das erste Mal kalt den Rücken runter. Ed grinste sein typisches Teddylächeln und ruckelte an seinem Brillengestell.

»Sure«, antwortete er und ich konzentrierte mich von da an voll auf die deutschen Untertitel. »Am liebsten immer dann, wenn sie mir nicht die üblichen Fanhymnen schicken, sondern ein bisschen … anders sind.«

»Zum Beispiel?«, hakte Ariane nach.

»Ach, neulich hat mir ein Mädchen geschrieben, sie würde mich hassen.«

Obwohl ich allein in meinem Zimmer war, spürte ich, wie meine Birne knallrot anlief.

»Ups«, sagte Ariane. »Warum denn das?«

»Das hat mich auch interessiert«, erwiderte Ed. »Ich habe sie natürlich gefragt, warum, und es stellte sich heraus, dass ihr Freund und ihre beste Freundin sie während meines Konzertes betrogen haben.«

»Autsch!«

»Ja, das tat mir echt leid. Ich habe versucht, ihr ein paar gute Tipps zu geben.«

»Und hat's geholfen?«

»Ich glaube nicht.«

»Mann, streng dich mal mehr an!«

»Ja, das muss ich wohl. Also hier noch mal: Tut mir leid, dass ich bisher nicht helfen konnte. Ich hoffe für dich, es wird wieder, C. Gib nicht so schnell auf!«

»C.?«

»Hm. Bin ja verschwiegen.«

»Okay. Woher nimmst du die Zeit – ich meine, dein Tag ist doch bestimmt total getaktet …«

»Ja, schon, aber wenn wir mal länger mit dem Tourbus unterwegs sind zum Beispiel. Da kann ich super abschalten, wenn ich so ein bisschen sinnlos durch Instagram oder so scrolle.«

»Verstehe.«

Und dann wandten sie sich glücklicherweise anderen Themen zu.

Puh. Ich konnte nur dasitzen und aufpassen, dass mein Unterkiefer nicht bis zu meinen Knöcheln runterrutscht. Ich habe mich ernsthaft gekniffen! Und es hat wehgetan. What the hell … Ed Sheeran hat über *mich* in einer Talkshow geredet! Unbelieveable!

Und ich bin immer noch total geplättet. Das ist der absolute Wahnsinn! Habe ich doch mit dem echten Ed Sheeran getextet? Offensichtlich ja schon! Ich beiße in meine Fingerknöchel, um nicht laut zu schreien.

Und dann sah ich, dass ich unzählige Benachrichtigungen bekommen hatte. Offensichtlich hatten Millionen Fans von Ed in seiner Timeline gecheckt, wer C. ist.

861 neue Antworten gab es auf meinen Kommentar. Wie immer haben viele nur ein Emoticon geschickt – ein Herz, eine Sonne, ein Daumen hoch, ein weinendes Smiley und so weiter. Natürlich gab's auch ein paar ätzende Kommentare wie *Wirst es wohl verdient haben* oder anzügliche wie *In meinem Bett ist ein Platz frei.* Und noch während ich las, schnellte die Zahl der Kommentare weiter nach oben. Für jede Beschimpfung in Lous Richtung fuhr mir ein Stich ins Herz. Wenn ich mit ihr im Streit liege, ist dies das eine, aber wenn sich andere da einmischen ... Einmal mehr spürte ich mein schlechtes Gewissen wegen des Podcasts. Und war doppelt froh, dass ich ihn mittlerweile gelöscht habe.

Was für ein Chaos! Ich schwor mir in diesem Moment, mich bei anderen nie wieder in Streitereien einzumischen, solange ich nicht um meine Meinung gebeten werde. Das geht nur die Betroffenen an.

»Wie steht's mit eurem Song für den Wettbewerb?«, reißt mich die Bergmeier aus meinen Überlegungen und mit einem Mal ist mir klar, dass ich die letzten Minuten komplett versunken war. Mir war überhaupt nicht mehr bewusst, dass ich zunächst allein im Probenraum stand und mal wieder auf das Eierkartonmuster auf der Wand gestarrt habe. Und dass Jasper, Sebi und Lou mittlerweile alle hereingekommen sind. Ob Lou das Ed-Interview auch gesehen hat? Doch ihre Miene ist derzeit ein Buch mit sieben Siegeln für mich.

»Könnt ihr mir schon was vorspielen?«, bittet unsere Musiklehrerin.

Sebi bearbeitet nur seine Floortom und spielt einen Wirbel. Lou schaut, als hoffe sie, eine Antwort falle von der Zimmerdecke, und Jasper wühlt hektisch in seinem Rucksack herum.

Also antworte ich der Bergmeier. »Wir haben letztes Mal einiges ausprobiert«, erzähle ich und füge schnell hinzu: »Aber wir waren noch nicht zufrieden. Vor allem beim Text hapert's noch.«

»Na, Louisa und du seid da ja ein prima Gespann!« Die Bergmeier klingt völlig überzeugt und ich frage mich, wieso sie die schlechten Vibes im Raum nicht wahrnimmt. Obwohl Finn heute nicht dabei sein kann, weil er einen Zahnarzttermin hat, ist die Stimmung nach wie vor angespannt. Dass Lou und ich hier sind, hat nur mit unserer Sturheit und unserem Pflichtbewusstsein zu tun. Vielleicht wollen wir uns aber auch ein letztes Stück Normalität erhalten. Zumindest mir geht es so. Die Band hat immer Spaß gemacht, und das will ich mir nicht auch noch nehmen lassen. Wenn wir schon keine Podcasts mehr aufnehmen, keine Instastories oder Reels, dann wenigstens noch etwas Trost in der Musik finden.

»Na gut, ein paar Tage habt ihr ja noch«, lenkt die Bergmeier ein. »Vielleicht habt ihr ja heute einen Durchbruch.« Sie verlässt den Raum, um uns in Ruhe proben zu lassen.

»Was machen wir denn heute, wenn Finn gar nicht da ist?«, fragt Sebi.

»Es geht auch gut mal ohne ihn«, sage ich scharf. Viel schärfer als nötig. Sebi zieht den Kopf ein und schwingt verlegen seine Sticks.

»Sollen wir noch mal das ›A Team‹ machen?«, schlägt er vor.

»Das klappt doch schon ganz gut«, wendet Jasper ein. Ich bin ihm dankbar, dass er mich vor dem Duett mit Lou rettet. »Lieber wäre mir die ›Bohemian Rhapsody‹. Die ist echt schwer.«

Lou zuckt nur mit den Schultern, auch ich habe nichts einzuwenden. Beim Singen fehlt Finn natürlich schon, aber Sebi versucht, seinen Part zu übernehmen. Seine Stimme klingt gar nicht schlecht. Vielleicht sollte er öfter mal einen Gesangspart besetzen. Bisher hat er immer behauptet, er könne keinen geraden Ton von sich geben.

»Hey, Sebi, du klingst echt toll«, sagt nun auch Lou, und Sebi strahlt übers ganze Gesicht.

»Ich weiß nicht, an der einen Stelle komme ich immer raus«, bekennt Jasper. »Können wir ab Takt 24 noch mal üben?«

Wir kommen seinem Wunsch nach und ich habe das Gefühl, unser Lob beflügelt Sebi geradezu. Es ist, als würde er aus Finns Schatten heraustreten, kaum ist der mal nicht dabei. Bisher war Sebi immer der Typ hinter ihm. Der, der überall mit hinging, der jeden Schwachsinn mitmachte – so der typische Best Buddy, dessen Fehlen aber auch nicht weiter auffiel, wenn er mal nicht dabei war.

Die Konzentration auf das komplexe Lied von Queen fällt mir heute schwer. So, wie mir derzeit eigentlich alles schwerfällt. Ich war froh, dass Theo und Jasper das ganze

Wochenende seine Großeltern im Chiemgau besucht haben, in Theos Heimatdorf. Mum hat sich redlich bemüht, es mir und sich selbst kuschelig und gemütlich zu machen, aber so die richtige Mutter-Tochter-Wohlfühlblase ließ sich nicht aufpusten. Mir tat es natürlich furchtbar leid, dass ich so kurz angebunden und schnell genervt war.

Sie hat mir mein Lieblingsessen gekocht – Pasta al Limone – und wir haben zusammen die aktuellen Folgen von *Bling Empire* und *Virgin River* gebingt. Ich habe bestimmt nur die Hälfte der jeweiligen Handlung mitbekommen, weil ich immer wieder mit meinen Gedanken abgedriftet bin.

Mum ist das natürlich nicht entgangen und sie hat versucht, mir gut gemeinte Ratschläge zukommen zu lassen. Von wegen, in meinem Alter ist es ganz normal, dass Beziehungen in die Brüche gehen, dass Lous und meine Freundschaft so stabil ist, dass wir diese Krise bestimmt überstehen und dass alles irgendwann zu einer Anekdote gerinnt, über die wir lachen werden. Dann kam sie noch mit alten Fotoalben an – Lou und ich in der Badewanne als Drei-, Vierjährige oder in unserem ersten gemeinsamen Italienurlaub. Der Papas letzter war. Irgendwann habe ich nur noch geblättert, ohne auch nur ein einziges Bild bewusst wahrzunehmen. Ich wollte nur, dass wir das Album schnell wieder weglegen. Ich glaube, Mum hat gemerkt, dass sie mir nicht wirklich helfen konnte, und irgendwann kapituliert. Den Rest des Wochenendes durfte ich dann in meinem Zimmer hocken und ungestört den Blues haben.

Auch mit Jasper habe ich seit unserem blöden Streit am Freitag nicht mehr großartig gesprochen. Außer »Kann ich mal das Salz haben?« oder »Gibt's für mich auch noch ein

Radler?« haben wir uns auf unterkühltes Schweigen verlegt. Dass ihn das bisschen Rumgestochere in seiner Vergangenheit gleich mal so aus der Bahn wirft, hätte ich nicht vermutet.

»Charles?« Jasper zupft mich am Blusenärmel und ich schrecke zusammen. »Sollen wir noch ›With a little help‹ machen?«

Ich nicke.

»Ähm, ich muss kurz aufs Klo«, unterbricht Sebi, erhebt sich von seinem Stuhl und verlässt den Raum.

Sofort kommt es mir vor, als sei etwas aus dem Gleichgewicht geraten, als habe uns Sebi stabilisiert, damit Lou und ich nicht kläffend und geifernd übereinander herfallen. Weil wir zivilisierte Menschen sind, halten wir uns zurück. Jasper blättert in seinen Noten und Lou zupft auf ihrem Bass herum. Dazu summt sie sogar.

Ich stutze.

Ich weiß nicht, welches Lied sie spielt, ich weiß nur, dass ich es kenne. Auch Jasper hält inne und betrachtet sie mit zusammengezogenen Augenbrauen.

Lou spielt weiter. Erst etwas zögerlich, dann immer flüssiger. Und lauter. Sodass die Melodie jetzt deutlich zu hören ist. Dazu flüstert sie leise einzelne Worte. Ich verstehe »lächelst« und »alles egal«.

»Ähm«, unterbricht Jasper. »Was spielst du da?«

»Nichts Bestimmtes«, antwortet Lou. »Gefällt's dir nicht?«

»Doch«, sage ich, obwohl ich gar nicht gefragt werde.

»Darum geht's nicht«, antwortet Jasper.

»Was denn?« Lou sieht argwöhnisch zwischen uns hin und her. »Darf ich nicht mal irgendwas vor mich hin klimpern?«

»Woher hast du das?«, fragt Jasper.

Sebi kommt zurück von der Toilette und setzt sich wieder. Erwartungsvoll hebt er seine Drumsticks und schlägt einmal gegen das Becken.

»Sch!«, mache ich. »Wir müssen gerade was klären.«

»Was denn?«, will er wissen.

»Woher Lou den Song hat.«

»Das ist gar kein Song«, sagt Lou und an der Art, wie sie nun die Arme hängen lässt, erkenne ich, dass sie sich noch unwohler fühlt als zuvor schon. »Das ist gar nichts. Nur ein paar aneinandergereihte Töne.«

»Das ist sehr wohl was«, sage ich. »Das ist Jaspers Song.«

»Woher kennst *du* den denn?« Jasper wirft das Notenbuch auf die Keyboardtastatur, sodass es ein paar krumme Töne von sich gibt.

»Moment – ich verstehe gar nichts!«, schaltet sich Sebi ein. »Lou spielt, ohne es zu wissen, einen Song von Jasper, der nicht weiß, dass Charlie ihn kennt?«

»So könnte man es sagen«, bestätigt Jasper.

»Wieso *dein* Song?«, fragt nun Lou an Jasper gewandt.

»Weil ich den geschrieben habe.« Seine Stimme ist so kalt, dass ich eine Gänsehaut bekomme.

»Sag schon, Lou, wo hast du den her?«, fordere ich sie auf.

Sie starrt auf den Boden. Sie sieht genauso aus wie früher, wenn Magda uns dabei erwischt hat, wie wir die letzten polnischen Sahnebonbons geklaut haben. Die es in ganz München nirgendwo zu kaufen gab.

»Von Finn«, presst sie schließlich heraus.

»Hat er behauptet, der Song ist von ihm?«, bohrt Jasper mit finsterer Miene nach. Er wirkt, als müsse er sich schwer anstrengen, Lou nicht anzuschreien.

»Was heißt ›behauptet‹?«, gibt Lou zurück. »Wenn er sagt, der ist von ihm, dann glaube ich ihm das erst mal. Er hat gesagt, er hat ihn für mich geschrieben.«

Für sie geschrieben? So ein Arsch!

»Der Typ ist so ein Arsch!«, spricht es Jasper aus. Er schüttelt empört den Kopf, fährt hektisch mit den Fingern über seine seitlichen Hosennähte.

Ich fasse es nicht! Und Lou glaubt das auch noch?

»Aber wie soll er denn an deinen Song kommen?«, fragt sie. »Kann es sein, dass du ein bisschen paranoid bist?«

»Ich glaube eher, Jasper passt nicht immer ganz so gut auf seine Daten auf.«

Jetzt fährt er zu mir herum.

»Was willst du denn damit sagen?«

Ich hebe die Schultern und presse kurz die Lippen aufeinander. »Na ja, du hast mir den Song auch schon geschickt – die Datei war zwischen die ganzen Konzertfotos gerutscht.«

»Echt? Kacke!« Jasper fährt sich nun mit den Händen durch die Haare. »Ich habe mein Laptop aufgeräumt und wollte den Song eigentlich in den Papierkorb verschieben. Dabei ist er wohl in den Konzertfoto-Ordner geraten.«

»Sieht so aus. Ich hab mir schon gedacht, dass er da aus Versehen gelandet ist.«

»Aber wie kam er dann an Finn?«, fragt Lou nach. »Kann doch nur heißen, dass Charlie …«

»Ich? Never ever! Wann und vor allem warum hätte ich das denn machen sollen?«

»Moment«, stoppt uns Sebi. »Wer hat nach der Probe am Freitag als Letztes den Raum verlassen? Als ich gegangen bin, waren nur noch Charlie und Finn da.«

Ich sehe unseren Schlagzeuger konzentriert an. Und schließlich ist mir alles klar.

»Finn ist als Letzter gegangen«, sage ich.

»Ja und?« Lou fisselt gespielt gelangweilt eine widerspenstige Haarsträhne auseinander.

»Wo ist dieser Stick, auf dem wir bei der letzten Probe unsere Aufnahme gespeichert haben, Jasper?«, fragt Sebi ihn. Wir starren alle gleichzeitig auf den Schulcomputer in der Ecke. Ein Stick ist dort nirgendwo eingesteckt.

»Shit, ich bin total hektisch losgedüst, weil ich ins Café musste«, fällt es Jasper nun auch ein. »Da habe ich ihn vergessen.«

»Und Finn dachte sich bestimmt, da könnte irgendwas Interessantes drauf sein, und hat ihn sich geschnappt«, überlege ich laut. »Hattest du den Song dadrauf gespeichert?«

Jasper zuckt mit den Schultern. »Kann schon sein. Ich habe den zuletzt vor den Sommerferien in England benutzt. Hatte fast vergessen, dass der noch im Rucksack rumfliegt.«

»Und an deiner alten Schule hattest du Komposition als Fach, oder was?« Lou legt nun ihre Bassgitarre ab. »Finn wollte sicher nur den Stick retten, weil da das Material für den Songwettbewerb drauf war.«

»Ganz bestimmt!« Ich kann mir ein Augenrollen nicht verkneifen.

Lou sieht mich giftig an. »Sorry, Leute, das ist mir irgendwie alles zu blöd.«

»Das wäre es mir auch, wenn mein Lover behaupten würde, er hätte einen Song für mich geschrieben und dann hat er ihn nur geklaut.«

Lous breiter Mund verzieht sich zu einem maskenhaften Lächeln, als seien ihre Lippen geschnitzt und nicht echt.

»Der ist nicht …«, schreit sie los.

»Hey, Mädels, chillt mal«, unterbricht uns Sebi. »Ich finde, wir sollten jetzt alle zusammen zu ihm gehen und ihn mal ganz direkt fragen, was das alles soll.«

»Bin dabei«, sagt Jasper wie aus der Pistole geschossen und auch ich nicke. Lou verdreht die Augen, wehrt sich aber nicht. Wäre ich angepisst, wenn er mir gegenüber so etwas behauptet hätte! Ein geklautes Lied! Aber das ist eigentlich ganz typisch für Finn. Warum habe ich das nicht schon früher bemerkt?

»Ihr wollt alle zu Finn?«, fragt uns sein Vater und runzelt die Augenbrauen. »Ich weiß nicht, ob er mit euch reden kann – ihm wurde gerade ein Weisheitszahn gezogen.«

»Es ist dringend, Matthias«, sage ich und lächle ihn so mädchenhaft liebreizend an, dass sein Blick ganz weich wird. Während meine Mutter mit Finn immer Probleme hatte, hätte mich Matthias am liebsten schon bei unserer ersten Begegnung adoptiert. »Wir stören auch nur ganz kurz«, füge ich noch an. Er streckt den Arm aus und deutet auf Finns Zimmertür.

Ohne anzuklopfen, gehen wir rein. Jasper und ich vorneweg, dann Sebi und zum Schluss Lou. Finns Zimmer wirkt so steril ordentlich wie sonst auch. Ich verstehe nicht, wie ich mich hier habe wohlfühlen können. Die Wände sind in aufeinander abgestimmten matten Blautönen gestrichen, davor ein weißes Wandregal mit Miniaturnachbildungen von berühmten Oldtimerrennautos. Eine Schwarz-Weiß-

Fotografie der Brooklyn-Bridge in New York und eine von einem auftauchenden Orca. Alles wie aus dem Ikea-Katalog.

Nirgends liegt ein ungewaschenes Kleidungsstück herum, sogar die Schulbücher stapeln sich akkurat auf dem Schreibtisch unter dem Fenster. Ich weiß genau, dass er keinen Finger rührt, damit es so ordentlich ist. Schließlich kommt zwei Mal die Woche die Putzfrau. Der Gamingstuhl, zwei Bildschirme sowie das in Regenbogenfarben blinkende Innenleben seines Computers auf dem Zweitschreibtisch weisen auf den Spielfreak hin. Der sich vermutlich gleich zum Zocken niedersetzen wollte. Da lob ich mir doch Jaspers Unordnung.

Als Finn uns sieht, springt er von seinem großen Bett mit dem schwarzen Rahmen und der dunkelgrünen Edelbettwäsche hoch und starrt uns irritiert an. Seine rechte Backe sieht tatsächlich ganz schön geschwollen aus. Ich versuche, den unkontrollierbaren Mitleidsreflex zu ignorieren.

»Was geht, Alter?«, fragt Sebi, lässt sich im Gamingstuhl nieder und rollert ein wenig auf dem Parkettboden hin und her.

»Nisch scho gut.« Finn nuschelt ein wenig und drückt einen Waschlappen, in dem vermutlich ein Kühlpack ist, gegen seine Wange. »Die Betäubung fühlt schich scheische an. Als schei meine Schunge ein dicker Schtahlklumpen.«

Alle nicken, nur Sebi beugt sich vor und klopft ihm etwas unbeholfen auf die Schulter.

»Nett, dasch ihr misch bedauern kommt«, versucht Finn zu scherzen und sein Grinsen gerät sehr schief.

»Woher hast du den Song?« Es ist Lou, die diese Frage

stellt. Sie steht da, alle Glieder durchgestreckt, die Hände zu Fäusten gepresst. Finn sieht nur ganz kurz verunsichert aus.

»Welschen?«

»Den du mir am Freitag vorgespielt hast. Den du angeblich selbst geschrieben hast.«

»Klar hab isch den geschrieben«, sagt er dann tatsächlich, meidet aber den Blickkontakt mit ihr.

»Bullshit – den hast du mir geklaut«, erklärt Jasper.

»What?« Finn reißt die Augen auf, als sei er megaüberrascht. Er hebt abwehrend die Hände. »Langscham, Mann, wo scholl isch den denn herhaben?«

»Von meinem Stick. Den du nach der letzten Probe eingesteckt hast.« Jasper klingt wieder so eiskalt. Als verhärte sich etwas in seinem Inneren, sobald er über irgendetwas spricht, das mit dem Song zu tun hat.

»Welscher Schtick?«

»Komm schon, gib's zu«, fordere ich ihn auf. Er fixiert mich einen Moment und streckt dann den Finger nach mir aus.

»Du – du hascht mir dasch Lied geschickt.«

»Quatsch! Glaub mir, Finn, dein Lügen und Rumgeeiere wirken schon lange nicht mehr glaubhaft. Red doch endlich mal Klartext. Und rück den Stick raus.«

Er kommt einen Schritt auf mich zu. Irgendwie riecht er nach Zahnarztpraxis.

»Isch hab den nisch.«

Beinahe muss ich loslachen, weil er so blöd klingt. Er hält den Kopf schräg, sodass ihm die Locken in die Stirn hängen. Dabei schiebt er die Unterlippe ein wenig vor und seine hellblauen Augen haben diesen Ich-bin-total-unschuldig-Welpen-Ausdruck. Ich merke, dass er mich damit nicht mehr kriegt. Dass ich ihn anschaue, als sei er ein Fremder, sogar ein unsympathischer Fremder, der mich nicht weiter interessiert. Die Magie hat sich verflüchtigt. Ich bin schlicht und einfach nur noch genervt von ihm. Irgendwann habe ich mal geglaubt, ich muss ihn vor irgendetwas retten, damit sein wahres, gutes, strahlendes Ich zum Vorschein kommt. Mittlerweile bin ich davon überzeugt, dass es nichts zu retten gibt. Dass er einfach ein egoistischer, verwöhnter Angeber ist. Wenn Lou das ertragen will – bitte schön, soll sie doch.

»Na, wasch?«, fordert mich Finn auf, vermutlich weil ich so lange schweige.

»Nichts«, sage ich. »Du nervst einfach. Und glauben tut dir sowieso keiner.«

»Dann halt nisch. Mir scheischegal!«

Wir starren uns an, das Schweigen knistert im Raum. Keiner der anderen drei regt sich.

»Das Beste wäre, du verlässt die Band«, spreche ich aus, was mir schon länger durch den Kopf geht. Finns Augen werden schmal. Aber dann macht er eine wegwerfende Handbewegung.

»Die Band!« Wie kann man nur so viel Hohn in seinen Ausdruck legen?, frage ich mich und Finn fährt fort: »Als ob isch die vermischen würde. Coverschongsch und armschelige, zusammengeschuschterte Liedchen? Ohne euch werde isch misch deutlich bescher weiterentwickeln.«

»Hm, ganz bestimmt!« Auch meine Stimme trieft vor Spott, muss ich feststellen. »Viel Glück dabei.«

Finn grinst breit und spielt ein wenig Luftgitarre.

»Kann ich jetzt meinen Stick wiederhaben?« Jasper streckt

seine Hand aus. Finn ignoriert ihn und wiederholt nur: »Isch hab den nisch.«

»Verschwendete Lebenszeit«, sagte ich. »Du bist die Energie gar nicht wert!« Ich drehe mich zur Tür und will rausgehen. Mein Blick fällt auf Lou. Ganz klein sieht sie aus, sie betrachtet ihre Hände, als habe sie mit diesen gerade etwas zerstört. Geschirr, Pflanzen, ihr Herz.

Wenn sie mich jetzt anschauen würde, würde ich lächeln. Aber sie tut es nicht. Vielleicht hat sie unsere Anwesenheit vergessen. Vielleicht versucht sie, damit klarzukommen, dass Finn nicht der ist, für den sie ihn gehalten hat. Vielleicht schmeckt ab sofort jeder seiner Küsse bitter.

Ich gehe zur Tür, als ich Sebi hinter mir höre.

»Sorry, Finn, und was ist das für ein Stick da in deinem Computer?«

»Dasch ischt meiner«, behauptet er.

Jasper ist mit zwei Schritten am PC und zieht den Stick raus.

»Wenn es deiner ist, bekommst du ihn im Tausch gegen meinen zurück. Wenn es nicht deiner ist … gehört er sowieso nicht hierher.« Er lässt das kleine Plastikteil in seine Jackentasche gleiten und wendet sich ebenfalls zum Gehen. Finn sieht ihm stumm zu und presst den Waschlappen mit dem Kühlpack fester an seine Wange.

Bis auf Lou verlassen wir alle das Zimmer. Wir sind noch nicht an der Wohnungstür, da hören wir sie schreien: »Du ekelst mich an!«

Und schon saust sie an uns vorbei, zur Tür hinaus, und poltert die Treppen hinunter.

28. September, 22.45 Uhr

Wenn das stimmt! Wenn es wahr ist, was Sebi mir erzählt hat … am liebsten würde ich sofort zu Finn gehen und ihn zur Rede stellen. Wie kann er nur! Wie kann er nur so dermaßen mit uns spielen? Mit Charlie, mit mir, mit unseren Gefühlen. Er ist so ein ätzender Egoist, so berechnend und unsagbar feige – wie soll ich in der Flut der Enttäuschung nicht ertrinken?

Ich dachte, die Lügerei mit dem Song (»Den hab ich für dich geschrieben!«) toppt alles, was er mir gegenüber bisher gebracht hat. Aber das? Ist noch viel toppiger.

Shit! Was habe ich all die Jahre in ihm gesehen? Warum habe ich seine selbstsüchtige Seite so ausgeblendet? Das ist beinahe das Schwerste: die Scham auszuhalten, die ich angesichts meiner totalen Gefühlsverirrung empfinde.

Ganz am Anfang fand ich ihn einfach lustig und unterhaltsam. Er hatte die coolsten Sprüche gegenüber den Lehrern drauf. Er war dabei nicht so plump-frech, sondern er war intelligent frech, sodass die Lehrer in jeder Diskussion mit ihm unweigerlich verloren haben.

Wie vor ein paar Monaten, als die Reisner ihn in Mathe mit dem Handy unter dem Tisch erwischt hat. Da hat er gesagt, ihre Definition der Euler'schen Zahl wäre ihm merkwürdig vorgekommen und er habe schnell googeln wollen, ob das sein könnte. Er hat ihr sogar seinen Handybildschirm hingehalten, aber sie hat irritiert auf das Whiteboard gestarrt.

Auf dem Bildschirm – ich habe es mit eigenen Augen gesehen – hatte er die Kickers-App geöffnet. Die Reisner hat das gar nicht mitbekommen, weil er ihr Inkompetenz unterstellt hat und genau wusste, dass sie das nicht auf sich sitzen lassen will. Und dann war sie so damit beschäftigt, uns zu beweisen, dass sie sich nicht irrt, dass sie die Ermahnung wegen des Handys komplett vergessen hat.

Ich hätte mich das nie getraut! Und deshalb habe ich ihn bewundert. Und natürlich, klar, er sieht einfach verdammt gut aus. Er hat so etwas Sanftes im Blick, seine hellblauen Augen sind so durchscheinend, dass man glaubt, in seine Seele schauen zu können. Als könne er kein Wässerchen trüben. Dabei weiß man genau, er kann. Und dieser Widerspruch hat einen Reiz … also, für mich. Und ich weiß, dass es Charlie ähnlich ging. Erst konnte sie ihn gar nicht leiden, und als sie dann seine weichere Seite entdeckt hat, war sie hin und weg.

Ich habe mir schnell gedacht, dass ihre beiden Temperamente nicht besonders gut zusammenpassen, habe aber natürlich nichts gesagt.

Nach außen hin waren sie ja auch ein spannendes Paar. Sie haben viel gestritten, sich dann aber schnell wieder vertragen – beides war laut und unübersehbar, immer mit einem Touch Drama verbunden, aber so, als seien sie sich bewusst, dass der Schauwert ihrer ständigen Streit- und Versöhnungsarien ausgesprochen hoch war. Die ganze Klassenstufe hat darüber gerätselt, wann wieder ein Sturm aufzieht, und Wetten abgeschlossen, ob es diesmal der endgültige Bruch ist oder sie sich wieder versöhnen.

Mir wäre das viel zu anstrengend, aber ich glaube, ohne

diese Theatralik fühlt sich Charlie nicht wirklich lebendig. Seit der Geschichte mit ihrem Vater, glaube ich, fällt es ihr schwer, ihre Gefühle richtig zu temperieren. Vielleicht hat sie Angst, noch einmal einer so großen Trauer ausgeliefert zu sein und dies beim zweiten Mal nicht zu überstehen. Und so überspielt sie diese Panik mit etwas, das nach Gefühl aussieht, aber irgendwie nur geschauspielert ist. Oh Mann, ich weiß, Küchenpsychologie bringt einen auch nicht weiter.

Ich jedenfalls bin ganz anders als Charlie und wollte ihm immer zu verstehen geben, dass er seine weiche Seite bei mir ruhig zeigen darf, dass ich es niemals ausnützen würde, ihn immer nur behüten würde. Dass er diese Aufschneiderei bei mir nicht nötig hat. Ich dachte, ich wäre die Richtige, um das Schönste in ihm zum Aufblühen zu bringen. Doch ich habe mich vertan. Komplett. Hinter seinen beiden Fassaden – hinter der weichen, sensiblen Seite und hinter der Spaßmacherseite – steckt nichts weiter als ein unreifes Kind, dem es völlig egal ist, ob es andere verletzt.

Eigentlich hatte Sebi vorgeschlagen, dass wir uns zum Spazierengehen treffen und gemeinsam über einen neuen Songtext nachdenken. Ich habe am Anfang auch total viele Vorschläge gemacht, aber Sebi hat kaum darauf reagiert.

Ehrlich gesagt war ich irgendwann etwas verunsichert und hab mich gefragt, ob alles, was ich sage, Quatsch ist.

Aber dann stellte sich heraus, dass er mir unbedingt etwas erzählen wollte. Etwas, was ihm Finn – völlig betrunken allerdings – anvertraut hatte. Und die ganze Nacht hätte er darüber nachgedacht, was er tun soll. Finn sei zwar sein

Freund und normalerweise würde er Geheimnisse anderer niemals weitererzählen, aber in diesem Fall sei er so schockiert gewesen über das, was Finn gesagt hat … Na ja, und dann hat er mir die ganze Geschichte erklärt.

Ich habe daraufhin so geweint wie an dem Tag, als Charlie den bösen Podcast – wie ich ihn nur nenne – über mich veröffentlicht hat. Das war ein Gefühl … als wäre ich auf einmal der letzte Mensch auf der ganzen Welt. Ich fühlte mich im Stich gelassen. Von allen. Und diesen Stich habe ich körperlich gefühlt. Aber Sebi hat total süß reagiert.

Okay, erst hat er mich ziemlich verunsichert angeschaut, aber plötzlich hat er irgendwo in seiner Jackentasche ein etwas zerknittertes, aber noch frisches Taschentuch gefunden, und als auch das nicht gereicht hat, meine Tränen zu trocknen, hat er mich in die Arme genommen, und ich habe seine Schulter nass geweint. Er hat gar nichts gesagt und mir nur über den Rücken gestreichelt.

Danach konnten wir natürlich nicht mehr über Songtexte nachdenken. Er hat mich irgendwann nach Hause gebracht und schien echt Sorge zu haben, ob er mich so allein lassen kann, aber ich habe ihn weggeschickt. Wir haben uns noch mal fest umarmt und das hat mir echt gutgetan. Aber dann brauchte ich erst mal Zeit für mich.

Um nachzudenken. Was ich jetzt tun soll.

Und mir ist im Verlauf der letzten zwei Stunden klar geworden, dass es nur eine Sache gibt, die ich tun kann. Beziehungsweise zwei Dinge. Und die sollte ich so schnell wie möglich hinter mich bringen. Am besten gleich morgen.

14

Ich starre beinahe so ungläubig auf ihre Nachricht wie neulich auf das Knutschbild von ihr und Finn.

Wir müssen reden. 17.00 Uhr bei Holly. Kein Grund, kein Gruß, kein Smiley. Und doch springt mir die Dringlichkeit aus jedem Buchstaben in die Augen.

Entsprechend kurz fasse ich mich: *Werde da sein.*

Vielleicht ist es Finns Verhalten, das uns verblüffenderweise einen Weg zueinander zeigt. Dass er behauptet hat, er hätte einen Song für sie geschrieben, der dann gar nicht aus seiner Feder stammte, hat ihr vielleicht die Augen geöffnet. Und weil ich weiß, dass sie ein kluges Mädchen ist, gehe ich davon aus, dass ihre Verblendung nicht so lange dauert wie meine.

Heute Morgen in der Schule musste ich Finn in Kunst die ganze Zeit anstarren. Vermutlich weil seine Zahnwunde noch schmerzt, war er für seine Verhältnisse ungewöhnlich still. Er hat zu keinem von uns Kontakt gesucht und einfach durch uns hindurchgesehen. Nicht mal dem Pfannenstiel hat er einen dummen Spruch vor den Latz geknallt.

Ich hatte das Gefühl, ich kenne ihn gar nicht. Als ob wir über ein Jahr lang nur ein Schauspiel aufgeführt hätten, bei dem wir in den Rollen der großen Liebenden besetzt gewesen waren. Waren meine Gefühle für ihn wirklich echt? Ich gebe zu, dass ich manchmal, wenn ich früher verknallt war, mehr Magenkribbeln hatte als bei ihm in all der Zeit.

Es hat sich einfach gut angefühlt – ich und der hübscheste Junge der Stufe, wir beide in der Band, mit Lou und Sebi als unseren treuen Begleitern, die immer und jederzeit für uns da waren. Ich habe dieses Bild von uns geliebt – aber nicht Finn, das wird mir jetzt klar. Es fühlte sich an wie ein Privileg, ihn berühren und küssen zu dürfen, vor aller Augen. Es war, als spielten wir, erwachsen zu sein. Als wären wir erst gemeinsam sichtbar. Und auch wenn mich die vielen Streits mit ihm angestrengt haben, fühlte ich mich durch sie so lebendig.

Und ja, wenn ich ganz ehrlich bin: Ich habe mich auf Finn eingelassen, weil ich ganz tief in mir drin wusste, ihn zu verlieren, würde sich nicht so schlimm anfühlen, wie meinen Vater zu verlieren. Ich wusste, ich würde es aushalten. Und ich glaube, diese Erkenntnis, auch wenn ich das nie, niemals zugegeben hätte, war der wirkliche Grund, warum ich mit ihm zusammengekommen bin.

Ob ich das nachher Lou gestehen werde? Ich habe keine Ahnung. Ich glaube, es mir selbst zu gestehen, ist schon überwältigend genug.

Mein Schritt beschleunigt sich, als ich in die Straße einbiege, in der das *Holly Golightly* liegt. Jasper, dem ich vorhin von meinem bevorstehenden Treffen mit Lou erzählt habe, hat versprochen, dass er uns den ruhigsten Tisch in der Ecke hinter der Tür reserviert. Irgendwie bin ich jetzt schon erleichtert, noch bevor ich einen Satz mit Lou gesprochen habe.

Es ist schon fünf Minuten nach fünf, aber das liegt nur daran, dass mich Theo noch gezwungen hat, Kunststoffmüll zur Wertstoffinsel zu bringen, und ich schon gestern versprochen hatte, das zu erledigen. Aber Lou weiß, dass ich es selten schaffe, auf die Minute genau pünktlich zu sein. Sie wird es mir verzeihen.

Abrupt bleibe ich stehen.

Tatsächlich kneife ich die Augen zusammen und öffne sie dann wieder. Doch das Bild vor mir verschwindet nicht.

Soll ich umdrehen? Wegrennen?

Ich gehe näher. Ich will sichergehen, dass ich mich nicht verguckt habe. Aber auch aus fünf Metern Entfernung ändert sich die Szene nicht. Lou, mit dem Rücken zu mir, und Finn stehen vor dem *Holly Golightly* und sind in eine Umarmung versunken.

»Wollt ihr mich verarschen?«, schreie ich los. Mein Unterkiefer lässt sich nicht zuklappen und zittert.

Ohne sie ganz loszulassen, schiebt Finn Lou sehr hektisch von sich, und sie wendet mir den Kopf zu. Einen Moment bin ich irritiert, weil ihr Gesicht regelrecht zerknautscht ist von Tränen. Dunkler Mascara läuft ihre Wangen herunter.

»Nein, es ist nicht, wie du denkst!« Lou hat sich tatsächlich als Erste gefasst. Sie greift nach Finns Händen, die noch immer auf ihren Hüften ruhen, und stößt sie von sich. Schnell dreht sie sich ganz zu mir, will sich von ihm losmachen und auf mich zulaufen. Aber er packt sie, versucht, sie aufzuhalten.

»Lou!«, ruft er und in seiner Stimme liegt Verunsicherung. »Nicht!«

Lou ignoriert ihn und sieht mich an. »Ich habe mit ihm Schluss gemacht.«

»So sieht's aber nicht aus«, stoße ich aus.

»Glaub mir einfach!«, bittet sie.

»Nein, das darfst du nicht«, ruft Finn, der sie nun von hinten an den Schultern festhält. »Du kannst mich doch nicht einfach so verlassen!«

Sie versucht erneut, sich loszureißen, doch sein Griff wird immer fester. Der Blick aus ihren Augen ist flehentlich.

»Hör auf!«, schreie ich Finn an, doch der macht weiterhin keine Anstalten, sie freizugeben. Im Gegenteil, er legt seinen Arm eng um ihre Schultern und will sie mit sich zerren.

»Charlie!«, ruft Lou. Gegen Finn hat sie keine Chance. Was soll das? Will er eine Entführung starten? Schon hat er sie ein paar Meter von mir weggezerrt.

»Lass sie los!«, brülle ich noch einmal und boxe ihm nun in den Rücken. Das immerhin kann er nicht ignorieren. Lou windet sich unter ihm und schafft es, ihm ins Handgelenk zu beißen. Fluchend zieht er den Arm zurück.

»Ihr verdammten Bitches!«, schreit er und ballt die Hände zu Fäusten. Wir wollen uns ins Café zurückziehen, aber da geht die Tür auf und Jasper steht vor uns.

»Braucht ihr Hilfe?«, fragt er und sieht Finn mit finsterem Blick an.

»Misch du dich nicht ein, du Loser!«, antwortet der. Jasper tritt auf den Bürgersteig und baut sich vor Finn auf. Ich stelle mich mit verschränkten Armen neben ihn, Lou duckt sich hinter uns.

»Wenn mir jemand sagen würde, ich soll ihn in Ruhe lassen, dann würde ich das auch tun«, sagt Jasper ganz ruhig.

»Du schon, du Weichei.« Finn legt den Kopf leicht schräg und sein Blick hat so etwas Arrogant-Höhnisches, dass ich ihn am liebsten schlagen würde. »Du flüchtest ja sogar in ein anderes Land, wenn's mal nicht so läuft, Feigling.«

Jaspers Blick bekommt wieder diese Eiseskälte und ich habe das Gefühl, die Temperatur verringert sich auf einen Schlag um mindestens fünf Grad.

»Du Opfer«, macht Finn weiter. »Du Warmduscher.«

»Ey, spar dir die Energie, du bist so ein Langweiler«, sagt Jasper und dreht ihm den Rücken zu. Da holt Finn aus und boxt ihn in den Rücken. Jasper gibt nicht zu erkennen, dass er etwas gespürt hat.

»Arschloch!«, höre ich mich schreien und schon hebe ich die Fäuste und hämmere gegen Finns Brustkorb.

»Hey, hey, hey ...«, ruft er, schafft es aber nicht, meine Handgelenke zu packen.

»Einen Moment«, ist da eine völlig fremde Stimme zu hören. Wir drehen uns alle vier nach ihr um.

Auf der Straße steht ein Streifenwagen. Eine Polizistin sitzt auf dem Fahrersitz, die Seitenfenster sind offen. Ihr Kollege, ein Hüne mit buschigen Augenbrauen, kommt mit langen Schritten auf uns zu. Im Gehen zieht er seine Uniformkappe zurecht.

»Gibt's ein Problem?«, fragt er.

»Ein kleiner Streit unter Freunden«, sagt Jasper schnell. »Schon beendet.«

Der Streifenbeamte mustert uns einen nach dem anderen.

»Hat euch jemand belästigt?«, fragt er und deutet auf Lou und mich. Wir schütteln die Köpfe. Ich spüre, wie sich mein Herzschlag beschleunigt. Allerdings nicht aus Angst.

»Ich hätte gerne mal die Papiere – von dem da!« Er deutet auf Jasper.

»Wie bitte?«, frage ich.

»Deinen Ausweis, aber flott!« Der Polizist beachtet mich gar nicht.

Jasper kneift die Lippen zusammen und bemüht sich um ein Lächeln. »Hab ich drinnen.« Er deutet auf das Café hinter sich.

»Dann geh ihn holen.« Er dreht sich zu seiner Kollegin um. »Begleitest du den Typ, bitte! Nicht dass er durch die Hintertür abzuhauen versucht.«

»Was soll das?« Ich spüre, wie ich langsam Schnappatmung bekomme. Das ist ja unfassbar! Eine Schimpftirade formt sich auf meiner Zunge.

»Lass gut sein«, höre ich Jasper in mein Ohr zischen. Ein Seitenblick zu ihm bestätigt mir, dass er ganz ruhig aussieht. »Du machst es nur schlimmer.«

Ohne ein Wort zu sagen, atme ich hörbar aus.

Die Frau steigt eilig aus dem Wagen, kommt zu unserer Gruppe und bleibt etwas unschlüssig vor uns stehen. Jasper schickt sich an, ins Café zurückzugehen. Ich kann nicht mehr an mich halten. In mir gibt es einen Knall. Wie von einem Überschallflugzeug.

»Moment«, sage ich. Ich sehe nur noch den Polizisten. Der mich mindestens um einen Kopf überragt. Ich trete dichter an ihn heran. Legt Jasper seine Hand auf meine Schulter? Egal jetzt. »Moment – warum wollen Sie nur *seine* Papiere?«

Der Polizist meint offensichtlich, er ist mir keine Antwort schuldig. »Mach schon!«, raunzt er Jasper an. Die Polizistin macht nun eine scheuchende Handbewegung in Richtung Café.

»Hallo? Sind Sie taub?« Ich merke, wie meine Stimme zittert. Ich hoffe, wenn ich lauter spreche, gibt sich das wieder.

»Warum werden wir nicht alle überprüft?« Ich fissele mein Portemonnaie aus meiner Umhängetasche, während ich auf eine Antwort warte. Der Polizist schaut über mich hinweg. Jasper macht ein paar Schritte rückwärts, in Richtung Eingangstür.

»Ich bestehe darauf, dass Sie uns auch kontrollieren!«, rufe ich dem Polizisten zu und wedle mit meinem Personalausweis. Ich spüre, dass Lou ganz dicht hinter mir steht. Sie umfängt mit einer Hand meinen Unterarm. Die Wärme ihrer Berührung tut mir gut. »Das ist Racial Profiling, was Sie da machen!«

Der Polizist zieht eine Augenbraue hoch, ignoriert meinen Ausweis und grinst schief. »Sie schauen zu viele amerikanische Serien. Hier gab es eine Bedrohungssituation. Wir haben Sie schon länger beobachtet – und der da …«, er weist auf Jasper, »… der war unseres Erachtens kurz davor, Gewalt auszuüben.«

»Wow, Moment! Ich habe hier nur einen Streit zu schlichten geholfen«, verteidigt sich Jasper.

»Das würde ich an deiner Stelle auch behaupten.« Der Polizist grinst ihn höhnisch an.

»Was? Ich will eine Zeugenaussage machen!« Ich reiße die Schultern hoch und strecke einen Arm aus. Lou lässt mich los. »Der da, Finn, er hat ihn geschubst. Und dann habe *ich* Finn geschlagen. Jasper hat keinen Finger gerührt!«

»Sie haben in der Aufregung vermutlich den Überblick verloren«, sagt der Polizist ungerührt.

»Charles, ich kann mich selbst verteidigen«, höre ich Jasper sagen, aber ich bin so in Rage, dass ich einfach weiterrede.

»Ich zeige Sie an, Herr … Herr …«, ich starre auf das Schild über seiner Hemdtasche und entdecke nur eine schlichte Nummer, »… Herr 5693 …« Ich artikuliere jede Ziffer sehr deutlich. »Weil Sie Menschen aufgrund ihrer Hautfarbe diskriminieren. Dieser *Typ* hier … das ist … das ist … der freundlichste, friedlichste Mensch, den ich kenne. Der würde für jeden von uns sein letztes Hemd geben. Er hilft, er hört einem zu, er hat gute Ratschläge, kocht einem Tee und ist nicht sauer, wenn man seinen Lieblingseisbecher wegfuttert. Er nimmt sich selbst nicht so wichtig, dabei ist er für mich total wichtig … und außerdem ist er ein verdammt guter Musiker und … und mein, ähm, mein Bruder … und überhaupt …« Ich merke selbst, dass ich nur noch Quatsch rede und sich meine Stimme überschlägt. Aber in mir ist so viel … Wut. Und gleichzeitig so eine Wärme, und ich möchte dem Polizisten zwischen die Beine treten und mich vor Jasper aufbauen und dafür sorgen, dass ihn nie, nie, nie wieder irgendjemand so scheiße anmacht.

Immerhin starrt mich der Polizist nun verblüfft an und bringt keinen Ton mehr heraus. Auch seine Kollegin verharrt bewegungslos neben Jasper.

»Und damit Sie's wissen«, setze ich jetzt noch einen drauf. »Mein Vater ist Rechtsanwalt. Spezialisiert auf Fälle von Diskriminierung. Und wenn der Sie in die Finger kriegt, dann wissen Sie hinterher nicht mehr, wie Sie heißen, Herr 5693!«

Ich drehe mich um, packe Jasper und Lou im Vorbeigehen an den Armen und zerre sie eilig mit mir ins *Holly Golightly*. Jetzt erst sehe ich, dass die Gäste die ganze Szene von den Fenstern aus beobachtet haben. So viele Zeugen sind Herrn

5693 wohl doch unangenehm und er lässt uns ohne ein weiteres Wort ziehen. Ich fühle mich, als hätten wir einen Gladiatorenkampf gewonnen.

In der Wärme des Cafés überfällt mich das Gefühl, mein Kopf platzt gleich, und so stürme ich zu den Toiletten. Ich muss mich erst einmal abkühlen und spritze mir kaltes Wasser ins Gesicht. Langsam hebe ich den Kopf vom Wasserhahn und betrachte mich im Spiegel. Ich sehe ganz normal aus, eigentlich wie immer. Ein wenig blass vielleicht, aber sonst ist mir nichts anzumerken. Als sei gar nichts geschehen. Ich spüre, wie die letzten Wutmoleküle verdampfen, wie ein Flaschengeist, der sich zurück in seine Flasche verzieht. Ich atme noch einmal tief durch und probiere, ob ich noch lächeln kann. Nicht ganz – ich bekomme nur ein schiefes Grinsen hin. Ich weiß nicht, ob Stolz angebracht ist, aber da gluckst etwas in meiner Kehle, das sich genau danach anfühlt. Denen habe ich es echt gezeigt! Ich stoße mich vom Waschbecken ab und verlasse die Toilette.

Im Gastraum ist man zur Tagesordnung übergegangen und mich empfängt die übliche Geräuschkulisse: redende Menschen, die schnurrende Kaffeemaschine, Geklapper von Geschirr. Am Tresen lehnen Jasper und Lou und sehen mir entgegen.

»Das war mal ein Auftritt!« Jasper legt den Kopf schief. Er streicht sich über seinen kurzen Afro. »Einen Kaffee auf mich?«

Ich nicke dankbar. »Scheiße – das gehört sicher auch zu den Sachen, die du nicht das erste Mal erlebt hast, oder?«

»Ich gehe davon aus, dass fast jeder mit einer Hautfarbe,

die nicht weiß ist, so was schon durchgemacht hat. Leider bin ich da kein Einzelschicksal.« Er beißt sich kurz auf die Unterlippe, als müsse er sich davon abhalten, eine Welle von Flüchen rauszulassen.

»Mann, Jasper, du musst dich doch schrecklich fühlen.« Lou streicht über seinen Unterarm. »Wie hält man das aus?«

»Meistens lasse ich es möglichst irgendwie über mich ergehen und bete, dass es schnell vorbei ist. Manchmal versuche ich zu diskutieren, aber das bringt nichts oder macht es nur schlimmer.«

Lous Gesichtsausdruck verrät, dass sie nach wie vor fassungslos ist, bestimmt schaue ich ähnlich drein. In meinem Körper fährt das Adrenalin noch immer Karussell.

Jasper klatscht energisch auf den Tresen, sein Körper strafft sich. »Ich arbeite jetzt am besten weiter. Wollt ihr zum Kaffee noch was Süßes dazu? Zucker beruhigt!«

Ich nicke dankbar.

»Etwas Ablenkung tut uns sicher allen gut«, bestätigt Lou.

Jasper wendet sich der Kaffeemaschine zu und Lou und ich schlagen den Weg in Richtung eines freien Tisches ein.

»Boah, Mann, Charlie ...« Sie schüttelt den Kopf und schiebt die Unterlippe etwas vor. Wir geben beide ein lautes Stöhnen von uns. Aber wir wissen wohl nicht so genau, was wir sagen sollen.

»Ist Finn weg?«, frage ich schließlich, während wir uns setzen.

Lou nickt. »Yep. Er ist dann tatsächlich freiwillig abgehauen.«

»So ein Depp.«

»Allerdings.«

Es fühlt sich so gut an, endlich wieder einer Meinung mit ihr zu sein. Ich lächle sie an und sie lächelt zurück.

»Sag mal«, bitte ich sie, »können wir uns einfach hinsetzen und still Kaffee trinken? Ich glaube, so ein echtes, tiefgehendes Gespräch, das packe ich grad nicht.«

Lou schließt langsam die Augen, öffnet sie wieder. Dann nickt sie. »Na klar. Wir treffen uns einfach morgen noch mal. Auf einen Tag kommt es ja nicht an. Und wenn du magst, komme ich zu dir. Da sind wir wenigstens ungestört.«

»Danke«, sage ich. »Danke!«

Und dann sitzen wir schweigend nebeneinander und ich bin einfach glücklich, weil ich keinen Groll mehr gegen sie spüre.

15

Zum ersten Mal seit ungefähr zwei Wochen wache ich am Morgen auf und mich überfällt nicht sofort irgendein ätzendes Gefühl – keine Wut, kein Ärger, keine Trauer, keine Scham und keine Angst. Ich liege einfach da und höre auf die Geräusche um mich herum. Vor meinem Fenster zwitschert eine Amsel und der Wind fährt durch die mittlerweile rot verfärbten Blätter der Buchen am Hang hinter dem Haus. Aus der Küche dringt das Gedudel des Radios zu mir und aus dem Badezimmer Wasserplätschern. Vermutlich steht Jasper unter der Dusche.

Ich bin zwar noch müde und habe auch wenig Bock auf die Schule, aber dennoch fühle ich mich behaglich. Friedlich. Entspannt. Keine Klausur heute, dafür beginnt in wenigen Stunden das Wochenende und ich wage es, mir ein Treffen mit Lou vorzustellen. Wenn unser Gespräch heute Nachmittag gut läuft, dann wird vielleicht alles wieder, wie es war. Zumindest zwischen uns. Ansonsten wird es eine Welt sein, in der Finn keine Rolle mehr spielt, und dieser Gedanke erleichtert mich zusätzlich. Was doch einigermaßen verblüffend ist, bedenkt man, wie unglücklich ich bis vor Kurzem seinetwegen noch war.

Es klopft, ich murmle ein »Ja«, und Jasper ruft durch die geschlossene Tür, das Badezimmer sei frei. Wie aufmerksam von ihm. Gestern Abend kam er nach seiner Schicht erst recht spät nach Hause und wir haben uns nicht mehr gesehen. Und irgendwie habe ich das ein wenig bedauert. Gerne hätte ich in seine hellbraunen Augen geschaut und mir von ihm schildern lassen, wie er die ganze Geschichte mit dem Polizisten erlebt hat. Ich werde Theo und Mum garantiert nichts davon erzählen. Ich weiß nicht, ob es Jasper recht wäre. Wenn, dann muss er damit anfangen.

Ich habe gestern Abend im Internet einige Artikel zum Thema »Racial Profiling« gelesen und war vollkommen bestürzt. In den USA ist es zum Beispiel völlig normal, dass Eltern, wenn sie People of Colour sind, mit ihren Kindern spätestens im Teenageralter ein Gespräch führen, bei dem sie ihnen vermitteln, wie sie sich verhalten sollen, wenn die Polizei auftaucht. Nämlich möglichst unauffällig, höflich, willig und still. »The Talk« nennt sich das. Mir kommt das vor wie im finstersten Mittelalter. Wie kann eine Bevölkerungsgruppe die Meinung haben, einer anderen überlegen zu sein – einzig und allein aufgrund der Hautfarbe?

Im Englischunterricht hält Jasper zwei Stunden später ein Referat über London. Und er tut dies so lustig und locker, als habe ihn niemals irgendwer übel angemacht. Ich weiß nicht, ob ich das so hinbekommen hätte. Fasziniert folge ich seinen Ausführungen. Mit seinem akzentfreien britischen Englisch erklärt er uns, wo die Beatles 1963 gemeinsam in der englischen Hauptstadt gelebt haben (in der Green Street in der Nähe des Hyde Park), dass Jimi Hendrix und Georg Friedrich Händel Nachbarn gewesen wären, wenn sie in der gleichen Zeit gelebt hätten, und dass London der Schauplatz berühmter Filme wie die der *Harry Potter*-Verfilmungen oder der *James Bond*-Reihe ist und gleichzeitig die drittgrößte Filmproduktionsstätte der Welt.

Finn ist heute offensichtlich krank, denn er fehlt. Entweder hat seine Zahn-OP Spätfolgen oder ihm war schlecht angesichts seines miesen Verhaltens gestern. Eine gerechte Strafe wäre es!

Und dann ist endlich Schulschluss, das Wochenende steht vor der Tür und ebenso Lou, die vorm Klassenzimmer auf mich wartet und mich erwartungsvoll ansieht. Gemeinsam verlassen wir die Schule. Es fühlt sich einerseits wie immer an, weil wir das schon hunderttausend Mal gemacht haben – und andererseits bewegen wir uns bei unserem Gespräch tastend voran wie auf einer gefährlich glatten Eisfläche. Ich habe ständig Angst, auszurutschen und zu fallen. Jedes falsche Wort könnte mich in eine Schieflage bringen.

Weil es ihr vermutlich ähnlich geht, reden wir auf dem Nachhauseweg hauptsächlich über Belanglosigkeiten. Welcher Lehrer genervt hat, wie schwer die Chemieklausur nächste Woche wird und wie toll Jaspers Referat war.

Wir holen uns unterwegs zwei Sandwiches, und weil das Wetter einen unbedingt an den Sommer erinnern will, setzen wir uns mit unseren Brötchen in den Garten auf die durchgesessene Hollywoodschaukel und strecken unsere Gesichter der Herbstsonne entgegen. Als wir fertig gegessen haben, sehen wir uns einen Augenblick schweigend an.

»Es tut mir leid«, sagt Lou irgendwann. »Es tut mir leid, dass Finn und ich dich betrogen haben. Ich kann nur erahnen, wie sich das für dich angefühlt haben muss.« Ich nicke und spüre merkwürdigerweise einen Kloß in meinem Hals. Ich fuchtle mit den Händen, starre in die Luft, öffne den Mund und schließe ihn wieder. Lou sieht mich erwartungsvoll an. Ich rutsche näher an sie heran und schlinge meine Arme um ihren Hals.

»Sag mir nur eins«, bitte ich sie. »Wieso?«

Sie zuckt mit den Schultern und fährt sich mit dem Zeigefinger unter der Nase lang.

»Ich war schon so lange in ihn verliebt.«

»Wie bitte?« Ich greife nach ihrer Hand und drücke sie fest. »Warum hast du nie etwas gesagt?«

»Na ja, erst konntest du ihn nicht leiden, da kam ich mir blöd vor. Und dann warst du plötzlich mit ihm zusammen. Da konnte ich doch erst recht nichts mehr sagen.«

Ich schlage mir die Hand vor den Mund und starre in die Bäume über uns.

»Ich wäre nie drauf gekommen! Du warst immer so … ich weiß nicht. Du hast dich total zurückgenommen und ich dachte, du willst es mir leichter machen. Ich dachte, du hast wahrscheinlich gemerkt, dass es für mich manchmal ein ziemlicher Spagat war, dir treu zu bleiben und trotzdem viel Zeit mit Finn zu verbringen. Ich war dir total dankbar dafür. Scheiße!« Ich halte inne und spüre einer Welle der Erkenntnis nach, die durch meinen Kopf brandet. »Ich habe mich nie gefragt, wie du Finn findest. Dabei hast du ihn immer verteidigt, wenn wir gestritten haben. Du hast nie ein schlechtes Wort über ihn verloren, warst nie genervt, wenn er schon wieder dabei war.«

Sie schüttelt den Kopf. »Nein, das war ich nicht. Und es war oft ganz schön anstrengend. Und manchmal hat er mich angesehen, als wüsste er genau, was in meinem Kopf los ist. Und dann war's noch schwieriger. Ich habe ständig gehofft, bei jedem Streit, dass ihr euch trennt, und hatte dann ein furchtbar schlechtes Gewissen. Und gleichzeitig habe ich mir vorgestellt, dass er irgendwie … keine Ahnung, Gefühle für mich entwickelt, weil ich … sorry … nicht so … okay, sagen wir, fordernd wie du bin.«

»Nicht so anstrengend«, ergänze ich. »Du hast ja recht. Und dann wart ihr auf dem Konzert … war es bei ›Perfect‹?«

Sie nickt und ganz kurz spüre ich einen Stich. Allerdings nur in der Nähe meines Herzens. Nicht direkt hinein.

»Oh, Mann«, überlege ich. »Und dann bist du endlich am Ziel deiner Träume angekommen und …«

»… und es war nur schrecklich«, führt sie den Satz zu Ende. »Ich glaube, ich habe nur den allerersten Kuss wirklich genossen.«

»Das tut mir leid.« Erst jetzt wird mir klar, was für eine verquere Situation das war. »Aber sag mal – du wolltest mir etwas über Finn erzählen. Und warum du jetzt mit ihm Schluss gemacht hast.«

Sie nickt. »Können wir reingehen? Mir wird doch etwas kalt.«

Wir packen unseren Kram und verziehen uns in mein Zimmer. Theo und Mum sind beim Einkaufen, wo Jasper rumspringt, weiß ich nicht. In jedem Fall sind wir drinnen ungestört. Ich mache uns noch schnell zwei Latte macchiato und mit diesen verkrümeln wir uns in mein Zimmer. Ich hocke auf dem Bett, Lou schaukelt, wie sie es am liebsten mag, sanft im Hängesessel. Im Hintergrund läuft Musik von *Jeremias,* so wie häufig in den letzten Tagen.

»Ich habe am Sonntag Sebi getroffen. Wir wollten uns einen Songtext überlegen.«

»Für Jaspers Lied?«

Sie nickt. »Wir sind allerdings nicht sehr weit gekommen. Sebi hat erzählt, er war am Abend davor mit Finn unterwegs und der hat mal wieder ziemlich viel getrunken.«

»Ah, wie ich ihn hasse, wenn er besoffen ist!«

»Jedenfalls hat er Sebi gestanden, er habe dich nur mit mir betrogen, weil er Angst hatte, du würdest sowieso mit ihm Schluss machen.«

»What?« Ich rutsche auf die Bettkante vor und starre Lou entgeistert an.

»Ja, davor war doch die Sache mit dem Abschlussball, wo er nicht erschienen ist und so. Da warst du doch so megasauer. Und er hatte wohl echt Angst, du machst definitiv Schluss. Und zwar in absehbarer Zeit. Und da hat er beschlossen, er sucht sich eine Neue und dann ist er derjenige, der die Beziehung beenden kann.«

»Der hat sie doch nicht alle. Aber weißt du, was? Das glaube ich sofort.«

Lou nickt. »Ja, fand ich auch. Ich hatte nie wirklich das Gefühl, dass er in mich verliebt war. Er fand es toll, jemanden zum Knutschen und so zu haben, und er hat ständig darüber geredet, wie geil er dich abserviert hätte. Aber ich hab mir halt eingeredet, wenn wir erst mal richtig zusammen wären, wenn Gras über alles gewachsen wäre … na ja, was man sich halt so einredet.«

»Scheiße, was für ein Mistkerl!«

»Und gestern, bevor wir uns treffen wollten, bin ich zu ihm gegangen und hab mit ihm Schluss gemacht.«

»Und das fand er nicht so prickelnd.«

»Nee, natürlich nicht. Damit war ja sein schöner Plan im Arsch. Erst hat er behauptet, du würdest einen Keil zwischen ihn und mich treiben, würdest uns gegeneinander aufhetzen und so Sachen. Zum Beispiel mit dem Song. Der hat allen Ernstes behauptet, ich zitiere, das sei ›ein abgekartetes Spiel gewesen‹, natürlich sei der Song von ihm.«

»Der hat echt Nerven, der Typ!«

»Als er dann gemerkt hat, dass ich ihm kein Wort glaube, hat er in den Welpen-Mimimi-Modus geschaltet. Er hat mich angefleht und behauptet, er würde mich mehr lieben, als er dich jemals geliebt hätte. Ich habe ihm nur an den Kopf geknallt, dass er deswegen wohl auch einem anderen einen Song geklaut hat, um dann behaupten zu können, er hätte ihn für mich geschrieben.«

»Hat er da Ruhe gegeben?«

»Kurz zumindest. Ich bin dann gegangen, habe aber schnell gemerkt, dass er mir mit dem Fahrrad hinterhergekommen ist. Vor dem *Holly* hatte er mich eingeholt, mich in seine Arme gezogen und geschworen, er würde mich lieben und ich dürfte ihn *niemals* verlassen. Es war so eklig!«

»Das war wahrscheinlich der Moment, als ich euch gesehen habe.«

»Genau. Davor habe ich echt total rumgestrampelt, damit er mich loslässt. Aber er war so viel stärker. Ich war kurz davor, zu schreien.«

»Oh Mann, der Typ ist so ein Idiot. Wie konnte ich ein Jahr so verblendet sein?«

»Und ich erst! Ich habe ihm jetzt fast eineinhalb Jahre hinterhergeschmachtet. So dämlich!«

»Dabei, weißt du noch, wie das war, als wir mit der Band angefangen haben?«

»Und du ihn total schrecklich fandest?«

»Ja, weil er immer so geposed hat. Einmal habe ich ihn beobachtet, wie er sich auf dem Handy ein Video von Eddy van Halen angeschaut und dann versucht hat, ihn beim Gitarrespielen zu imitieren. Lächerlich, echt!«

»Und außerdem war er der Einzige, der wusste, wie eine Band zusammenspielt.«

»Und welche Lieder für uns die besten sind.«

»Und wie wir beide dazu tanzen sollen.«

»Oh Gott, stimmt.« Ich lege den Kopf zurück und lache. »Und wie er versucht hat, uns auf Ariana Grande zu trimmen! Wir sollten doch immer mit den Händen über unseren Körper fahren und dabei lasziv schauen.«

»Warum haben wir das eigentlich mitgemacht?«, fragt Lou sachlich.

»Keine Ahnung. Irgendwie war's ja auch lustig.«

»Ich wollte ihm gefallen, keine Frage. Aber du?«

Ich mache eine Pause. »Weißt du, was mir gerade klar wird«, fahre ich dann fort. »Dass es echt ätzend ist, wenn jemand gut aussieht und dabei ein Depp ist. Man wünscht sich immer und hofft, dass er so toll wird, dass es zu seinem Äußeren passt. Und irgendwie habe ich mir eingebildet, ich bin diejenige, die dafür sorgen kann, dass er so wird. Aber das ist krasses Wunschdenken, nichts weiter.«

»Diese Errettungsfantasien sind wirklich so ein richtig dämliches Klischee«, stimmt mir Lou zu. »Dabei – wovor soll man ihn denn erretten? Vor seiner Verwöhnmutter? Dem Strahlevater? Vor der netten Frau, die wöchentlich sein Zimmer sauber macht?«

»Höchstens vor seiner eigenen Arroganz.« Wir grinsen uns an und ein Glucksen steigt aus meiner Kehle nach oben.

Lou grunzt geradezu los und wir halten uns kurz darauf erschöpft die Bäuche vor Lachen. Und es tut so gut! Endlich!

»Weißt du, was«, sage ich, nachdem wir wieder Luft bekommen. »Wir müssen dringend einen neuen Podcast aufnehmen.«

»Und ... und ...« Lou bekommt ganz rote Wangen. »Und wir müssen uns einen Text für Jaspers Lied ausdenken. Unbedingt! Mit Sebi, Jasper und dir will ich unbedingt am Wettbewerb teilnehmen.«

»Und ich erst!«

Es fühlt sich an, als ob mein Zimmer mit rosa Zuckerwatte ausgefüllt ist, aber solcher, die nicht klebt, sondern einfach nur himmlisch süß und unwiderstehlich gut ist.

»Aber eins musst du mir noch erzählen«, setzt Lou an. »Hat Ed Sheeran in dem FUNK-Interview echt von dir gesprochen? Schreibst du etwa mit ihm?«

Ich rücke unwillkürlich etwas zurück, bis ich die Wand hinter mir spüre. Ich hoffe, dass ich nicht rot werde oder meine Nasenspitze um fünf Zentimeter nach vorne schießt.

»Ach, das war nur das eine Mal, als er mir Karten für sein nächstes Konzert angeboten hat. Seitdem habe ich natürlich nichts mehr von ihm gehört. Ich wette, der wollte in dem Interview nur lässig rüberkommen.«

»Aha«, sagt Lou trocken, bohrt aber nicht weiter nach.

Tut mir leid, liebste Freundin, denke ich. Aber dieses Geheimnis preizugeben – dazu bin ich noch nicht bereit.

Podcast

Oktober 2022

Ich: »Hey, beste Freundinnen und Freunde, willkommen zu einer neuen Folge unseres Podcasts, heute mit dem Thema ›Wie ihr es hinbekommt, einen echt fiesen Streit zu überleben‹. Wir sind …«
Du: »Lou.«
Ich: »Und Charlie. Beste Freundinnen von Geburt an.«
Du: »Und das ist unser Kanal. Viel Spaß mit den Po-Casterinnen.«
Ich: »Du, Lou, also als Allererstes muss ich mich für die letzte Podcastfolge bei dir entschuldigen. Es tut mir total leid, dass ich dich bloßgestellt habe. Ich hab rein impulsiv gehandelt, weil ich so unglaublich verletzt war. Aber besser wäre es gewesen, eine Nacht darüber zu schlafen, das habe ich jetzt verstanden. All die grässlichen Kommentare! Hast du dir die etwa angeschaut?«
Du: »Die ersten schon. So die ersten fünftausend. Nein, Quatsch, so viele waren es nicht. Aber ein paar Hundert schon.«
Ich: »Ich habe ja dann schnell die Kommentarfunktion ausgestellt, weil ich gemerkt habe, das geht gar nicht. Sorry, Leute, ich muss das jetzt mal so deutlich sagen – und klar, ich habe dabei im Kopf, dass ich es selbst darauf angelegt habe, und darauf bin ich alles andere als stolz –, aber: Mir

euer Mitgefühl auszudrücken und Lou fertigzumachen, sind zwei komplett verschiedene Sachen. Manche haben total einfühlsam geschrieben und mir alles Gute gewünscht und sogar gehofft, dass Lou und ich uns schnell wieder versöhnen. Das fand ich voll nice. Aber sehr viele haben einfach nur mit den derbsten Schimpfwörtern um sich geschmissen und versucht, Lou zu dissen, sie sogar bedroht. Und das geht einfach nicht. Das ist … bäh. Ich weiß nicht, wie kann man so … unterirdisch sein? Oh Gott, Lou, ich kann mich echt nur noch mal entschuldigen!«

Du: »Ich hab's überlebt. Habe ich schon mal Stoff für meine Memoiren.«

Ich: »Zusammenfassend lässt sich also sagen, wir haben uns gegenseitig das Leben zur Hölle gemacht. Ich habe mir das nie, niemals vorstellen können, dass uns das passiert.«

Du: »Ich mir auch nicht. Never. Das Leben nimmt Wendungen, wie es will. Und wir müssen aufpassen, dass wir dabei nicht aus der Bahn geschmissen werden.«

Ich: »Trotzdem sitzen wir jetzt hier und reden wieder miteinander. Und ehrlich gesagt: Da bin ich richtig stolz drauf.«

Du: »Oh ja, ich auch. Gab's bei dir einen Punkt, an dem du gedacht hast, okay, meine Wut ist verraucht, ich gehe wieder auf sie zu?«

Ich: »Ja, den gab es schon. Und zwar noch bevor du mit Finn Schluss gemacht hast. Ach so, Funfact für unsere Fans: Finn ist Geschichte, und zwar für uns beide.«

Du: »Yeah!«

Ich: »Da war so was – und das, glaube ich, ist echt so ein Punkt, wo ich hoffe, dass andere von meiner Erfahrung profitieren können. Da gab es einen Moment, wo ich gemerkt habe, meine Wut und mein phasenweiser Hass auf Lou strengen mich wahnsinnig an. Ich hatte keinen Bock mehr, sauer zu sein. Ich wollte nicht jeden Tag so scheiße drauf sein. Und dann wurde mir klar – dieses Gefühl kann ich nur selbst abstellen. Wenn Lou da gekommen wäre und sich entschuldigt hätte, wäre das vielleicht noch so ein kleiner Booster gewesen, aber eigentlich wurde mir klar, ich muss ihr vergeben. Von mir aus. Unabhängig von dem, was sie tut.«

Du: »Das ist echt interessant. Mir ging's ganz ähnlich. Wie hat das mit dem Vergeben bei dir geklappt?«

Ich: »Ich weiß nicht so genau, das ist das Schwierige daran. Dafür gibt es kein Patentrezept. Aber ich habe mir eben gedacht, wenn ich akzeptiere, dass du, meine beste Freundin, eine der Personen in dieser Welt, von der ich dachte, sie in- und auswendig zu kennen, einen Fehler gemacht hast, dann gestehe ich schon mal ein, dass du nicht perfekt bist. Und dann muss ich es auch nicht sein. Und dann kann ich mir verzeihen, dass ich die böse Podcastfolge gemacht habe.«

Du: »Ich nenne die auch immer nur die ›böse Folge‹.«

Ich: »Und im nächsten Schritt, das klingt jetzt irgendwie so nach Matheaufgabe, aber ich habe echt ständig mit meinen eigenen Gefühlen im Clinch gelegen. Also, einerseits wollte ich meine Wut nicht aufgeben, weil ich damit ja ein bedauernswertes Wesen war, das sich alles herausnehmen kann, weil es ihm gerade so schlecht geht. Andererseits wollte ich ja unbedingt wieder die fröhliche Charlie werden, die ihr Leben im Griff hat. Manchmal zumindest. Na ja, und dann dachte ich, wenn ich aufhöre, dich zu verurteilen, und sage, die Sache ist für mich erledigt, dann kann ich mich auch wieder schönen Dingen zuwenden.«

Du: »Wow! Das ist wirklich voll gut. Ich bin echt dankbar, dass dir das gelungen ist. War ja doch ganz schön viel zu verkraften …«

Ich: »Im ersten Moment hat es mir echt den Boden unter den Füßen weggezogen. Aber schnell wurde mir klar, das muss ich zugeben, dass ich vor allem so bestürzt war, dass er mit mir Schluss gemacht hat. Und nicht umgekehrt. Das ist echt ein Fistpunch in Magen und Gesicht gleichzeitig. Und mitten ins Herz noch dazu. Plötzlich aber, ganz komisch, fiel mir auf, ich denke viel weniger an ihn als an dich. Du hast mir viel mehr gefehlt als er. Na ja, und da wurde mir klar, allzu tief konnte die Verliebtheit nicht gegangen sein.«

Du: »Da bin ich ehrlich gesagt ganz froh, das zu hören. Voll schön. Also für mich.«

Ich: »Boah, weißt du, was – ich merke gerade, wie sehr ich unsere Gespräche vermisst habe! Es waren nicht mal zwei Wochen – aber trotzdem. Es fühlt sich an, als hätten wir eine Ewigkeit nicht mehr geredet. Meinst du, unsere Follower haben uns vergessen und hören unseren Podcast jetzt nicht mehr?«

Du: »Das werden wir ja sehen. Wenn ihr etwas Aggressionsfreies zu dieser Folge beitragen wollt, schreibt es in die Kommentare. Wie fandet ihr diese Ausgabe? Wem habt ihr was verziehen? Wie ist es euch damit gegangen? Oder ist euch schon mal vergeben worden? Was hat das mit euch gemacht? Wir sind gespannt!«

Ich: »Und wir versprechen – wir talken jetzt wieder regelmäßig. Lou nickt wild.«
Du: »Allerdings!«
Ich: »Dann bis zum nächsten Mal – stay friends and keep cool!«

16

»Okay, okay – jetzt hört einfach erst mal zu.« Ich schiele nervös zu Lou, die sich gerade ihre Bassgitarre umhängt. Sie wirft mir einen aufmunternden Blick zu und zählt vor: »One, two, three, four …«

Und dann singen und spielen wir. Die einzelnen Worte fühlen sich noch etwas ungewohnt im Mund an, die Melodie ist mir einfach viel vertrauter. Dabei stammt der Text von Lou und mir, und wir haben ihn an unseren Seelen geschliffen, aus unseren Herzen ausgewrungen und mit unseren Gefühlen getränkt.

Hab verschlafen,
den Kaffee verträumt,
die Bahn versäumt.
Und draußen ist's mal wieder viel zu kalt.
Wie ich diese Tage manchmal hasse,
einfach alles geht schief.
Wenn ich jeden Funken Glück verpasse,
fall ich in ein Loch.
Gefangen im Tief.

Doch dann stehst du auf der Matte,
lächelst mich an.
Und dann ist mir alles egal.
Ja, dann ist mir einfach alles egal.

Denn zum Glück gibt's ja dich.
Wenn alles schiefgeht,
gibt's da immer noch dich.
Und du fängst mich wieder auf.
Bringst mich auf den Boden zurück.
Wenn ich gegen Wände lauf.
Es gibt dich.
Was ein Glück.

Angeschrien,
angebrüllt,
Türen zugeknallt.
Und du machst mal wieder alles falsch.
Ich schmeiß dich raus,
will dich nie mehr wiedersehn.
Nie wieder.
'ne ganze Stunde lang.
Weil ich dir einfach nicht böse sein kann.

Denn zum Glück gibt's ja dich.
Wenn alles schiefgeht,
gibt's da immer noch dich.
Und du fängst mich wieder auf.
Bringst mich auf den Boden zurück.
Wenn ich gegen Wände lauf.
Es gibt dich.
Was ein Glück.

Der Schlussakkord ist längst verklungen, aber weder Jasper noch Sebi haben einen Ton gesagt. Sebi schaukelt in meinem Hängesessel leicht hin und her, Jasper sitzt mit geschlossenen Augen auf meinem Schreibtischstuhl.

»Und?«, platzt Lou heraus. »Warum sagt ihr nichts? So schlimm?«

»Nein«, Jasper öffnet die Augen. »Ich bin … keine Ahnung. Sprachlos. Der Text ist der Hammer.«

»Ehrlich?«, frage ich. Lou und ich strahlen uns an.

»Wow, ganz großes Kino«, stimmt Sebi ein und grinst Lou mit leuchtenden Augen an. Er wirkt richtiggehend verlegen. »Wenn wir damit den Wettbewerb nicht gewinnen, dann weiß ich auch nicht.«

Lou und ich quietschen los und fallen uns in die Arme.

»Boah, ich war echt aufgeregt«, gestehe ich und lasse Lou wieder los. »Ich hatte Schiss, ihr findet den Text zu … cheesy.«

»So, wie er ja ursprünglich eh war«, gibt Jasper unumwunden zu. »Ich find's krass. Er ist so ganz anders, als meiner war. Aber trotzdem – es ist immer noch mein Song und irgendwie auch nicht.«

»Und fühlt sich das blöd an?«, frage ich.

»Nein, gar nicht.« Er schüttelt seine Locken. »Ich bin regelrecht … keine Ahnung, erleichtert.«

Sebi stutzt. »Hey, Mann – wieso das denn?«

Jasper besieht seine Fingerspitzen. »Kann ich auch nicht so genau sagen. Fühlt sich einfach so an.«

»Und ich vermute, du möchtest uns nicht sagen, wie der Song entstanden ist?«, presche ich vor.

Jasper wendet sich mir zu, zieht die Augenbrauen hoch, presst die Lippen aufeinander und schüttelt langsam den Kopf. »Nope.«

Für eine Sekunde möchte ich meine Hand ausstrecken und durch seine Locken wuscheln. Und ich möchte seine Augen zum Strahlen bringen. Warum bloß?

»Egal«, unterbricht Lou den kurzen Moment der Peinlichkeit. »Magst du ihn auf dem Klavier spielen und wir singen noch mal?«

Jasper nickt und wir gehen alle vier in sein Zimmer hinüber. Dass es dort so unordentlich ist, als hause nicht nur ein Jasper, sondern gleich drei in dem Zimmer, ist ihm offensichtlich ziemlich egal. Er schiebt mit ausholender Geste einen Berg getragener Klamotten vom Bett, stapelt die diversesten Geschirrteile, die auf dem Schreibtisch und sogar auf seinem Klavier stehen, aufeinander und stellt sie in eine Ecke. Aufräumen à la Jasper. In zwanzig Sekunden erledigt. Lou und ich werfen uns Blicke voller unterdrückten Gelächters zu, was Sebi offensichtlich sofort bemerkt.

»Cooles Zimmer«, sagt er prompt und lässt sich auf dem Bett nieder. Jasper grinst ihn dankbar an. Ich glaube, hier entwickelt sich gerade eine Freundschaft fürs Leben.

Jasper klappt den Deckel seines Pianos hoch und spielt die ersten Akkorde. Nach mehreren Anläufen schaffen wir es, dass Melodie und Text tatsächlich so klingen, als gehören sie schon immer zusammen. Wir feilen noch hier und da, friemeln einzelne Textstellen zurecht, basteln an Übergängen und passen die Melodie so an, dass sie noch besser zu singen ist.

»Also ich finde, das können wir der Bergmeier am Dienstag mit gutem Gewissen vorspielen«, fasse ich nach eineinhalb Stunden zusammen. Alle stimmen zu.

»Bin gespannt, wie sich Finn verhält«, gibt Lou zu bedenken. »Ob er seinen Rausschmiss einfach so hinnimmt?«

»Wenn er klug wäre, würde er das tun«, meint Jasper.

»Aber leider ist er selten klug«, erklärt Sebi.

»Hast du ihn mal gesehen seit Donnerstag?«, fragt Lou ihn. Sebi sieht sie an und wieder leuchten seine Augen. Ob *sie* dieses Licht in ihm entzündet?

»Ja, gestern Nachmittag war ich bei ihm. Er hat so getan, als wäre alles bestens. Er wollte am Abend unbedingt losziehen, aber ich hatte nicht so richtig Bock. Wahrscheinlich hätte er sich wieder betrunken, irgendwelche Mädels blöd angemacht und ich hätte ihn nach Hause bringen müssen.«

»Ich find's gut, dass du nicht mehr so sein … ähm, na ja …«, Lou sieht sich Hilfe suchend um. Vermutlich wollte sie so was sagen wie »… Schatten …« oder »… Lakai bist«. Denn bisher hat sich Sebi oft hinter Finns Rücken versteckt. »… dass du dich von ihm nicht mehr ausnutzen lässt«, beendet Lou ihren Satz.

Sebi wirft ihr einen dankbaren Blick zu.

»Ähm, Leute, was anderes«, schaltet sich Jasper ein. »Es ist schon gleich halb sieben. Wenn wir im Ampere noch was essen wollen, bevor das *Jeremias*-Konzert losgeht, dann sollten wir gleich mal los.«

Und das tun wir dann auch.

Der Biergarten des Ampere, gleich hinter dem Müller'schen Volksbad, ist so gut besucht, als sei es Hochsommer. Eine launische Herbstsonne spendet ihre letzten Strahlen und heizt damit noch mal ordentlich ein.

Wir finden eine gerade frei werdende Bierbank, und jeder von uns holt sich am Ausschank etwas anderes zu essen, sodass wir miteinander teilen können. Am Ende haben wir ein tolles Buffet mit Hummus, Oliven und Feta, Obazda, veganem Curry, Kartoffelsalat und Rahmschwammerl mit Brezenknödel – und das alles in Bioqualität. Im ersten Moment denke ich, unsere Augen sind mal wieder viel größer als unsere Mägen, aber ich habe dabei nicht an Jungsmägen gedacht. Mit beeindruckender Präzision schaufeln Jasper und Sebi alles in sich hinein, was Lou und ich nicht aufessen. Und das ist eine ganze Menge.

»Ich bin megagespannt auf das Konzert«, erkläre ich. »Ich habe in den letzten Tagen fast nur *Jeremias* gehört. Ihre Titel sind wirklich komplex.«

»Allerdings«, sagt Jasper. »Das ist echt schon Kunst. Ich bin gespannt, wie die live performen.«

Wir unterhalten uns entspannt über unsere Lieblingslieder der Band und über andere Bands, und Sebi malt sehr plastisch aus, wie es wäre, wenn wir vier eine erfolgreiche Gruppe wären, die die Konzerthallen füllt, unzählige Fans hat und ständig neue Alben aufnimmt.

»Du bist doch nur scharf auf Groupies«, sagt Lou lächelnd und spielt mit ihren Haarsträhnen.

»Groupies? Brauch ich echt nicht«, gibt Sebi zurück. Sie schauen sich einen ziemlich langen Augenblick schweigend an, und ich überlege, ob es Lou ähnlich geht wie mir und sie Sebi auch in einem anderen Licht als bisher sieht. Nachdem der Scheinwerfer von Finn auf ihn ausgerichtet wurde …

Weil mein Handy eine Nachricht ankündigt, klinke ich mich kurz aus dem Gespräch aus. Meine Mutter hat nur geschrieben, dass sie mit Theo bei Lous Eltern eingeladen ist – sie werden sicher spät daheim sein. Und voll mit Wodka, ergänze ich in Gedanken.

Ich will das Handy wegstecken, als ich eine Insta-Benachrichtigung sehe.

Ed Sheeran hat dir eine Nachricht geschickt.

Sofort klopft mein Herz in einem Presto-Rhythmus. Also schnell. Sehr, sehr schnell. Denn nach dem FUNK-Interview habe ich doch die leise Hoffnung, dass er persönlich mir schreibt. Zumindest fühlt es sich großartig an, sich das einzubilden. Post von meinem guten Freund Ed … Wow!

Ich klicke seine Botschaft an und lese:

Hey, ihr habt euren Podcast reaktiviert, schreibt er, wie immer auf Englisch. *Das klingt gut! Ich gehe davon aus, dass ihr euch endlich wieder vertragen habt. Und dass du mich jetzt nicht mehr hasst. Wie hat dir mein Auftritt bei Ariane gefallen?* 😉🙂😉🙂😉🙂😉🙂😉🙂

»Was lächelst du so selig?«, fragt Jasper und lehnt sich zu mir herüber. Ich sperre den Bildschirm und stecke das Handy schnell weg. Dieser Chat zwischen Ed und mir gehört nur uns beiden. Der geht niemanden etwas an.

»Musste nur grinsen, weil unsere Eltern heute bei Magda und Adam sind – und ich wette, sie kommen betrunkener nach Hause als wir.«

»Davon kannst du ausgehen!« Lou seufzt. »Aber jetzt sollten wir langsam in die Halle gehen.«

Das Ampere ist einer meiner liebsten Veranstaltungsorte in München. Früher war es ein »Brunn-Haus«, hier wurde Trinkwasser gewonnen. Die sandfarbenen Backsteinwände und der offen gelegte hölzerne Dachstuhl legen davon noch Zeugnis ab.

Es hat eine super Größe – nicht zu riesig, aber auch nicht so eng, dass man ständig das Gefühl hat, zerquetscht zu werden. Außerdem kann man auf die Galerie flüchten, wenn's einem doch mal zu viel wird, und das Geschehen auf der Bühne von oben verfolgen. Und in der angeschlossenen Bar mit ihren gemütlichen Loungesesseln kann man super chillen.

Jeremias ist auch live eine grandiose Band. Sie klingen total diesseitig und ein kleines bisschen altmodisch gleichzeitig. Sie grooven funkig und ihre deutschen Texte hören sich weltläufig und selbstverständlich an. Der Sänger nuschelt ein wenig, aber auf eine sehr lässige Art.

Bei »Grüne Augen lügen nicht« nehmen wir Lou in unsere Mitte, singen alle laut mit und strecken unsere Zeigefinger nach ihren Augen aus. Sebi tanzt immer wieder zu Lou hin und die beiden bewegen sich irgendwann sehr weltvergessend umeinander herum. Jasper und ich werfen uns einen verschwörerischen Blick zu. Süß, die zwei, muss ich einfach denken.

Irgendwann fordert meine Blase ihren Tribut und ich ziehe mich auf die Toilette zurück. Was natürlich mal wieder mit langem Anstehen einhergeht.

In der Wartezeit schaue ich mir noch mal Eds Nachricht an. Ob er unseren Podcast wirklich angehört hat – aber … er versteht doch gar kein Deutsch! Ich beschließe, nicht weiter darüber nachzudenken und mein kleines, magisches Geheimnis einfach zu genießen. Schnell bedanke ich mich für seine Anteilnahme und versichere ihm, dass alles wieder okay ist. Und es mir gut geht. Und dass ich sein Interview … äh, interessant fand. Ich merke, wie sich ein kleines Glucksen aus meinem Herzen durch meinen Hals schleicht und in die Umgebung hinein explodiert. Für eine Sekunde habe ich das Gefühl, ich wollte die Welt umarmen. Ich bin so glücklich, dass Lou und ich uns wieder vertragen.

Als ich zurück in den Saal will, ist das Gedränge noch größer als zuvor schon. Gerade will ich mich zwischen zwei hünenhaften Typen durchschlängeln, die sehr weit ausholend mit ihren Bierflaschen gestikulieren, als mir jemand mit dem Finger auf die Schulter tippt. Ich drehe mich um.

»Hi«, sagt Finn und grinst mich an. Seine hellblauen Augen lächeln mit, und ich verstehe, warum ich ihn so toll fand. Allein sein Blick gibt einem das Gefühl, auserwählt zu sein. Was natürlich Quatsch ist und so fällt meine Begrüßung etwas frostig aus.

»Ach, hi, auch hier?« Als sei er irgendein Mitschüler, mit dem mich außer dem Schulbesuch nichts verbindet.

»Können wir kurz reden?«, fragt er. Weil es so laut ringsum ist, muss er dicht an mich herantreten und mir ins Ohr brüllen.

»Ich wollte die Band eigentlich weiterhören …«, rufe ich zurück und deute auf den Saal.

»Ist eh gleich Pause.« Er sieht mich fragend an, und weil ich gerade so zufrieden bin, denke ich mir: na klar, warum nicht? Auch er hat eine Aussprache verdient.

Er will Richtung Bar abdrehen, aber das ist mir doch zu offiziell. Daher bleibe ich im Flur zwischen Lounge und Toiletten stehen. Hier muss man schon längst nicht mehr so schreien. Ich sehe ihn fragend an.

»Wie gefällt's dir?«, fragt er.

»Gut«, sage ich kurz angebunden. Auf ein Small-Talk-Gespräch habe ich keine Lust. »Was willst du, Finn?«

»Es tut mir leid!«, antwortet er. »Ich weiß, dass ich mich scheiße verhalten habe.«

Ich nicke und spitze die Lippen. »Das kann man so sagen«, stimme ich dann zu.

»Keine Ahnung, was in mich gefahren ist. Lou ist gar nicht mein Typ. Da habe ich das Gefühl, die ist …«

»Hey«, unterbreche ich ihn. »Putz meine Freundin nicht runter. Du hast nicht nur mir, sondern ihr genauso wehgetan.«

Er blickt kurz über mich hinweg in den Flur.

»Ich hatte einfach Schiss, du machst Schluss mit mir«, sagt er nach einer kleinen Pause. Er streckt seine Hand aus und legt sie auf meinen Unterarm. Es fühlt sich vertraut an. Dennoch schiebe ich sie weg.

»Bitte, Charlie, du musst mir glauben: Ich war total neben der Spur in den letzten Wochen. Keine Ahnung, aber mir ist jetzt klar geworden, dass du immer noch die eine für mich bist.« Er tritt einen Schritt dichter an mich heran. Ich weiche zurück, aber hinter mir ist die Wand. Sein Atem riecht deutlich nach Alkohol. Nicht nur nach Bier, auch nach etwas Schärferem.

»Kannst du mir nicht verzeihen?« Er legt seine Handflächen rechts und links von meinem Kopf auf die Wand. Als wolle er mich einzäunen. »Ihr hast du doch auch vergeben. Warum mir nicht?«

Ich will mich unter seinem Arm durchducken, aber da wandert dieser tiefer.

»Ey, lass mich gehen«, herrsche ich ihn an.

»Gleich«, sagt er. Nun berühren sich beinahe unsere Nasenspitzen. »Sag mir, dass du nichts mehr von mir wissen willst. Und sag es so, dass ich es glauben kann.«

What?! »Ich will nichts mehr von dir wissen«, stoße ich wütend hervor.

»Ich glaube dir nicht«, antwortet Finn allen Ernstes. Mit einer Hand fasst er nun an mein Kinn. So, dass es schmerzt. Ich lasse mein Knie nach oben sausen und treffe tatsächlich seinen Schritt. Seine Hände ziehen sich reflexhaft vor seinen Reißverschluss zurück und ich versuche, mich an ihm vorbeizudrängeln. Doch er lässt sich einfach mit seinem langen Körper nach vorne fallen, auf mich drauf. Ich will ihn wegstoßen, aber gegen sein Gewicht habe ich kaum eine Chance.

Plötzlich packen ihn Hände an den Schultern und schubsen ihn zur Seite.

»Alles klar?« Jasper stellt sich ganz dicht neben mich, und ohne darüber nachzudenken, lege ich einen Arm um seine Taille. Ich war noch nie so froh, ihn zu sehen. Finn hat sich aufgerappelt und nun bemerke ich, dass seine Bewegungen fahrig sind. Er muss ganz schön viel getrunken haben.

»Lass sie los«, grunzt er Jasper an, der jetzt einen Arm um meine Schulter legt. Die beiden sind ziemlich genau gleich groß und Jasper weicht keinen Millimeter zurück. »Das ist meine Freundin!«, schreit Finn.

»*War* deine Freundin«, sagt Jasper. Er dreht seinen Kopf zu mir und zwinkert ganz kurz. Das Braun seiner Augen hat eine solche Wärme, dass ich mich fühle, als schwimme ich in einem behaglich blubbernden Whirlpool. Mit Aussicht auf die Sterne. Unsere Blicke bleiben aneinander hängen, ich vergesse den Trubel ringsum, vergesse Finn und strecke mich ein kurzes Stück hoch zu Jasper.

Ich meine, das Erstaunen auf seinen Lippen schmecken zu können. Und dennoch erwidert er den Druck. Dreht den Kopf dann aber doch schnell weg. Seinen Arm nimmt er von meiner Schulter. Die kurze Berührung unserer Münder bleibt wie der Nachgeschmack einer ganzen Packung Ben&Jerrys-Eiscreme auf meinen Lippen zurück.

Finn steht noch immer vor uns. In seinem Blick liegt eine Mischung aus verletztem Stolz, Unverständnis und Wut.

»Fick dich, Charlotte«, sagt er, dreht sich um und verschwindet im Gewusel der Menge.

Ich habe das Gefühl, ein paar Zentimeter über dem Boden zu schweben. Ich muss lachen und dennoch fühlt sich alles irgendwie fragil an, als sei die Erde eine Seifenblase. Jetzt nur keine unachtsame Bewegung machen.

»Sollen wir wieder reingehen?«, schlägt Jasper vor und deutet in Richtung des Konzertsaals.

Ich lande auf dem Boden und folge ihm zur Musik. Das Lächeln in meinem Gesicht ist für den Rest des Abends nicht mehr zu tilgen.

2. Oktober, 02.10 Uhr

Endlich! Endlich war es mal wieder so wie früher. Wie immer. Nein, nicht ganz wie immer, sondern irgendwie – besser. Da gab es keinen Finn, mit dem Charlie geknutscht hat, während ich doof danebenstand. Kein unerwidertes Schmachten, kein Vermeiden von Blickkontakt mit Finn, damit er mir nicht ansieht, wie scheiße ich mich fühle.

Da war eine Gruppe von vier Leuten, die unglaublich viel Spaß miteinander hatte. Jasper ist einfach ein feiner Typ, er ist so aufmerksam und charmant und dabei lustig, ohne albern zu sein. Wobei er mir am Ende des Abends irgendwie … keine Ahnung, er war merkwürdig. Am Anfang war er total fröhlich, aber dann … als ob er einem Gespenst begegnet sei oder so. Aber auch Charlie war gegen Ende anders als zuvor. Sie war so ruhig, was für ihre Verhältnisse echt ungewöhnlich ist. Sie wirkte nicht traurig oder so, aber in sich gekehrt.

Die drei haben mich nach Hause begleitet, und während Sebi und ich die ganze Zeit gequatscht haben, sind Charlie und Jasper stumm hinter uns hergedackelt. So, als würden sie einander gar nicht kennen und wüssten nicht, worüber sie reden sollten. Sie haben sich dann auch schnell verabschiedet.

Sebi ist noch länger stehen geblieben und wir haben uns weiter unterhalten, bis mir so kalt geworden ist, dass ich zu zittern angefangen habe. Eigentlich hätte Sebi gar nicht mitgehen müssen, er wohnt ja auf der anderen Isarseite, und Charlie und Jasper haben als Begleitschutz völlig ausgereicht. Aber es war so selbstverständlich, dass er mitging …

Sebi. Hm. Ich traue mich kaum, es aufzuschreiben, aber … es war so schön mit ihm heute. Schon als wir den Song mit unserem Text vorgesungen haben, kam er mir so anders vor. Ich meine, ich kenne ihn ja schon ewig, aber irgendwie ist es, als wäre ich ihm zum ersten Mal begegnet.

Bisher stand immer Finn vor ihm. Und jetzt, wo der weg ist, da habe ich freie Sicht auf Sebi. Und die … gefällt mir.

Ich dachte immer, der ist halt so ein in sich gekehrter Nerd, dabei ist er zwar ruhig, aber wenn er was sagt, ist es irgendwie … überraschend richtig und klug. Er hat so einen ganz eigenen Blick aufs Leben, hintergründig, und es macht Spaß, mit ihm zu reden.

Ich wusste zum Beispiel gar nicht, dass er schon Schlagzeug spielt, seit er fünf war. Mir war schon klar, dass er ziemlich gut ist – viel besser als ich am Bass oder Finn an der E-Gitarre. Er hat einige Wettbewerbe gewonnen und durfte sogar schon mal bei einer Musikproduktion mitspielen. Und er erzählt das so ganz nebenbei, als sei das alles nichts Besonderes. Dabei … keine Ahnung. Früher kam er mir immer ein bisschen verklemmt vor, so megaschüchtern. Wenn er dann aber mal redet, dann hört er so schnell nicht wieder auf. Also jetzt nicht so nervig wie die Typen, die einem stundenlang Monologe über Wrestling oder Luftgewehre oder ihr Lieblings-Zombiemassaker-Videogame halten. Eher so, dass er was erzählt, und dazu fällt ihm noch was ein und dann mir und dann wieder ihm.

Er war sogar mal in Polen und hat da mit seinen Eltern und seinem jüngeren Bruder Urlaub gemacht, an der Ostseeküste – gleich im Nachbarort von dem, aus dem Mamusia stammt. Echt witzig!

Das ist ziemlich verwirrend, dass ich gerade immerzu an ihn denke. Ich hätte da noch ewig mit ihm stehen können. Mist, dass es so kalt war. Wobei – er hat mich zum Schluss umarmt und mir die Arme warm gerubbelt. Und er sah so aus … Ach, nee, das habe ich mir bestimmt nur eingebildet. Hey – ich sehe ihn ja am Montag wieder in der Schule. Und egal, was geschieht, er wird mir helfen, Finn zu ignorieren.

Aus dem Wohnzimmer dröhnt noch immer schallendes Gelächter von Mamusia, Tatuś, Constanze und Theo. Manchmal sind die alberner als wir. Aber wenn ich jetzt hingehe und sie bitte, leiser zu sein, dann bieten sie mir nur grinsend Schnaps an – den sogenannten »ehrlichen«, selbst gebrauten von Opa – und sagen, ich soll mal nicht so spießig sein. Das muss ich mir nicht geben. Echt nicht.

17

Totenstille herrscht im Haus. Ungläubig starre ich auf mein Handy. 12.37 Uhr. Und alle schlafen noch? Tatsächlich waren Mum und Theo noch nicht daheim, als Jasper und ich um kurz vor zwei nach Hause gekommen sind. Der Weg von Lou bis zu uns kam mir ewig vor, denn wir haben es beide vorgezogen zu schweigen. Keiner von uns hat das »Geschehnis« des Abends erwähnt. Wir haben uns kurz ausgetauscht, wie fantastisch die Band war, und ansonsten beide den Mund gehalten. Ich hätte auch echt nicht gewusst, was ich sagen soll. Mich einfach bedanken, weil er mich quasi gerettet hat? Okay, das wäre vielleicht gegangen. Aber … keine Ahnung, sonst quatsch ich ja gerne mal los. Aber in dem Moment … Stille.

Schnell ist jeder von uns in seinem Zimmer verschwunden. Irgendwie war ich noch so aufgekratzt, dass ich gar nicht schlafen gehen wollte. Am liebsten hätte ich noch mit Jasper geplaudert, aber er wirkte so abweisend, dass ich mich nicht getraut habe. Ob er den Kuss so schrecklich fand? Dabei war der doch nur … ganz kurz und oberflächlich irgendwie. Hoffentlich hat er sich nicht von mir benutzt gefühlt.

Wobei, okay, ich habe ihn ja tatsächlich benutzt – damit Finn mich endlich in Ruhe lässt. Und dafür hat er doch sicher Verständnis. Da ist doch nichts weiter dabei, bei so einem Kuss.

Gut, ja – zugegeben, wenn mich ein Typ nur knutschen würde, um seine Ex abzuschrecken, fände ich das auch nicht toll. Aber hey, er stand gerade neben mir. Wenn es Sebi gewesen wäre, hätte ich eben den geküsst.

Vielleicht.

Vielleicht auch nicht. Und irgendwie hab ich den Eindruck gehabt, seine Lippen haben einen Abdruck auf meinen hinterlassen. Wie ein Fingerabdruck. Den mein Körper gespeichert hat. Um sich daran erinnern zu können. Vielleicht war es doch kein so oberflächlicher Kuss? Und vielleicht hatte Finn gar nicht so viel damit zu tun?

All die Gedanken waren so verwirrend, dass ich lieber versucht habe, ein wenig zu lesen. Darauf habe ich mich aber nicht konzentrieren können und habe mir Ed Sheerans Insta-Account mal wieder angeschaut. Er hat Werbung für sein neues Album gemacht und als treuer Fan habe ich natürlich kommentiert, dass ich mich mega drauf freue. Dann habe ich noch eine neue Folge von *Ginny und Georgia* geschaut und bin über der dann wohl doch eingeschlafen.

Weil mein Magen dezent knurrt, schlurfe ich im Bademantel die Treppe runter und öffne den Kühlschrank. Ich weiß gar nicht, worauf ich Appetit habe. Ob ich Brötchen für alle holen gehen soll? Doch der Blick in den Garten lässt mich mein Vorhaben vergessen. Es ist neblig und grau und nieselt. Keine Lust, da rauszugehen. Außerdem gibt es um diese Uhrzeit beim Bäcker garantiert nichts mehr.

»Na, Schnuckl, schon wach?« Meine Mum drückt sich von hinten kurz an mich und haucht mir einen Kuss zwischen die Haare in den Nacken. »Boah, ich brauche Tee. Ganz viel Tee.«

Seit wann trinkt sie morgens Tee? Da muss ihr wirklich übel schlecht sein vom Vorabend. Sie sieht bleich wie ein Gespenst aus und hat dunkle Ringe unter den Augen. Manchmal behaupten Menschen, wir würden wie Geschwister aussehen, und ich weiß, wie stolz sie dann ist. Heute ähnelt sie eher meiner Oma.

»Kräftig gefeiert gestern?«, frage ich. Sie nickt und grabbelt mit etwas unsicheren Fingern Teebeutel aus dem Schrank.

»Du kennst doch die Jablonskis! Erst hat Magda unendlich viel zu essen aufgetischt und dann hat Adam zur besseren Verdauung einen Schnaps nach dem anderen eingegossen.«

»Gab's Piroggi mit Pilzfüllung?«

Sie nickt. »Oh ja, ist garantiert noch was übrig. Kannst du dir bestimmt später was von holen … Ach so …« Sie kneift den Mund zusammen. »Ich vergaß, dass du und Lou …«

»Zwischen uns ist wieder alles in Ordnung«, verkünde ich und merke selbst, wie glücklich ich klinge. »Du hast wohl unseren neuen Podcast noch nicht gehört!«

Sie wirft jubelnd die Teebeutel in die Luft, fängt sie auf und kommt in kleinen Puschenschritten auf mich zu, um mich zu umarmen.

»Oh, wie gut! Puh! Nee, das habe ich tatsächlich noch nicht mitbekommen. Da bin ich aber echt erleichtert!«

»Waren wir gestern kein Gesprächsthema bei Magda und Adam?«

Sie denkt kurz nach, schüttelt dann aber den Kopf. »Öh, nee. Komm doch mit ins Wohnzimmer. Jasper war schon joggen und hat Brötchen mitgebracht.«

Der Typ wird mir echt unheimlich. Wer steht denn nach einer langen Nacht so früh auf und geht joggen? Und denkt an Brötchen? Ich nicke zustimmend. Vielleicht hat er sogar ein Croissant gekauft? Mit Schokofüllung? Oder – Mandelmarzipan?

»Ich ziehe mir nur schnell was über«, erkläre ich, doch Mum hält mich am Arm fest und kommt einen Schritt näher.

»Wie versteht ihr euch eigentlich? Also, ich finde ihn ja echt wahnsinnig nett. Am Anfang hatte ich ein bisschen Sorge. Dachte, da kommt so ein verwöhnter Bubi, der sofort vor allem flüchtet, wenn mal was nicht so läuft, wie er sich das dachte. Aber ich muss sagen, echt sympathisch. Und wie er aussieht …« Sie verdreht genüsslich die Augen.

»Mama!«, sage ich entrüstet. »Er ist dein Stiefsohn!«

»Aber ich kann doch trotzdem feststellen, dass er gut aussehend ist. Und nett.«

Ich wackle mit dem Kopf. »Ja, er ist in Ordnung.« Und ich habe ihn geküsst. Und es war … irgendwie gut. Nachhaltig gut. Schnell weg mit dem Gedanken.

»Ein bisschen mehr Enthusiasmus, bitte. Er hat Brötchen geholt.« Sie grinst schelmisch, und ich kann nicht anders und lächle mindestens genauso breit. So viele Jahre hat sie nach Papas Tod kaum gelacht oder war nur ganz selten mal unbeschwert. Und auch wenn mir Theo mit seiner Softie-Sozialarbeiter-Grundschullehrer-Attitüde manchmal auf den Senkel geht, muss ich eines einräumen: Er tut meiner Mum tatsächlich gut. Ich glaube, seit er in ihr Leben getreten ist, haben die Dinge wieder eine gewisse Leichtigkeit für sie. Dennoch habe ich nicht das Gefühl, dass sie Papa deswegen aus unserem Leben verbannt hat. Und das ist eine ganz schöne Leistung von ihr.

»Sichere mir ein Brötchen, ich komme gleich«, bitte ich

sie und verziehe mich in Richtung Badezimmer. Jasper muss mich nicht in meinem ausgeleiertsten Schlafshirt sehen.

Zehn Minuten später betrete ich das Wohnzimmer und entdecke Mum und Jasper. Sie lümmeln nebeneinander in der Sofalandschaft und stecken die Köpfe zusammen. Vor ihnen auf dem Couchtisch steht ein Tablett mit Frühstückssachen, von zahllosen Krümeln eingekreist.

»Oh, schau mal – ist sie da nicht niedlich!«, ruft Mama und deutet auf etwas. Meinen – zugegebenermaßen eher leisen – Morgengruß haben sie gar nicht mitbekommen. Jasper beugt sich nach vorne, als betrachte er etwas sehr eingehend.

»Wie alt war sie da?«, fragt er.

»Vielleicht drei.«

Endlich dämmert mir, was sie tun. Und mein Gesicht läuft schon mal vorsorglich rot an, ich spüre es genau. Es ist eine Mischung aus Scham und Wut gleichermaßen.

»Was schaut ihr da an?«, rufe ich und Jasper zuckt regelrecht zusammen. Ich gehe auf das Sofa zu und nun kann ich es genau erkennen. Sie blättern durch mein Kleinkind-Fotoalbum. Und gerade betrachten sie die Bilder, auf denen ich nackig in einer Art Waschschüssel hocke und irgendwelche Quietscheentchen in Richtung Kamera recke. Jasper grinst mich an.

»Sehr putzig!«, sagt er. »Du sahst ja wirklich allerliebst aus. Diese goldenen Löckchen …«

Am liebsten würde ich ihn mit einem Sofakissen ersticken.

»Ach, und sie ist doch immer noch allerliebst«, ergänzt meine Mutter nun auch noch und ich möchte eine Familientragödie anrichten. Mum versucht, nach meiner Hand zu greifen, aber ich entziehe mich ihr in Windeseile.

»Muss das sein?«, frage ich.

»Ich dachte, ist doch nett, wenn Jasper uns besser kennenlernt«, sagt meine Mutter.

»Oh, ja, so eine hatte ich auch!« Jasper deutet begeistert auf ein Foto von mir am Isarstrand, auf dem ich außer Wassersandalen und einer Schwimmlernweste, aus der man nach und nach Styroporblöcke entfernen konnte, nichts trage.

»Ach, Charlie war wirklich nicht die allergrößte Wasserratte«, trägt meine Mutter nun auch noch bei. »Ich glaube, du warst fast schon acht, bis du richtig sicher schwimmen konntest, oder?«

»Ich war sieben«, sage ich vorwurfsvoll. »Gibt's noch ein Brötchen oder so?«

Jasper deutet auf den Platz neben sich. »Klar, und ein Croissant mit Marzipanfüllung. Dachte, das könntest du mögen.«

»Och ja«, sage ich leichthin. Und mein Ärger löst sich in Luft auf. Wieso weiß er immer, was ich mag?

»Charlie hat mal eine zweihundert Gramm-Tüte Marzipankartoffeln leer gefuttert – da war ihr aber schlecht hinterher. War das letztes oder vorletztes Weihnachten?«

»Lass doch mal diese alten Storys, Mum«, bitte ich. »Was ist mit Theo? Ist der auch joggen?«

»Nein, er schläft noch«, erklärt Mum. »Der letzte Schnaps gestern muss schlecht gewesen sein.« Sie zwinkert etwas affektiert.

Ich vermute, dass sie sich wegen Jasper so gechillt gibt.

Will sie vor ihm als die unkomplizierte, immer gut gelaunte Supermum dastehen? Sonst meckert sie furchtbar, wenn sich Theo mal betrinkt. Ich verdrehe die Augen und greife nach dem Kinderalbum.

»Das habt ihr doch jetzt sicher durch.« Ich will es zuklappen, aber Jasper zieht es an sich und lächelt beschwichtigend.

»Komm schon, Charles, lass mich ein bisschen an deiner Vergangenheit teilhaben. Dann wachse ich besser in die Bruderrolle.«

Will ich das? Ihn als Bruder? Nur als Bruder? Oh Himmel, was sind das für merkwürdige Gedanken? Die verwirren mich. Entsprechend schnappe ich zurück: »Weil du so viel über deine Vergangenheit erzählst.« Im gleichen Moment tut es mir leid, dass ich so aggressiv klinge. Prompt nimmt er die Hand zurück und lehnt sich so weit nach hinten, wie es nur geht. Als wolle er Abstand zwischen uns bringen.

Ich beiße in das Marzipancroissant und der Geschmack nach Mandeln besänftigt mich sofort. »Sorry«, murmle ich.

Er schlägt die nächste Seite um. Auf der ich in der albernsten Faschingsverkleidung aller Zeiten zu sehen bin. Vollkommen in Pink gekleidet. Von den Sandalen über die Socken, das Prinzessinnenkleid bis hinauf zur quietschrosa glitzernden Krone. Mädchen pur! So süß, dass man beim Anschauen Zahnschmerzen bekommt.

»Steht dir« sagt Jasper grinsend und blättert noch ein paar Seiten weiter, auf denen nun hauptsächlich Lou und ich, ich und Lou und manchmal auch noch Lukas zu sehen sind. Endlich klappt Jasper das Album zu.

»Ich finde das toll. Meine Eltern haben nie ein Fotoalbum

für mich angelegt. Ist vermutlich das Schicksal der Zweitgeborenen. Na ja, ich gehe mal hoch. Ich muss noch für die Chemieklausur nächste Woche lernen.«

Er federt lässig vom Sofa hoch und entschwindet die Treppe hinauf.

»Mann, Mama, das hättest du ihm echt nicht zeigen brauchen. Total peinlich!«, meckere ich, als er außer Hörweite ist.

»Quatsch, ich glaube, er fand das schön. So was Familiäres. Hat er doch in den letzten Jahren kaum gehabt.«

Ich schlucke den letzten Happen Croissant herunter. »Wieso?«, nuschle ich. »Er war doch bei seiner Mum und seiner Schwester. Da wird's ja wohl auch familiär zugegangen sein.«

»Ach, ich weiß nicht.« Sie wackelt mit dem Kopf und fährt mit der Hand über das Cover des Fotoalbums. Auf dem ich völlig haarlos, mit nur einem Zahn und voller Speckrollen dem Betrachter entgegengrinse.

»Wieso?«, hake ich nach.

»Na ja, ich glaube, er ist viel allein gelassen worden. Die beiden Frauen haben mehr Zeit in ihre Karrieren investiert als in ihn.«

»Hey, kein Mütter-Bashing«, warne ich sie.

»Nein, gar nicht. Aber nach einer Scheidung braucht ein Kind einfach mehr Fürsorge. Ich weiß nicht, ob er die immer so bekommen hat. Theo sagt, Jasper habe am allermeisten gelitten. Okay, Imelda hat zu der Zeit schon studiert, da ist klar, dass sie sich nicht um den kleinen Bruder kümmern konnte. Aber Balbina …«

»Na ja, so schlimm kann es nicht gewesen sein«, nehme ich seine Mutter unbekannterweise in Schutz.

»Du meinst, weil so ein wohlerzogener, toller Junge aus ihm geworden ist? Und dazu noch so ein hübscher …«

»Oh, Mann …« Ich erhebe mich stöhnend. »Ich muss auch noch lernen …«

»Komm schon, du kannst nicht übersehen haben, wie gut er aussieht …«

»Mama, bitte!«

Manchmal ärgere ich mich, dass es in dem offenen Wohnzimmer keine Zimmertür gibt, die man einfach mal lautstark zuknallen kann.

18

Gegen vier am Nachmittag blicke ich auf ein beeindruckendes Tagespensum zurück: Chemie gelernt, eine Instastory zum Thema *Jeremias* und dem Konzert vom Vorabend erstellt sowie eine Liste mit Vorschlägen für die nächsten Podcastfolgen erarbeitet.

- Neustart eurer Freundschaft – so klappt's.
- Warum Versöhnungen fast so glücklich machen wie eine frische Beziehung.
- Freundschaft neu entdeckt – das machen wir jetzt besser.
- Nur wer miteinander streiten kann, kann auch wirklich befreundet sein.

Okay, ich gebe es zu – das klingt ein wenig monothematisch. Aber egal. Hoffentlich haben wir nicht allzu viele Follower verloren. Aber vielleicht ist die Aufmerksamkeit sogar größer als vor unserer Pause.

Lou musste heute mit der ganzen Familie zu irgendeiner Großtante, die bei irgendeiner Cousine zweiten Grades aus Polen zu Besuch ist. Ihre WhatsApp-Nachrichten dazu kamen im Zehn-Minuten-Takt – was sich eher ungünstig auf mein Lerntempo auswirkte.

Oh Gott, jetzt fangen die schon vor dem Kaffeetrinken mit Schnaps an.

Mann, meine Cousine will uns mästen. Ich platze gleich.

Wenn noch einer sagt, dass früher alles besser war, kotze ich die Karpatka-Torte aus.

Und ich kann keine Storys mehr über die 80er-Jahre und ihren Einsatz für die Solidarność hören. Arrrgggghhhh.

Bei der Erwähnung des vielen Essens merke ich, dass ich ziemlichen Kohldampf habe. Außer dem Marzipancroissant habe ich nichts gegessen. Also gehe ich runter in die Küche, in der Hoffnung, noch ein Frühstücksbrötchen zu finden, das die Zeit bis zum Abendessen überbrückt. Unwillkürlich schleiche ich, weil ich Jasper in seinem Zimmer nicht aufschrecken will. Ich weiß auch nicht, was los ist. Sein Anblick löst seit dem Vorabend die konfusesten Gefühle in mir aus. Warm und kalt gleichzeitig, vorfreudig und ängstlich, gespannt und misstrauisch. Brüderlich und … Oh Gott, am besten, ich gehe ihm aus dem Weg. So die nächsten fünf Jahre. Ich öffne die Küchentür.

Vor dem Kühlschrank steht Jasper. Hoffentlich merkt er nicht, wie ich zusammenzucke.

»Auch Hunger?«, frage ich ihn. Irgendwas muss ich ja sagen. Er nickt und starrt weiter angestrengt die Lebensmittel an.

»Siehst du irgendwo den Tofu?«, fragt er schließlich. Er rutscht ein Stück beiseite und ich werfe einen kurzen Blick in den Kühlschrank. Während ich nach dem Tofu greife, fällt mir auf, wie gut Jasper riecht. Hat er ein Aftershave aufgelegt? Gleich komme ich mir in meiner Schlabbersonntagsjogginghose und dem nudefarbenen, ärmellosen und ausgeleierten Shirt ziemlich underdressed vor. Dabei stehe ich ja nur in meiner eigenen Küche.

»Hier«, sage ich und reiche ihm das gesuchte Stück, das sich hinter einem Eierkarton versteckt hat. »Was willst du damit machen?«

Er sieht für eine Sekunde etwas unschlüssig über meinen Kopf hinweg und grinst mich dann an. »Theo hat mir geschrieben, er und deine Mum sind beim Spaziergehen an den Museumslichtspielen vorbeigekommen und haben spontan beschlossen, ins Kino zu gehen. Irgendein alter französischer Arthouse-Film. Er hat gefragt, ob wir schon mal das Chili für heute Abend kochen können.«

»Er hat gefragt, ob wir das zusammen kochen?«

Jasper nickt. »Vielleicht traut er es mir allein nicht zu und dich wollte er nicht direkt fragen?«

Das klingt einleuchtend. Manchmal behandelt mich Theo noch immer, als sei er nur ein Gast, der es sich mit der Tochter des Hauses nicht verscherzen will. Dabei wohnt er schon über ein Jahr bei uns.

»Okay«, sage ich. »Hast du schon mal Chili gemacht?«

Jasper schüttelt den Kopf. »Nee, kann aber nicht schwer sein. Man haut alles in einen Topf und macht es warm.«

»So ungefähr.« Sicher glaubt er jetzt, ich wäre voll die erfahrene Köchin. Was nicht ganz stimmt. Aus Lous und meiner Kuchenbackphase vor etwa zwei, drei Jahren beherrsche ich noch einige Torten und Gebäckstücke. Aber mit Kochen habe ich es nie so gehabt. Ebenso wenig wie meine Mutter. Meistens kocht Theo. Weil ich sowieso in die Schulkantine gehe, gibt es abends normalerweise nur eine kalte Mahlzeit.

Jasper hat mittlerweile Dosen mit roten und weißen Bohnen, Mais und Erbsen gefunden. Er hält sie mir so freudig entgegen, als stammten sie von einer erfolgreichen Diebestour.

»Hier schon mal die Basis.«

»Ah, passierte Tomaten fehlen noch«, schlage ich vor.

»Und wo ist der Büchsenöffner?«

Ich dirigiere ihn zur richtigen Schublade und angle den größten Topf aus dem Unterschrank unter dem Herd.

»Vielleicht sollten wir den Tofu zuerst etwas anbraten?«, schlägt er vor. Gute Idee. Ich zerkrümle das Zeug und werfe es in den Topf.

»Hast du schon Öl reingetan?«

»Oh, Shit, nein.« Ich hole es schnell nach. »Und auch Zwiebeln?«

»Ach nee, von den Bohnen muss man schon genug …«

»Ja?«

»Furzen.«

»Verstehe.« Wir grinsen uns an.

In den nächsten Minuten wirken wir wie der Prototyp für den Begriff »Teamworker«. Jasper öffnet mit eleganten Bewegungen die Dosen, ich rühre anmutig mit der Schöpfkelle im Topf herum. Schnell riecht es richtig lecker.

»Probier doch mal«, fordere ich ihn auf.

»After you«, sagt er und drückt mir einen Teelöffel in die Hand. Ich beuge mich über den Topf, schnuppere und fülle dann meinen Löffel. Kurz pusten – und dann …

»Hm«, sage ich und spüre dem Geschmack auf meiner Zunge nach. »Irgendwie fad.«

»Hast du schon gewürzt?« Jasper öffnet die Tür über der Dunstabzugshaube, wo Mum die Gewürze verwahrt. Er greift nach Salz, Pfeffer, Paprikapulver und Chiliflocken und streut ein wenig von allem in den Eintopf. Ich rühre um und koste erneut. Er diesmal ebenso.

»Immer noch etwas ... geschmacksarm«, stelle ich fest. Ich nehme ihm die Chiliflocken ab und würze nach.

»Kann noch mehr«, stellt er fest.

»Du magst es scharf?«, frage ich.

Er nickt. »Und wie. In England gibt's ›so strong hot chicken wings crisps‹ – die sind echt mal wirklich scharf. Die deutschen Pepperoni-Chips sind dagegen lachhaft.«

Na gut, denke ich mir, dann schauen wir mal, wie scharf er es wirklich mag. Ich kippe eine weitere großzügige Portion Chiliflocken hinterher und rühre um.

Jasper probiert.

»Schon nicht schlecht. Oh ja ...« Er öffnet den Mund und fächelt sich mit der Hand Luft zu. Jetzt bin ich dran mit Kosten. Puh, ja, ganz schön hot.

»Angenehm«, sage ich und hoffe, er bemerkt nicht, dass die Schärfe mein Gesicht rot flasht.

»Habt ihr vielleicht noch was anderes – Tabascosoße? Oder Harissa?«

Ich nicke und greife nach einer Tube mit der nordafrikanischen Paste, die im Kühlschrank liegt, sowie nach einem etwas verstaubt aussehenden Fläschchen mit Tabasco. So alt, wie das Zeug aussieht, ist es bestimmt nicht mehr sehr scharf. Jasper drückt einen bestimmt vier Zentimeter langen Streifen Harissa aus der Tube. Ich schüttle diverse Spritzer Tabasco in die Bohnen. Andächtig beugen wir uns über den Topf, während ich rühre.

»Du zuerst«, sagt Jasper. »Wenn dein Kopf explodiert, wähle ich den Notruf.«

»Ich dachte, du bist ein Gentleman«, antworte ich. »Und opferst deinen Kopf.«

»Zusammen«, schlägt er vor.

Wir versenken unsere Teelöffel im Chili und dann zählen wir ein: »Eins, zwei, drei!«

Es ist, als ob die Schärfe meinen Unterkiefer zerfetzt, meine Nasenlöcher implodieren und meine Zunge explodieren lässt. Scheiße, ist das scharf!

Jasper steht mit offenem Mund da und hat die Augen aufgerissen.

»Äh«, ächzt er. »Äh … puh, na ja …«

»Geht schon«, behaupte ich und überlege, ob es irgendwo in meinem Mund eine Stelle gibt, die nicht brennt. Aber ich finde keine.

»Noch was?«, fragt Jasper und hebt die Harissa-Tube.

»Also, meinetwegen schon, aber ich glaube, dann mögen es Theo und meine Mum nicht mehr.«

»Stimmt.« Er lässt die Tube sinken und grinst mich sehr breit an. Nach einer Pause sagt er: »Komm schon, gib's zu, dir ist es zu scharf.«

»Nein, wirklich nicht. Aber dir, oder?«

Ich sehe mich nach einem Glas um und will schon den Wasserhahn aufdrehen. Ich glaube, ich muss jetzt mindestens zwei Liter eiskaltes Wasser trinken.

»Bloß nicht!« Jasper hält mich am Arm zurück. »Von Wasser wird's noch schlimmer. Wir brauchen Milch.« Er geht zum Kühlschrank, holt die Tüte heraus und füllt zwei Gläser voll. Wir prosten uns zu.

»Ahhhhh«, mache ich, nachdem ich das Glas wieder abgesetzt habe. Das tat wirklich gut.

»Du hast da ...« Jasper tritt dicht vor mich und wischt mit dem Zeigefinger ganz sanft über meine Oberlippe. »... Milch.«

Beinahe, aber wirklich nur beinahe, greife ich nach seinem Finger und will ihn ablecken. Doch stattdessen verfange ich mich in seinen hellbraunen Augen. Als ob jemand mein Genick zementiert hätte und ich nie wieder woanders hinschauen kann als in diese Augen. Auf diesen wunderschön geschwungenen Mund. Den ich gestern mit meinem berührt habe. Ob seine Lippen scharf schmecken?

»Was mochtest du an England noch außer den pikanten Chips?«, höre ich mich fragen. Er weicht zurück.

»Nicht allzu viel.«

»Echt nicht? Ich stelle mir London mega vor. Am liebsten würde ich da mal zum Studieren hin oder so.«

Er zuckt mit den Schultern. »Ist anstrengend da. Ständig so viele Menschen und alle auf so engem Raum. Mir war da, keine Ahnung, klingt blöd, aber irgendwie zu wenig Luft zum Atmen.«

»Okay. Ich hätte gedacht, die Leute sind dafür viel spannender als hier. München ist doch irgendwie ein Provinzkaff.«

»Ich weiß nicht. In der Schule herrscht ein ziemlicher Drill und Druck – und in ihrer Freizeit hauen dann alle mächtig auf die Pauke. Da geht's ständig drum, wer in die coolsten Clubs reinkommt. Wer die neueste modische Errungenschaft hat. Wer verfügt über das meiste Taschengeld? Wer verträgt wie viel Alkohol? Auf Dauer ist das echt anstrengend. Und auch langweilig letztlich.«

»Hast du dich in deiner Klasse nicht wohlgefühlt?«

»Hier fühle ich mich wohler.«

Wir schweigen für ein paar Sekunden und mein Blick wird wieder tunnelartig. Kann ich baden in diesen Augen?

»Hast du den Song in der Zeit dort geschrieben? Gab's da einen Anlass für? Ich meine nur, weil er so … melancholisch klingt.« Er senkt den Blick und ich muss auftauchen aus dem Bernsteinbraun. Gleich fröstel ich.

»Hm.« Mehr will er dazu offensichtlich nicht sagen. Ich will ihn fragen, was es denn so Schlimmes auf sich hat damit, dass er nicht darüber spricht, aber irgendwie weiche ich auf eine unverfänglichere Frage aus.

»Oder hat es was mit deiner Mutter zu tun? Über die sprichst du ja offensichtlich auch nicht gerne.«

Nun lächelt er immerhin ein wenig.

»Ich möchte nur nicht über ihren Job sprechen.«

»Ist sie Geheimagentin oder so was?«, frage ich und korrigiere mich dann selbst. »Ach Quatsch, sie war doch irgendwie im Musikbusiness, richtig?«

»So ähnlich. Ich habe einfach so oft erlebt, dass mich sogenannte Freunde …« Er tupft zwei Gänsefüßchen in die Luft. »… nur dazu benutzt haben, um von den Connections meiner Mum zu profitieren.«

»Das klingt aber mysteriös. Ist sie … also kann sie … Leute zu Stars machen?«

»Nein, so schlimm ist es auch nicht.« Sein Lächeln weicht einem ernsten Ausdruck. »Wie war es für dich, als dein Vater gestorben ist?«

»Hey, das ist mal ein Themenwechsel.« Ich grinse ihn an. Dann rühre ich noch ein wenig in unserem Feuertopf.

»Sorry, mich interessiert das schon länger. War nur nie … Zeit. Gelegenheit.« Ich nicke verstehend.

»Hat Theo irgendwas über ihn erzählt?«

»Nur dass er gestorben ist, als du fast sieben warst.«

»Genau.« Mein Blick fällt auf das Foto meines Vaters in einem Bilderrahmen, den ich in der ersten Klasse aus Bügelperlen für ihn gebastelt habe. Damals war ein Foto meiner Einschulung darin. Kurz nach seinem Tod haben Mum und ich unser Lieblingsbild von ihm ausgedruckt, in den Rahmen geklebt und an unserem kleinen Essplatz in der Küche aufgehängt. Damit er immer sieht, was wir Leckeres essen, hat Mum damals gesagt. Und seitdem hängt es da, etwas verspritzt von all den Küchendämpfen. Es zeigt ihn beim Segeln auf dem Ammersee, seiner Lieblingsbeschäftigung an Sommerwochenenden. Er sieht stolz und so kraftstrotzend aus, dass man denkt, diesen Mann kann gar nichts umbringen. Aber zwei Jahre später starb er bereits.

»Er hatte Knochenkrebs«, erkläre ich Jasper nun. »Es hat sich über zwei Jahre hingezogen. Zwischendurch ging es immer mal wieder aufwärts – bis zu seinem letzten Rückfall.« Ich setze mich auf den Hocker am schmalen Tisch und streiche mit dem Finger über das Foto. Mir wird klar, dass ich es in den letzten Wochen kaum beachtet habe. Und bin dankbar, dass Jasper mich erinnert.

»Am Anfang habe ich überhaupt nicht verstanden, dass er krank war. Klar, da war ich noch im Kindergarten. Und als er dann immer schwächer wurde, hat er mir erzählt, dass er jetzt König in einem großen Reich ist. Allerdings herrscht in dem Reich ein schlimmer Krieg und er müsse alles dafür tun, diesen Krieg zu gewinnen. Das sei sehr anstrengend und deshalb sei er so schwach.«

Jasper setzt sich mir gegenüber auf Mums Hocker, sagt aber nichts, sondern schaut mich nur an, den Kopf leicht schief gelegt.

»Ich weiß noch, dass ich viele Waffen gemalt habe damals. Die habe ich erfunden und sie sollten ihm helfen, den Krieg zu gewinnen. Hat leider nichts genutzt.«

»Wart ihr euch sehr nah?«

»Ja, wir alle drei. Ich glaube, meine Eltern dachten, sie seien die eine große Liebe füreinander. Ich meine, für mich war das alles so normal früher, dass es so harmonisch bei uns zuging. Bei Lous Eltern wurde öfter mal gestritten, auch sehr lautstark, und ich weiß noch, dass ich deswegen immer wieder total erstaunt war.«

»Oh, da hast du aber Glück gehabt.«

»Haben deine viel gestritten?«

»Kann man so sagen. Vielleicht war es anders, als sie mit Imelda allein waren, aber ich habe das Gefühl, ich war der Versuch, ihre Ehe zu retten. Na ja, und der ist ziemlich nach hinten losgegangen.«

»Immerhin haben sie es nach deiner Geburt noch fast vierzehn Jahre miteinander ausgehalten.«

»Stimmt. Manchmal glaube ich, es wäre besser gewesen, sie hätten sich früher getrennt. Meine Mum, weißt du, sie ist einfach so eine Macherin, sie hat viel zu viel Energie für einen Mann wie Theo. Ich geb keinem von beiden die Schuld, sie sind einfach zu verschieden.«

»Aber Theo und Mum passen ganz gut zueinander, findest du nicht?«

Jasper streckt sich und nickt. »Ja, ich habe meinen Vater selten so entspannt erlebt. Er kümmert sich gerne um Menschen und ich glaube, deine Mum kann das gut annehmen. Ihr gefällt das. Meine hat sich immer bevormundet gefühlt.«

»Eine Scheidung ist bestimmt ätzend«, überlege ich. »Vielleicht ja genauso schrecklich, wie wenn ein Elternteil stirbt?«

Er sieht mich nachdenklich an. »Ich weiß nicht. Auch wenn ich am Anfang total unglücklich und wütend war, weil sie sich getrennt haben und weil Balbina mich überredet hat, nach England mitzukommen, so sind sie doch noch für mich da. Ich kann sie beide noch in den Arm nehmen.«

Ich kann nur nicken. In meiner Kehle ist plötzlich so etwas wie ein faseriges Knäuel, an dem ich kaum vorbeiatmen kann. So sehr habe ich Papa schon lange nicht mehr vermisst.

»Oh, entschuldige, das war blöd von mir!« Jasper streckt die Hand aus und legt sie auf meine Wange. Sanft wie ein Schmetterling, weich wie Samt und warm wie Badewasser. Ich schmiege mich an seine Handinnenfläche und er sieht mich an, als sei er selbst total verblüfft über das, was er da tut. Und wen er vor sich sieht.

»Ich wollte mich noch bedanken«, sagt er leise.

»Wofür?« Die Liste der Dinge, die ich für ihn getan habe, beläuft sich gefühlt auf ein Prozent von denen, die er für mich getan hat.

»Weil du mich neulich vor der Polizei in Schutz genommen hast.«

»Ach so.« Eigentlich würde ich jetzt eine wegwerfende Handbewegung machen, aber ich will mich nicht bewegen, weil ich die Wärme seiner Finger auf meiner Haut nicht verlieren möchte. »Das war doch … keine Ahnung, selbstverständlich. Ich habe gar nicht darüber nachgedacht. Das kam einfach so aus mir raus.«

»Das war ziemlich beeindruckend«, sagt er. »Also, du warst beeindruckend.«

Seine Hand rutscht an mein Kinn und ich glaube, er möchte, dass ich näher komme. Seine Nase ist ganz dicht vor meiner, seine Augen so groß und …

»Shit, was riecht hier so verbrannt?« Er springt vom Hocker auf und spurtet zum Topf.

»Scheiße!«, rufe ich und renne ihm nach.

Das Chili schmatzt und brodelt vor sich hin. Wir haben völlig vergessen, die Temperatur der Herdplatte runterzudrehen. Jasper rührt wild im Topf.

»Warte«, sage ich und lege meine Hand auf seinen Unterarm. Eine Sekunde sehen wir uns an, dann nehme ich ihm den Kochlöffel aus der Hand.

»Besser, wir füllen alles in einen anderen Topf um und rühren nicht das angebrannte Zeug mit dem Rest zusammen.«

Ich öffne die Schublade mit den Töpfen und hole einen passenden hervor. Dann kippe ich vorsichtig das Chili hinein. Tatsächlich ist der Boden des ersten Topfes völlig schwarz, aber immerhin ist es nur eine dünne Schicht. Ich drehe die Temperatur auf eins, sodass der Inhalt nur noch warm gehalten wird, und lege einen Deckel auf.

»Puh, gerade noch mal Glück gehabt!« Ich strahle ihn an. Er grinst zurück. Und legt seinen Arm um meine Schulter. Ich getraue mich nicht, auch nur die winzigste Bewegung zu machen. Dabei würde ich ihn am liebsten packen und küssen. Verdammt, Charlotte Schroth, du hast gerade eine gescheiterte Beziehung hinter dir. Du bist noch in der Trauerphase. In der du dich auf dich besinnen solltest und nicht schon wieder … Seine Nase ist fast wieder so nah wie vorhin. Und sein Blick lässt mich nicht los. Er sieht ganz ernst aus, als betrachte er etwas Heiliges oder so. Ich schließe die Augen, ich halte das nicht aus …

»Kinder, wir sind wieder da!«

»Oh, was riecht hier so verbrannt?«

19

»Mann, Charlie, jetzt konzentrier dich doch mal!« Lou nimmt mir das Handy weg und tippt darauf herum. »Spaß schreibt man immer noch mit scharfem S und nicht mit zwei S. Und wir wollten für die Schriftfarbe doch Türkis nehmen und nicht Lila. Das Lila sieht man vor dem Hintergrund doch gar nicht.«

»Sorry«, antworte ich und sehe ihr zu, wie sie unsere neueste Instastory fertig bearbeitet. Wenn sie drei Stunden dafür brauchen würde, würde ich ihr hier in der Kantine drei Stunden schweigend dabei zusehen. Hauptsache, ich kann meinen verworrenen Gedanken nachhängen und sie irgendwie auseinanderheddern. Leider ist sie nach fünf Minuten schon fertig.

»Und … *send!*« Sie drückt auf den entsprechenden Button und unsere Story wird durch irgendwelche geheimnisvollen Kanäle, die ich mir so verknäult und verworren wie die Wasserleitung einer Steampunk-Stadt vorstelle, in die digitale Welt hinausgepustet. Ich habe mir noch nie Gedanken darüber gemacht, wie das eigentlich funktioniert, dass genau das, was ich erstelle, auf den Bildschirmen der User ankommt. Und noch dazu …

»Jemand zu Hause?« Lou tippt gegen meine Stirn. »Wenn ich es nicht besser wüsste, würde ich denken, du trauerst Finn nach.«

»Näääää«, fahre ich hoch, räuspere mich, verschränke

meine Finger und biege sie durch, bis sie knacken. »Tut mir leid. Bin wahrscheinlich zu spät ins Bett gestern.«

»Komm, die Probe fängt gleich an.« Sie zieht mich von meinem Essplatz hoch, schnappt unsere übereinandergestapelten Tabletts und bringt sie zum Geschirrwagen. Ich starre hinter ihr her.

Ich weiß nicht, warum es so ist, und die Beantwortung dieser Frage rangiert auf der abzuarbeitenden Liste unbeantworteter Problematiken gerade ziemlich weit hinten, aber ich verspüre nicht die leiseste Lust, Lou in den Themenkomplex »Jasper« einzuweihen.

Es ist genau so wie vor über einem Jahr bei Finn: Als ich damals gemerkt habe, dass da merkwürdige Gefühle aufkommen – dieses ständige An-ihn-Denken, Nach-ihm-Sehnen und Ihm-nahe-sein-Wollen ... auch da wollte ich mit niemandem darüber sprechen. Nicht mal mit Lou. Ich hatte Angst, dann zerbricht alles, dann werden aus meinen Hirngespinsten blutleere Gespenster, die es mit der echten Welt nicht aufnehmen können und die sich in die hintersten Winkel meiner Vorstellungskraft unauffindbar verdünnisieren. Finn und ich? Das kam mir damals absurd vor. Und doch war da dieses warme Glimmen in meinem Bauch, dieses Ziehen rund ums Herz, das umso schneller pochte, je mehr er sich mir näherte. Und irgendwie fühlt sich gerade alles ziemlich ähnlich an.

Wobei die Situation viel absurder ist: Gestern Abend liege ich da und denke an Jasper. Ich sehe seine Augen vor mir, seine niedliche Nase und diesen unglaublichen Mund, und ich stelle mir vor, dies alles zu berühren. Mit meinen Fingern, meinen Lippen. Und ich weiß, während ich dies denke und imaginiere, liegt er nur durch eine schmale Trockenbauwand von mir getrennt im Nebenzimmer.

Aber alles fühlt sich so unwirklich an, als befände er sich irgendwo in Neuseeland. Ich meine, hey, ich habe gerade eine wilde, große Schlacht hinter mir. Mein Freund hat mich betrogen, meine beste Freundin hat mich hintergangen, zwar haben die Wunden erste, zarte Krüstchen bekommen, aber ich bin noch längst nicht wieder so weit, mich irgendwem auszuliefern, jemandem bedingungslos zu vertrauen, und dieses Gefühl brauche ich, um mich verlieben zu können. Glaube ich. Und gleichzeitig klopft mein Herz, wenn ich die Zimmertür öffne, und meine Finger zittern, wenn er an mir vorbeigeht.

Was er seit Sonntagabend kaum getan hat. Irgendwie hat er sich unsichtbar gemacht – etwa weil er gemerkt hat, dass es keine gute Idee war, mir näherzukommen? Was, wenn er mir bewusst aus dem Weg geht? Was tue ich dann? Dabei war der Sonntagabend noch so lustig.

Mum und Theo haben sich erst geweigert, das Chili so zu essen, wie es ist, weil sie meinten, es verbrenne ihnen erst die Mundhöhle und dann das Gegenteil davon. Dann hat Theo unseren Hotpot mit weiteren Tomaten, Bohnen und Mais gestreckt und mindestens einen Becher saure Sahne unter alles gerührt. So war das Abendessen zwar gerettet, aber dadurch war es dermaßen viel, dass heute immer noch etwas übrig ist. Außerdem hat uns Mum dazu verdonnert, den verbrannten Topf zu säubern, und zwar unter ihrer Aufsicht. Jasper und ich haben die ganze Zeit herumgealbert – von wegen wer hier irgendwas anbrennen ließe –, und Mum war total genervt und überhaupt nicht mehr so gechillt wie am Morgen. Aber obwohl das sauschön und lustig war, ist seitdem nicht mehr die Stimmung aufgekommen wie beim Kochen.

Vielleicht ist er ja auch nur verunsichert? Vielleicht geht er mir aus dem Weg, weil er nicht weiß, was er sagen soll?

»Hi, Jasper«, sagt Lou und ich merke, dass ich den Weg von der Kantine zum Probenraum völlig gedankenverloren neben ihr hergetrottet bin.

»Myladys«, antwortet Jasper und zieht einen imaginären Hut. Lou kichert und ich starre ihn verdattert an. Wo kommt er auf einmal so plötzlich her? Lou wendet sich Sebi zu, der nun hinter Jasper auftaucht, und für einen Moment lenkt mich ihr Anblick komplett ab. Lou ist bestimmt eineinhalb Köpfe kleiner als Sebi und sie himmelt zu ihm hinauf, dass es mit Händen greifbar ist. Sebi läuft ein wenig rot an und wuschelt ihr zur Begrüßung durch ihre roten Locken.

Jasper und ich stehen stumm daneben und betrachten die beiden, als seien sie Helden einer RomCom. Und wir nur Statisten.

»Denkst du, dass Finn heute kommt?«, fragt Jasper schließlich. »Du hast ihn neulich ja geradezu aus der Band rauskomplementiert.« Er grinst mich an. Ich zucke mit den Schultern.

»Was sagen wir denn der Bergmeier?«, fragt Lou. »Stellen wir die vor vollendete Tatsachen?«

»Lasst uns erst mal abwarten, ob er kommt«, empfiehlt Sebi. »Ich habe ihn gestern Nachmittag kurz gesehen, da hat er zumindest mir gegenüber so getan, als sei alles ganz normal.«

»Hallo, zusammen.« Mit schnellen Trippelschritten

huscht die Bergmeier an uns vorbei in den Probenraum. Wir folgen ihr hinein.

»Ja, schön, ich bin froh, dass das mit dem Wettbewerb jetzt durch ist. Wurde ja auch höchste Zeit«, erklärt sie zufrieden lächelnd.

»Sollen wir unseren Song mal spielen?«, fragt Jasper und öffnet den Deckel des Keyboards. Sebi rutscht seinen Hocker zurecht und nimmt die Drumsticks aus dem Rucksack, Lou stöpselt ihre Gitarre an.

»Och ja, den mal live zu hören, ist sicher eine gute Idee«, meint die Bergmeier. »Ist Finn heute nicht dabei? Er hat gestern gar nichts gesagt …«

»Vielleicht kommt er noch«, antwortet Sebi. »Wir können ja schon mal anfangen.«

Ich sehe verwundert von Jasper zu Lou und Sebi, aber keiner erwidert meinen Blick. Wovon spricht die Bergmeier die ganze Zeit? Was hat Finn gestern mit ihr zu tun gehabt? Und was meint sie damit, dass der Wettbewerb »jetzt durch« sei?

Jasper öffnet kurz den Mund – ob er der Lehrerin gestehen will, dass wir Finn aus der Band werfen wollen? Doch er schließt ihn wieder und schlägt die ersten Töne an. Lous Bass gesellt sich dazu, dann Sebi und schließlich singe ich:

»Hab verschlafen,
den Kaffee verträumt,
die Bahn versäumt.
Und draußen ist's mal wieder viel zu kalt.
Wie ich diese Tage manchmal hasse,
einfach alles geht schief …«

»Moment«, unterbricht mich die Bergmeier. »Das ist doch nicht der Song, oder?«

Wir sehen sie verblüfft an.

»Wie meinen Sie das?«, frage ich nach.

»Na, der für den Wettbewerb.«

»Äh, doch«, sagt Jasper. »Wieso?«

»Jetzt bin ich verwirrt«, gesteht die Bergmeier. Mir schwant Böses. »Also, Finn kam doch gestern zu mir und hat mir den fertig abgemischten Titel gebracht. Den, den wir zum Wettbewerb geschickt haben.«

»Bitte?« Wir rufen dieses eine Wort alle gleichzeitig aus.

»Was hat er gemacht?«, will Lou genauer wissen.

»Er hat gesagt, ihr hättet das ganze Wochenende daran gearbeitet, ihr wisst schon, das Lied, das mir neulich eigentlich gar nicht so gefallen hat. Aber so, wie es jetzt gemischt und zusammengeschnitten war, klang es … gut. Also toll, muss ich schon sagen.«

»Ich habe nicht die leiseste Ahnung, wovon Sie reden«, gestehe ich.

Die Bergmeier sieht mich verständnislos an. »Hm, ich weiß auch nicht. Ich dachte, ihr hättet das miteinander abgesprochen.«

»Ganz im Ernst«, sagt Sebi. »Wir wollten ihn gerade aus der Band werfen. Weil er sich … ein paar von uns gegenüber sau… schrecklich verhalten hat. Und seinen Titel fanden wir unterirdisch.«

»Hm, das tut mir jetzt leid.« Die Bergmeier zupft etwas unsicher am Kragen ihrer Bluse herum. »Er hat die Daten zur Teilnahme alle dabeigehabt und dann haben wir das gemeinsam ausgefüllt und abgeschickt. Hier habe ich die Bestätigung.«

Sie zieht aus einer gelben Pappmappe einen Bogen Papier hervor und gibt ihn mir. Tatsächlich – da steht es: *Teilnahmebestätigung für* Who am I *mit dem Song »Heiße Tage«.*

Ich gebe das Blatt an Jasper weiter.

»So ein mother…«, rutscht es ihm raus und die Bergmeier wirft ihm einen konsternierten Blick zu. »Sorry, aber … ich meine, hallo … das gibt's doch nicht!«

»Ich kann euch den Song ja mal weiterleiten«, schlägt die Bergmeier vor und tippt auf ihrem Handy herum. »Hab dir die Datei per Mail geschickt, Charlotte.« Ich nicke bestätigend und denke kurz nach.

»Können wir nicht einfach unseren eigenen Song anmelden?«, schlage ich vor. »Wir geben uns einen neuen Bandnamen und dann …«

»Tut mir leid«, unterbricht mich die Bergmeier. »Pro Schule darf nur eine Band mitmachen.«

»Kann man dann die Bewerbung vielleicht zurückziehen?«, fragt Sebi hoffnungsfroh. Doch unsere Musiklehrerin schüttelt den Kopf.

»Tja, das tut mir leid, das ist wirklich blöd gelaufen. Aber vielleicht habt ihr mit Finns Song ja auch Glück. Der war wirklich nicht schlecht. Sehr … schmissig.«

»Fast so wie ›Zehn Liter Bier‹ von Mickie Krause«, zischt Jasper.

»Ach, nein, das kann man nicht sagen«, insistiert sie. »Also, wenn ihr mögt, könnt ihr mir euer Lied ja auch noch vorspielen. Dann hört es wenigstens mal ein Fan eurer Band. Der Anfang klang sehr vielversprechend.« Sie schmunzelt.

Ich weiß, sie meint es nett, aber am liebsten würde ich sie

packen und schütteln und sie anschreien: *Wie konnten Sie uns das antun?*

»Ach, ich hab nicht so richtig Bock«, sagt Sebi. »Echt nicht.«

»Me, too«, steuert Lou bei.

»Wir müssen jetzt los und Finn verprügeln«, sage ich – natürlich nicht. Aber es ist genau das, was ich gerne tun möchte.

»Ich ruf den sofort an und mach ihn fertig«, sagt Sebi und zieht sein Handy aus der Hosentasche.

»Nicht im Schulgebäude, bitte«, sagt die Bergmeier entschieden.

»Also, sorry, Frau Bergmeier«, erwidere ich. »Ich glaube, wir müssen das jetzt erst mal alles klären, unter diesen Umständen hat eine Probe keinen Sinn.«

Sie nickt und tätschelt meinen Unterarm. »Verstehe schon. Ich hoffe, ihr kriegt das hin. Wäre wirklich schade um die Band!«

Kopfschüttelnd stopft sie die Anmeldebestätigung in ihre Mappe zurück und verabschiedet sich. Wir verstauen schnell unsere Gerätschaften und verlassen ebenfalls die Schule.

»Wahrscheinlich hat der Mistkerl das Material mit den Takes von der Probe von meinem Stick auf seinen Computer gezogen und daraus einen neuen Mixdown gemacht. Und das dann der Bergmeier vorgespielt«, versucht Jasper auf dem Weg nach draußen Finns Vorgehen zu erklären. Im Hof angekommen checke ich meine E-Mails auf dem Handy, klicke die von der Bergmeier an und rufe die Datei auf. Gebannt lauschen wir Finns Song.

»Nicht meins«, urteilt Lou, nachdem die letzten Töne verklungen sind. »Hört sich an wie jede andere Bierzeltpartynummer. Total langweilig.«

»Aber man muss zugeben, er hat das Material echt noch mal aufgepeppt. Die ganzen Halls und Dopplungen finde ich zwar überflüssig, aber es klingt nach riesiger Band«, sagt Jasper.

»Es ist ein Angebersong – viel Bohei um wenig Inhalt«, fällt mir dazu ein. »Ein Dreck gegen unseren Song!«

Sebi sagt gar nichts, stattdessen tippt er auf dem Handy rum und hält es sich ans Ohr. Wir hören es tuten, dann springt wohl die Mailbox an.

»Hey, du Arsch!«, schreit Sebi aufs Band. »Was soll der Mist? Willst du uns verscheißern? Ich glaub, ich fass es nicht! Wie kannst du uns das antun, du eingebildeter Affenarsch? Erst hast du Charlie verarscht, dann Lou und jetzt auch noch die Band. Für mich bist du echt gestorben.«

»Für mich auch!«, schreien Lou und ich über Sebis Schulter in sein Handy. Dann legt er auf und ein zufriedenes Grinsen breitet sich über seinem Gesicht aus.

»Okay, Leute, so weit, so gut, aber war's das jetzt?«, fragt Jasper. »Ich meine – ist euch klar, dass wir damit aus dem Bandwettbewerb raus sind?« Wir alle nicken.

»Vielleicht gibt's ja noch einen anderen?«, fragt Lou. Sebi schüttelt den Kopf.

»Nichts, wobei man sich rühmen könnte, mitgemacht zu haben«, erklärt er. »Oder bei dem es vergleichbar tolle Preise gäbe. Es gibt sogar welche, da musst du Startgeld zahlen.«

»Verstehe.« Sie blickt nachdenklich in die Runde. »Und können wir uns irgendwie rächen?«

Ich tippe gegen meine Unterlippe. Und … *pling!* Ich liebe es, wenn ich spontane Ideen habe. »Jasper, auf deinem Stick sind doch bestimmt noch die Takes von der Probe neulich drauf, die Finn für seinenUeckssong jetzt verwendet hat …«

»Klar.«

»Was wäre, wenn wir auf Insta unseren und Finns Song veröffentlichen, gegeneinanderstellen und abstimmen lassen, welches Lied besser ist?«

»Aber wenn der dann seine Fans aktiviert?« Lou sieht skeptisch aus.

»Wir könnten ja unsere eigene Fassung von seinem Lied erstellen …« Ich grinse in die Runde.

»Du hinterhältiges Luder«, entfährt es Jasper und er pfeift anerkennend.

»I'm in!« Sebi streckt einen Daumen hoch.

»Ich auch, aber so was von«, schließt sich Lou an.

»Die Sache hat nur einen Haken«, erinnert uns Jasper. »Wir haben unser Lied noch gar nicht aufgenommen.«

Ich schaue auf die Uhrzeit und zucke mit den Schultern. »Der Probenraum steht leer – dann sollten wir uns mal an die Arbeit machen.«

5. Oktober, 23.40 Uhr

Oh my god, oh my god, oh my god, oh my god, oh my god … oh …okay, stopp, hör auf, Louisa Jablonski! Beruhige dich. Mein Puls rast immer noch, und wenn ich in den Spiegel schaue, werde ich ein Gesicht sehen, das mindestens so rot wie meine Haare ist. Wobei ich eigentlich nur meine Lippen anschauen möchte, weil ich vielleicht Spuren entdecke.

Okay, jetzt mal langsam – wenn ich für die Nachwelt und meine Urgroßenkel irgendwas Verständliches zurücklassen möchte, dann sollte ich wohl mit dem Anfang anfangen. Aaaaalso.

Wir haben es uns heute Nachmittag im Probenraum echt voll gegeben! Nachdem Finn meinte, er kann uns verarschen, haben wir beschlossen, ihm zu zeigen, dass wir seine Spielchen nicht mitmachen. Wir haben »Zum Glück« (so heißt unser Song und der Titel ist echt wegweisend!) so oft gespielt und angepasst und ausprobiert wie noch keinen davor. Irgendwie, ich weiß nicht, das Lied hat sich einfach so angehört, als gehört es wirklich uns vier. Die hinreißende Melodie von Jasper, der Text von Charlie und mir und auch ein bisschen von Sebi und dann … ich weiß nicht, er hat sich so richtig angefühlt, also der Song.

Charlie und ich haben toll zusammen gesungen, das war echt magisch. Keine Ahnung, manchmal hat man Momente, wo man merkt, dass alles, wie es gerade ist, perfekt ist. Und so war es heute Nachmittag. Finn haben wir alle vergessen. Wir haben das für uns gemacht und nicht, um uns zu rächen oder so. Das wäre viel zu billig. Ich glaube, er ärgert sich viel mehr, wenn er merkt, dass er uns nicht auseinanderbringen kann.

Jedenfalls hatten wir nach zweieinhalb Stunden den Song als File vorliegen. Charlie und ich haben dann eine Insta-Umfrage gebaut, während Sebi und Jasper Finns Song aus den Takes von Jaspers Stick neu und auf ihre ganz eigene Weise zusammengebastelt haben. Und ehrlich: Er klang unterirdisch. Wie eine schlechte Ballermannhymne – und da alle Ballermannhymnen per se schon schlecht sind, ist es echt eine Leistung, das noch zu toppen.

Sie haben es irgendwie hinbekommen, dass Finn immer so ein bisschen neben dem Rhythmus singt und sein Einsatz zu spät kommt. Und dann haben sie aus den Worten »Heiße Tage, geile Nächte« im Refrain auch noch »Eisestage, Eiernächte« geschnitten, was noch bekloppter klingt. Der Text ist jetzt vollkommen gaga.

Wir haben alle Tränen gelacht.

Charlie ist von ihrem Hocker gerutscht, weil sie sich nicht halten konnte. Jasper musste sie wieder hochziehen. Irgendwie war da eine ungewohnte Vertrautheit zwischen den beiden.

Ich weiß ja auch nicht … na ja …

Als wir uns dann einigermaßen erholt haben und die Insta-Umfrage bereit zum Veröffentlichen war, hat plötzlich Jaspers Magen total laut geknurrt und Sebis hat eingestimmt. Da mussten wir gleich wieder losgrölen.

Wir haben dann beschlossen, dass wir Pizza bestellen,

und die haben wir uns in die Schule liefern lassen. Glücklicherweise hat uns der Franzl nicht erwischt, offensichtlich machen auch Hausmeister mal Feierabend.

Der ganze Probenraum hat natürlich nach Pizza gerochen, aber das war uns egal. Wir haben uns während des Essens angeschaut, wie die Leute so auf unsere Umfrage reagiert haben.

Da ging's echt ab!

Nach gerade mal 90 Minuten stand es 82 zu 18 Prozent für unseren Song, und das bei über 400 Bewertungen. Und in den Kommentaren haben sich unsere Freunde echt überschlagen.

»Zum Glück« kam wirklich megagut an, während Finn unglaublich viel Spott und Häme einstecken musste.

Das tat mir fast schon ein bisschen leid. Ich weiß nicht, ob er das schon gesehen hat.

Es war dann schon dunkel, als wir aus dem Probenraum rauskamen, und Jasper musste schnell zu seiner Abendschicht im *Holly Golightly.* Charlie, Sebi und ich standen so ein bisschen unschlüssig rum, irgendwie hatte keiner Bock zu gehen. Aber es war auch ungewohnt – bisher haben wir Sebi immer nur in Begleitung von Finn erlebt.

Also haben wir noch ein bisschen drüber geredet, wie weit wir mit unseren Referaten für Ethik und Musik sind. Sebi macht ja eins über Horrorfilmmusik und er meinte, er fände es cool, da mal selbst einen richtig schrägen Score für einen Horrorfilm zu schreiben. Fand ich eine geile Idee.

Na ja, und dann kamen wir irgendwie auf Ängste an sich zu sprechen, und Charlie sagte, ihre größte Angst wäre es, gleich hier auf der Stelle zu erfrieren, und sie ginge jetzt mal heim.

Eigentlich wäre ich natürlich sofort mitgegangen, aber Sebis Blick hat mich davon abgehalten. Er hat nichts gesagt, aber ich habe ihm angesehen, dass er gerne noch unsere Gesellschaft wollte. Oder meine?

Jedenfalls habe ich dann, echt megaspontan, ich weiß nicht, wo das herkam, vorgeschlagen, dass wir uns am Kiosk an der Reichenbachbrücke ein Bier holen gehen, weil die Pizza so salzig war, und da hat er sofort zugestimmt. Und Charlie hat uns allein losgeschickt. Ich glaube, sie hat gemerkt, dass uns das gerade recht war.

Na ja, wir sind dann losgezogen, Sebi hat sein Radl geschoben und wir haben die ganze Zeit geredet. Ich weiß auch nicht, fast so, wie ich sonst mit Charlie rede.

So … selbstverständlich.

Er hat mich zum Bier eingeladen, und dann mussten wir gar nicht überlegen, was wir machen, und sind einfach weiter an der Isar Richtung Zoo weitergelaufen. Als hätten sich unsere Wünsche telepathisch miteinander abgeglichen.

Es war soooo schön!

Er ist wirklich so ein süßer Typ. Und ich glaub, er mag mich. Er hat noch zwei jüngere Schwestern, eine zwölfjährige und eine achtjährige, und er nennt sie nur »die Rotzgören«, aber ich glaube, er hängt total an ihnen. Anscheinend dürfen sie mit ihm machen, was sie wollen.

Sie flechten ihm manchmal total viele Zöpfe in seine langen Haare und einmal haben sie ihm sonntagmorgens Nagellack auf die Fingernägel gekleistert, und er hat's gar nicht gemerkt und ist dann so zum Floorballtraining – das hat er damals noch gemacht.

Wir sind tatsächlich bis zur Flaucherbrücke und dann auf meiner Isarseite wieder zurückgegangen. Da war ja klar, dass er mich bis nach Hause begleitet. Wir haben auch über Finn geredet und ich fand interessant, dass wir beide ein ähnliches Bild von ihm hatten und bis vor Kurzem noch unsere Großmütter für ihn verkauft hätten. Und wie enttäuscht wir beide sind, weil er sich als eitler, selbstbezogener Fatzke entpuppt hat. Ich habe Sebi sogar gestanden, dass ich mich richtig schäme, weil ich so viele Gedanken und Gefühle an Finn verschwendet habe. Aber ich glaube, Sebi hat das verstanden. Er meinte, Finn sei früher auch anders gewesen, und er überlege immer, wann er so komisch geworden sei. Wir haben gemutmaßt, ob das mit Charlie zusammenhing, aber Sebi meinte, er war davor schon komisch.

Na ja, irgendwann standen wir vor meiner Haustür. Und obwohl wir bestimmt eineinhalb Stunden ohne Pause gequatscht haben, waren wir plötzlich stumm wie die Fische.

»Okay …«, hat er schließlich mit irgendwie rauer Stimme gesagt, »… bis morgen dann.«

»Ja, bis morgen.« Ich habe genickt und dann war Leere in meinem Hirn. Total dämlich. Aber da mir partout nichts mehr einfiel, habe ich mich umgedreht und bin zu unserer Haustür gestiefelt.

»Lou!«, hat er da leise gerufen. Ich hab mich zu ihm gedreht, und da stand er schon fast vor mir.

»Sorry, aber wenn ich jetzt nicht …« Statt den Satz zu beenden, hat er sich zu mir runtergebeugt und mich geküsst.

Uuuuuuuiiiiiiii! Nicht sehr lange, aber sehr ... ich weiß nicht ... wonniglich.

Dann hat er sich ganz schnell umgedreht und ist mit seinem Fahrrad in der Nacht verschwunden. Und ich habe noch ewig hinter ihm hergeschaut, obwohl er schon längst verschwunden war. Gefroren habe ich die ganze Zeit überhaupt nicht.

20

Soll ich zu ihm rübergehen? Ich meine, ist doch okay, wenn man Zeit mit seinem Stiefbruder verbringen will. Dient doch der familiären Integration. Aber was soll ich sagen? Brauch ich einen Vorwand? Wir haben schon beim Abendessen ausführlich darüber gesprochen, was es bedeutet, dass Finn heute nicht in der Schule war. Dass wir nicht glauben, dass er wirklich krank ist. Sondern dass er vielleicht gemerkt hat, dass er mit diesem Bewerbungsquatsch ziemlich übers Ziel hinausgeschossen ist und sich jetzt schämt. Wobei – Finn und sich schämen? Das ist fast genauso wahrscheinlich, wie dass ich mal einen Grammy gewinne.

Und wir haben uns die immer länger werdende Liste der Likes und Kommentare zu unserer Song-Abstimmung angeschaut. Die 82 Prozent vom Anfang haben wir auf satte 89 Prozent steigern können. Ich glaube, die, die für Finns Song gestimmt haben, haben das nur getan, weil sie's so lustig fanden. Es sind quasi ironisch gemeinte elf Prozent. Sagen wir zehn Prozent. Schließlich hat Finn ein paar Freunde, die jetzt vermutlich hinter ihm stehen. Er selbst hat sich natürlich nicht geäußert, aber ich bin mir sicher, dass er die Abstimmung entdeckt hat.

Ich checke gleich noch mal auf Instagram nach – und erblicke eine neue Nachricht von … Ed! Aufgeregt klicke ich sie an.

Hey, what an amazing song!, schreibt er. Und weiter: … *der von eurem Freund, meine ich.*

Für einen kleinen Moment bin ich geschockt.

Aber schon lese ich: *Just kidding!*

Er hat nur Spaß gemacht. Uff! Er lobt uns in den höchsten Tönen und meint, auch wenn er den Text nicht versteht, überträgt sich die Stimmung total gut und er würde wetten, es geht um Hochs und Tiefs in Freundschaften. Ich schreibe ihm zurück, dass er recht hat und dass ich sehr stolz bin, weil ihm unser kleines Lied gefällt. Postwendend kommt eine Antwort. Er fragt, wer denn den Song geschrieben hat. Ich berichte ihm, dass die Melodie von Jasper stammt, und Lou und ich den Text geschrieben haben.

Tolles Teamwork, lobt er. Und dann will er wissen, ob ich denn jetzt über Finn hinweg sei.

Wow, der ist aber direkt.

Ja, schreibe ich, *absolut!* Und erkläre ihm, dass sich Finn in den letzten Wochen so unmöglich benommen hat, dass er meine Freundschaft einfach nicht mehr verdient. *Wir haben ihn sogar aus der Band geworfen,* erzähle ich.

Wir schreiben noch ein wenig hin und her und er meint, Jasper sei ein toller Keyboarder, der aus voller Seele spielt.

Ich bestätige das. Ed will wissen, ob ich ihn mag.

Klar, schreibe ich.

How much?

Na, der will's ja echt wissen. Was soll ich denn dazu sagen? Ich mag ihn halt. Okay, das ist ein bisschen schlicht. Ich mag ihn ziemlich. *Pretty much,* kann man dazu wohl sagen.

Ah, you have a crush on him …, kommt es umgehend zurück.

Nein, ich bin nicht verknallt, schreibe ich zurück. *No, I have no …*

Antwort: 😉

Also, irgendwie … ich weiß nicht, manchmal habe ich das Gefühl, Ed ist ein guter Kumpel, den ich seit dem Kindergarten kenne. So familiär fast. Das kann doch unmöglich er selbst sein, oder? Klar, er ist schon bodenständig. Und dann der Auftritt bei Ariane Alter neulich. Da hat er doch garantiert von mir gesprochen …? Okay – ich muss jetzt einfach wissen, was Sache ist. Schnell google ich seine Tourdaten.

Und starre mit aufgerissenen Augen auf das Ergebnis: Heute Abend steht er in Dublin auf einer Bühne. Und zwar genau jetzt, um diese Uhrzeit.

Wer also schreibt mir da? Soll ich einfach mal nachfragen?

Who are you?, tippe ich, zögere kurz und dann klicke ich auf »senden«.

Who am I?, kommt es zurück. *Cooler Bandname!*

Das nenne ich mal »vom Thema ablenken«. Ich schicke ein paar 😉😉😉

Sorry, have to go, kommt es nun zurück.

Hope, you enjoy your concert in Dublin right now. Ich kann es mir nicht verkneifen, das noch hinterherzuschicken, und kassiere dafür noch einen erhobenen Daumen. Der Typ – oder wer auch immer das ist – ist ganz schön dreist. Lässt sich nicht mal aus der Ruhe bringen, wenn ich ihn mit offensichtlichen Widersprüchen konfrontiere.

Pause ist rum, schreibt er zum Abschluss noch.

Ein wenig zucke ich zusammen, als es an meiner Tür klopft, und für einen verblödeten Moment überlege ich, ob vielleicht Ed Sheeran davorsteht, nun hereinkommt und in meinem Zimmer sein Konzert weiterspielt. Ich stehe vom Bett auf und öffne die Tür.

Jasper.

»Hi!« Ich grinse ihn an. Als ob er irgendein Nachbar wäre.

»Ich habe gerade eine tolle Nachricht bekommen«, sagt er.

»Ich auch«, rutscht es mir raus.

»Oh, von wem?«

»Egal, was ist deine?«

Er sieht mich etwas verunsichert an, drückt dann aber die Handflächen kurz aneinander und erklärt: »Emma hat unseren Song auf Insta entdeckt und gefragt, ob wir im Café auftreten möchten.«

»Ey, wow!« Ein echter Gig! Das wäre ja mal richtig großartig. Und dann noch außerhalb der Schule!

»Ja, sie meinte, sie wollte immer schon mal ausprobieren, wie Livemusik bei den Gästen ankommt, und wenn wir Lust hätten, würde sie uns als Versuchskaninchen nehmen.«

»Total gerne! Und wann?«

»Am Donnerstag!«

»Uff, das ist aber bald.«

»Morgen, um genau zu sein. Aber das kriegen wir doch hin, meinst du nicht?«

»Hast du schon die anderen gefragt?«

»Nein, du bist die Erste. Natürlich.« Er wuschelt sich durchs Haar. »Also, ich meine, du bist ja so schnell greifbar … jedenfalls …«

Ich öffne meine Zimmertür ganz. »Willst du vielleicht reinkommen? Dann können wir Lou und Sebi zusammen fragen.«

»Okay, ja.«

Ich schließe die Tür hinter ihm. Ich glaube, wir sind zum

ersten Mal allein in meinem Zimmer. Es fühlt sich irgendwie merkwürdig an. Als sei er zu Besuch.

Jetzt nur nichts Dummes tun!, ermahne ich mich im Stillen. Falls ich ihn rauswerfen wollte, würde er nur ins Nebenzimmer gehen. Und das wäre ein etwas mickriger Effekt.

»Ich rufe Sebi an, du Lou?«, schlägt er vor. Ich nicke.

Er setzt sich in den Hängesessel, ich mich auf mein Bett. Wir wählen beide gleichzeitig. Bei Lou klingelt es ziemlich lange, und als sie drangeht, klingt sie etwas außer Atem.

»Ähm, hi«, sage ich. »Stör ich gerade beim Pilates oder so? Du klingst so … angestrengt.«

»Ja, genau«, antwortet sie und kichert ein wenig. »Was gibt's?«

Mit einem Ohr bekomme ich mit, dass Jasper mit Sebi redet, er hat ihn wohl auch erwischt.

»Pass auf«, sage ich und erkläre Lou, dass wir ein Angebot für einen Auftritt haben.

»Ey, geil, total gerne!«, sie jubelt geradezu. Ihre Stimme klingt plötzlich merkwürdig tief … Moment, das ist nicht ihre Stimme. Oder doch, schon, aber da ist noch eine zweite Stimme. Wo kommt die jetzt her?

»Ist jemand bei dir?«, frage ich und höre Jasper im gleichen Moment: »Wo bist du?«

Wir sehen uns an, ziehen die Augenbrauen hoch.

»Nur, ähm … Lukas ist grad reingekommen«, behauptet Lou. Never ever!

»Oh, gib ihn mir doch mal, ich wollte mich nach seinem Turnier erkundigen.«

»Ist schon wieder weg.« Ich höre unterdrücktes Ächzen im Hintergrund.

»Bei Lou?«, höre ich da Jasper sagen. »Dann wünsche ich euch noch einen schönen Abend! Ihr könnt ja schon mal eure Einsätze proben. Für den Gig!«

»Okay, Lou«, sage ich und platze beinahe vor Lachen. »Dann grüß ihn. Ach, und Sebi auch!« Und dann klicke ich sie weg, obwohl ich noch so etwas wie »warte, warte« gehört habe.

Jasper und ich sehen uns verblüfft an.

»Sieh an, sieh an«, sagt er großväterlich. »Ich hab schon die ganze Zeit gedacht, da ist was im Busch.«

»Ja, so wie die sich angesehen haben.«

»Und Sebi hat in jedem Gespräch den Namen ›Lou‹ ungefähr dreiundachtzigmal erwähnt. Ich glaube, er ist schon länger in sie verknallt.«

»Wie süß!«, entfährt es mir. »Er ist so ein Netter!«

»Eifersüchtig?«, fragt Jasper doch allen Ernstes.

»Nee, nicht meine Beuteschema«, erwidere ich. »Aber interessant, Lou hat kein Wörtchen dazu gesagt.«

»Na ja, mit manchen Dingen hält man sich halt erst mal zurück.«

»Aber nicht unter echten Freundinnen.«

»Hm, und du hast ihr immer sofort alles erzählt?«

Ertappt. Ich schüttle den Kopf. Einen Moment sehen wir uns schweigend an. Ein kleines Lächeln hängt an seinen Mundwinkeln. Ein wenig amüsiert, ein wenig unsicher. Auf jeden Fall hübsch.

»Und deine News?«, hakt er nach. Im ersten Moment weiß ich nicht, wovon er spricht. Er klettert aus dem Hängesessel und bleibt vor meinem Bett stehen.

»Ach so, äh, nicht wichtig.«

»Komm schon. Du warst ganz rot im Gesicht, als du die Tür aufgemacht hast.«

Ich stehe auf. Beinahe berühren sich unsere Fußspitzen. Er duftet nach einem halben Zedernwald, wird mir jetzt erst klar.

»Erst wenn ich dir auch eine Frage stellen darf.«

Er legt den Kopf schief. »Okay, du fängst an mit der Nachricht!«

»Ed Sheeran hat für ›Zum Glück‹ gestimmt«, sage ich schnell. »Und unseren Beitrag gelikt.«

»Ed Sheeran?« Jasper zieht die Augenbrauen zusammen. »Der kennt euren Account?«

»Na ja, offensichtlich«, sage ich. »Sonst hätte er ja nicht …«

»Verstehe.« Jetzt kneift er das linke Auge etwas zusammen. Als müsse er scharf nachdenken. Oder als ob er sogar leicht sauer ist. »Ed Sheeran … verdammt …«

»Na ja, er hatte doch damals nach dem Konzert meinen unfreundlichen Kommentar beantwortet«, versuche ich mich rauszureden. »Seitdem folgt er uns bestimmt.« Ich ärgere mich, dass ich so voreilig war – ich kann ja Jasper kaum davon berichten, dass ich mich mit Ed Sheeran darüber austausche, ob ich in Jasper verknallt bin oder nicht. Ich muss ihn ganz schnell ablenken.

»Und jetzt sagst du mir, welche Geschichte hinter der Melodie zu unserem Song steckt«, sage ich. Jasper weicht einen Schritt zurück und stößt gegen den Schreibtisch.

»Ich habe nicht gesagt, dass ich die Frage auch beantworte.« Wie jedes Mal, wenn wir um dieses Thema kreisen, verfliegt all die Wärme aus seinen Augen.

»Komm schon!« So einfach will ich mich nicht abspeisen lassen. »Wie schlimm kann es sein …?«

»Sehr schlimm!«

»Ist jemand zu Tode gekommen deswegen oder was soll die Geheimnistuerei?« Ich spüre, wie Ärger über meinen Rücken wandert.

»Nein, das nicht.«

»Aber das Lied hat irgendwas damit zu tun, warum du London so fluchtartig verlassen hast, oder?« Trotz der Verstimmung möchte ich meine Hand ausstrecken und sie auf seine Wange legen. Vielleicht würde das die Kälte in seinen Augen zum Schmelzen bringen. Aber ehe ich auch nur darüber nachdenken kann, ob ich mich trauen soll, wendet er sich ab und geht auf meine Zimmertür zu.

»Vielleicht sollten wir morgen Nachmittag noch mal proben«, sagt er. »Und wir brauchen eine Setlist.« Und dann ist er verschwunden.

Ich lausche dem Nachhall der zugeknallten Tür. Soll ich mich für meine Neugierde entschuldigen?

Leise schleiche ich mich durch den Flur vor seine Zimmertür. Ohne darüber nachzudenken, bücke ich mich und linse durch sein Schlüsselloch. Gut, dass wir in einem Altbau leben. Ich sehe zwar sein Gesicht nicht, erkenne aber, dass er im Zimmer auf und ab geht. Und dann höre ich auch seine Stimme.

»Was machst du denn jetzt schon wieder?«, fragt er laut und auf Englisch.

Stille.

Dann spricht er weiter. »Ich meinte nicht, was du gerade tust. Ich will wissen, was du jetzt schon wieder angestellt hast.«

Vermutlich telefoniert er mit jemandem in London.

»Nothing?« Ob er mit seiner Mum redet?

»Come on! Halte dich endlich raus aus meinem Leben! Deine Einmischung ist schon mal ziemlich nach hinten losgegangen.«

Er klingt ziemlich sauer. Dann zischt er etwas, das man vermutlich mit »verarschen kann ich mich selbst« übersetzen könnte. Worüber regt er sich auf?

Plötzlich wird mir klar, dass sich das Schlüsselloch mit der Farbe seines T-Shirts ausfüllt. Er steht direkt vor der Tür. Was, wenn er sie jetzt aufreißt? Schnell trete ich den Rückzug an. Mit wem hat er nur telefoniert?

21

Das *Holly Golightly* ist gerappelt voll. Man kommt kaum noch zwischen den Tischen hindurch und die Leute sitzen bis knapp vor der winzigen Bühnenfläche. Wenn Sebi auch nur eine ungeschickte Bewegung macht, fällt er mit seinem Hocker vom Podest. Wobei das dann vermutlich nur eine willkommene Gelegenheit für Lou wäre, ihn zu erretten.

Ich habe mir den ganzen Tag verkniffen, sie auf ihn anzusprechen. Dabei – schon einzeln strahlen beide wie die Scheinwerfer. Zusammen könnten sie eine ganze Konzerthalle beleuchten. Aber: Ich habe verstanden – sie muss von selbst das Gespräch suchen und ich sollte mich nicht aufdrängen.

Aus eigener Erfahrung weiß ich, wie aufregend es ist, so frisch geknüpfte Bande erst einmal geheim zu halten. Jeder Blick des anderen prickelt, jede flüchtige Berührung elektrisiert und jeder Herzschlag beschwingt. Und das gehört einem ganz allein.

Sie dreht sich mit ihrer Bassgitarre zu ihm, lacht ihn an, er grinst zurück und dann geben sie sich über sein Ride Becken hinweg ein High Five. Ich schiele zu Jasper hinüber, der noch an ein paar Reglern seines Keyboards dreht, ansonsten aber offensichtlich auch bereit ist.

Der Soundcheck vorhin klang richtig gut. Wir wollen fünf Songs spielen: Nach »With a little help from my friends«

kommt Lous und mein Gesangsduo von »The A Team«, dann die »Bohemian Rhapsody« und »Six feet under« von Billie Eilish. Davor habe ich ein bisschen Angst, weil es davon getragen wird, dass ich es perfekt singe. Mal sehen … Und zum Schluss kommt dann »Zum Glück« – der einzige Titel mit deutschem Text, der einzige aus unserer Feder.

Ich atme ein paar Mal tief durch, suche mit den anderen den Blickkontakt – drei warme Augenpaare sehen mich nacheinander an. Mein Kumpel Sebi, meine beste Freundin Lou und dann Jasper, mein … mein … ich weiß nicht. Kein Wort habe ich für ihn parat. Und keine Zeit, darüber nachzudenken.

Auf einmal werde ich ganz ruhig. Solange wir zu viert hier stehen, kann gar nichts passieren. Und irgendwo weiter hinten, im Dunkel des Raums, sitzen Mum und Theo, Magda und Adam mit Lukas, der es natürlich mega findet, so lange aufbleiben zu dürfen, und auch Sebis Eltern sind gekommen. Netterweise haben sie sich bisher alle dezent im Hintergrund gehalten und sind nicht als lautstarke Groupies aufgekreuzt.

Jasper zählt leise los. »One, two, three, four …«

Und dann spielen wir. Beim zweiten Refrain singt schon das halbe Publikum mit. Ja, denke ich, genau! Mit ein bisschen Unterstützung meiner Freunde gelingt einfach alles!

Es ist ein ganz anderes Gefühl, als im Probenraum zu spielen. Oder unter den wohlwollenden Blicken von Lehrern und Eltern und ein paar Mitschülern in der Aula. Für einen Moment könnte ich mir glatt einbilden, in einem angesagten Club in London oder New York zu spielen.

Alles klappt super – die Einsätze stimmen, Lou und ich

tirilieren wie die Nachtigallen und harmonieren perfekt miteinander, Sebi legt sogar spontan ein kleines Schlagzeugsolo ein und kann endlich mal sein großes Talent zur Schau stellen. Was ihm prompt Szenenapplaus einbringt. Jasper scheint völlig von der Musik absorbiert zu sein, so konzentriert wirkt er. Das Lächeln, das ich ihm schicke, bemerkt er offensichtlich kaum. Aber egal – freuen können wir uns auch später noch gemeinsam. Und dann spielen wir die ersten Takte von »Zum Glück«.

»Hab verschlafen,
den Kaffee verträumt,
die Bahn versäumt.
Und draußen ist's mal wieder viel zu kalt.«

Ich kann im Halbdunkel nicht allzu viel erkennen, aber die Zuhörerinnen und Zuhörer in den ersten Reihen sehen alle so aus, als ob ihnen tatsächlich gefallen würde, was ich da singe. Einige lächeln mich an, andere wippen im Takt. Ich lege so viel Gefühl in meine Stimme, wie es nur geht. Jetzt kommt der Refrain.

»Doch dann stehst du auf der Matte,
lächelst mich an.
Und dann ist mir alles egal.
Ja, dann ist mir einfach alles egal.«

Während ich singe, entdecke ich rechts zwei Menschen, die sich nach vorne zu uns durchschlängeln. Einer davon könnte – oh nein, bitte nicht – Finn sein. Seine Begleitung kann ich nicht erkennen. Dann nehme ich ein Poltern ebenfalls rechts von mir wahr, aus Jaspers Richtung.

Und dann verstummt das Keyboard.

Ein Stromausfall?

Doch alle Lichter sind noch an, sie blenden mich nach wie vor und ich kann nur schwer erkennen, was um uns herum passiert. Tatsächlich entdecke ich nun Finn seitlich am Bühnenrand und neben ihm steht ein Mädchen, das ich noch nie gesehen habe. Sie trägt einen kurzen lila Webpelz mit riesigen Dufflecoat-Knöpfen, darunter einen kurzen Rock und dicke hellrosa Strumpfhosen. So stylish laufen sie in München nicht mal auf der Maximilianstraße herum.

Mein Blick wandert zu Jasper. Er ist vollkommen erstarrt. Und es ist absolut still im Raum. Wahrscheinlich glotzen alle gebannt auf die Bühne und fragen sich, ob diese Unterbrechung zu unserer Performance dazugehört. Sebi lässt ein paar sanfte Trommelwirbel hören und ich räuspere mich. Scheiße, ich muss irgendwas tun.

»Sorry, Leute«, rede ich einfach drauflos. »Wir, ähm … falsche Strophe und da ist unser fantastischer Keyboarder Jasper sehr streng. Wenn ich einmal danebensinge, kann er nicht mehr weiterspielen.«

»Dann hätte er heute Abend ja gar nicht spielen können!«, ruft Finn von der Seite, aber zeitgleich fängt unser Publikum zu klatschen an.

»Noch mal von vorne!«, rufe ich in die Menge, in der Hoffnung, dass man uns versteht.

Ich nicke Jasper zu, will ihn mit meinem Blick fragen, ob alles okay ist, doch er starrt noch immer zu Finn. Beziehungsweise zu dessen Begleiterin, wird mir nun klar. Und als ich sie noch einmal anschaue, kommt sie mir tatsächlich vage bekannt vor. Habe ich ihr Foto nicht schon auf Instagram gesehen?

»Alles okay?«, raune ich ihm nun zu und berühre seine Schulter. Er schreckt zusammen, dreht sich zu mir und sein Blick ist ganz leer. »Noch mal von vorne?«

Er nickt, räuspert sich und schlägt die ersten Töne an.

»Hab verschlafen,
den Kaffee verträumt,
die Bahn versäumt.
Und draußen ist's mal wieder viel zu kalt –«

Wieder bricht das Keyboard ab, ich bemerke schnelle Schritte und sehe, dass Jasper tatsächlich die Bühne verlässt. Aber Lou und Sebi lassen sich nicht aus dem Tritt bringen. Jasper verschwindet in Richtung Küche, Lou fällt in meinen Gesang ein. Ich höre ihre Gedanken in meinem Kopf: Egal was hier los ist, wir ziehen das jetzt durch!

Lou übernimmt mit ihrem Bass den Lead, tritt etwas dichter zu mir heran und gemeinsam singen wir »Zum Glück« zu Ende. Natürlich fehlt die Klavierbegleitung, aber das ist jetzt auch schon wurscht. Noch einmal brechen wir nicht ab.

Zu dritt nehmen wir den Applaus des Publikums entgegen. Es scheint kein Problem damit zu haben, dass unser Keyboarder abgehauen ist. Aber dennoch fühlt sich der tosende Beifall nur lauwarm an. Was ist bloß mit Jasper los?

»Uhhh, ihr wart klasse!« Meine Mum fällt mir um den Hals und presst mich an sich. Hinter ihr stehen die Jablonskis und recken die Daumen in die Höhe. Nun drängt Theo meine Mum zur Seite und zieht mich fest an sich. Für eine Sekunde erlaube ich mir den Gedanken, er wäre mein Pa. Niemals wird Theo ihn ersetzen können, aber zumindest, denke ich, sind ihre Umarmungen vergleichbar. Sie riechen unterschiedlich, aber Theo hat eine ebenso liebevolle Art, seine Zuneigung auszudrücken, wie es Papa meiner Erinnerung nach hatte.

»Es war toll«, bestätigt er und lässt mich los. »Aber was ist denn mit Jasper?«

»Keine Ahnung«, gestehe ich und zucke mit den Schultern. »Vielleicht hat er ein spontanes Magen-Darm-Problem.«

»Ich geh mal nach ihm schauen«, schlägt Theo vor.

»Ach, lass ruhig, der kommt sicher gleich«, versuche ich, seinen besorgten Vater aufzuhalten. Ich kann mir nicht vorstellen, dass sich Jasper nach einer Begegnung mit Theo sehnt.

»Und euer eigener Song – der hat mir am besten gefallen«, sagt nun Magda und umarmt mich ebenfalls. Neben mir stehen plötzlich Lou und Sebi, und sie halten einander bei den Händen. Als wäre es das Selbstverständlichste der Welt.

»Weißt du, was mit Jasper los war?«, zischt mir Lou ins Ohr.

»Nein«, gebe ich zurück. »Aber ich sehe, was mit euch offensichtlich los ist.«

Lou grinst bis zu den Ohren, dann lässt sie Sebi los, um ihre Arme um mich zu schlingen.

»Ich bin so glücklich«, wispert sie. »Ich erzähle dir alles später, ja?«

Ich wuschel ihr durch die Haare. »Na klar. Ich geh jetzt mal nach Jasper schauen.«

Sie nickt. »Soll ich mitkommen?«

»Nein, nein, bleib mal lieber bei deinem Schatz.«

Sebi greift bereits wieder nach Lous Hand und deutet auf seine Eltern. Lachend ziehen die beiden in deren Richtung ab.

Magda grinst mich verschwörerisch an. »Ist es das, wonach es aussieht?«

Ich ziehe nur die Augenbrauen hoch und sage: »Das musst du sie schon selbst fragen.«

Dann verabschiede ich mich von Mum, Theo und Lous Familie, die bei den Jablonskis zu Hause noch auf unseren Erfolg anstoßen wollen, und schlage den Weg zur Küche des *Holly Golightly* ein. Doch ich komme nicht weit.

Nach wenigen Metern stellt sich mir Finn in den Weg.

»Hi«, sagt er breit grinsend. »Na, Charlie, durfte die kleine Schulband mal auf einer richtig großen Bühne spielen?« Er sieht mich abschätzig an. Eigentlich habe ich überhaupt keine Lust, mit ihm zu reden, und bevor mir eine Antwort einfällt, fährt er schon fort: »Ach, und falls du Jasper suchst, der ist mit seiner Freundin abgehauen.«

Seine Worte treffen mich – leider, leider – wie ein Faustschlag in die Magengrube.

»What?«, entfährt es mir unkontrolliert. Eigentlich habe ich mir geschworen, Finn keinerlei Angriffsfläche zu bieten und mich komplett souverän zu verhalten. Aber damit habe ich tatsächlich nicht gerechnet.

»Oh, du wusstest nichts von ihr?«, fragt er und spitzt ein wenig die Lippen, als wolle er mich bemitleiden. »Das tut mir leid. Da hätte ich dir das sanfter verklickern sollen.«

»Er hat keine Freundin«, fauche ich. »Davon hätte er mir

erzählt.« Aber dessen bin ich mir tatsächlich nicht sicher. Das Mädchen und das Lied müssen irgendwas miteinander zu tun haben, wird mir klar.

»Doch, sie heißt Bella«, erklärt Finn nun und ihre Instafotos ploppen in meinem Hirn auf. Genau, Bella! Die reiche, schöne Mitschülerin aus London.

»Wieso sollte die denn hierherkommen?« Ich will Finn nicht zeigen, wie irritiert und neugierig ich gleichzeitig bin.

»Oh, sie ist auf Klassenfahrt in München. Besuch bei ihrer Partnerschule. Dem piekfeinen Wilhelmsgymnasium. Und dann, du weißt schon, Marienplatz, Deutsches Museum, Olympiapark, Dachau – das ganze Programm.«

»Und was hast du mit der zu tun?« Verflixte Neugierde.

»Ach, das ist lustig. Auf Jaspers Stick waren zahlreiche Fotos von ihr …«

»Du bist so ein Arsch, Finn …«

»Kann sein, aber deshalb wird es auch nie langweilig mit mir.« Er grinst so dreist, dass ich ihn anspucken möchte. Aber ich beherrsche mich. »Jedenfalls, neben *seinem* lächerlichen Song waren da eben auch die Fotos. Und du musst schon zugeben – das ist eine Weltklassefrau. Nicht so eine Provinztussi, wie sie hier überall rumlaufen. Ich hab sie schnell auf Instagram gefunden und folge ihr. Und am Montag hat sie ein Foto von sich auf dem Marienplatz gepostet und über die Klassenfahrt geschrieben. Ich habe ihr eine Nachricht geschickt, dass ich ein Freund von Jasper bin … Das fand sie natürlich cool. Na ja, da haben wir ein wenig gechattet und uns für heute Abend verabredet.«

»Nicht dein Ernst!«

»Aber so was von. Sie fand es toll, von einem Einheimischen ins Münchner Nachtleben eingeführt zu werden, bevor sie morgen heimfliegen. Nachher wollen wir noch ins *P1* mit ihren Freundinnen.«

Als ob er da reinkommt!

»Aber sie wird doch sicher mit Jasper losziehen, wenn er ihr Freund ist, wie du behauptest.«

»Na ja, du weißt doch, Fernbeziehungen sind schwierig.«

»Und außerdem hätte sie sich seit Montag doch längst mit ihm getroffen, glaubst du nicht?« Wenn der meint, er kann mich verarschen ...

»Sie haben nur diesen einen freien Abend, sonst sind sie immer unter Lehrerkontrolle. Und außerdem hatte Jasper ja bis jetzt keine Zeit. Er musste ja mit euch auftreten.«

»Wo ist die tolle Bella überhaupt? Bist du sicher, dass sie nicht längst schon gegangen ist?«

»Sie ist in die Küche gestiefelt. Zu Jasper. Ich nehme an, sie will ihr Wiedersehen mit ihm feiern.«

Ich schüttle genervt den Kopf. Der Typ redet nur Schwachsinn. Er will mich gleich doppelt eifersüchtig machen, habe ich den Eindruck. Einerseits behauptet er, Jasper und sie sind ein Paar, andererseits tut er so, als wolle er die Londoner Beauty erobern. Was denn nun?

»Mann, lass mich doch in Ruhe mit diesem ganzen Quatsch!«, schreie ich ihn an. Aber dann fällt mein Blick auf die Küchentür, die nun aufschwingt. Und dahinter sehe ich Jasper stehen. Und in seinen Armen: Bella.

22

Die kalte Nachtluft schneidet mir in die Lungen, aber ich kann nicht aufhören zu laufen. Erst als ich vor unserem Haus ankomme, bleibe ich stehen, stütze die Hände auf den Oberschenkeln ab und keuche laut. Ich bin komplett verwirrt.

Ich habe Finn einfach stehen gelassen und bin losgerannt. Die ganze Zeit habe ich das Bild von Jasper mit Bella in den Armen vor mir gesehen. In jeder Autowindschutzscheibe, an jeder Plakatwand, in jedem Fenster. Und jedes Mal hat es mir höhnisch zugerufen: *Wie hast du glauben können, da sei etwas zwischen dir und Jasper!*

Dabei ... ich starre an der Fassade unseres Hauses nach oben. Sehe mein Zimmerfenster und rechts davon gleich seins. Kann für eine Sekunde nicht glauben, dass das alles wirklich geschieht. Dass hinter diesem Fenster rechts ein Typ wohnt, den ich gerade mal drei Wochen kenne, um dessen Anwesenheit ich nie gebeten habe und der dennoch ... ich weiß nicht. Seine warmen Augen, das Gefühl, wenn er mich berührt. Wie mein Herz dann tanzt. Und der Rest der Welt einfach wie in einem Wasserfall davonrauscht. Mit Finn war es nie so. Keine einzige Sekunde.

Aber wenn ich es zulasse ... wenn ich mir erlaube, mich in Jasper zu verlieben – wohin wird das führen? Ob er mich eines Tages auch betrügt? Und werde ich dann richtige Schmerzen erleiden? So wie damals, als Papa starb. Schaffe ich es noch einmal, so etwas zu überleben?

Hey, höre ich Lous Stimme ... wenn auch nur in meinem Kopf. *Du weißt nicht, wie es kommen wird,* sagt sie. *Aber wenn du deine Gefühle verbunkerst, dann verpasst du vielleicht eine ganze Menge Glück. Ich kann mir nicht vorstellen, dass du das willst.*

Sie hat ja recht. Andererseits stellt sich die Frage ja sowieso nicht: Denn offensichtlich ist Jaspers Herz schon vergeben. An diese Bella.

Ich bemerke, dass ich vor Kälte zittere, und ich sehne mich nach Jaspers Umarmung. Doch mir bleibt nichts, als in das leere Haus zu gehen und mich unter meine Bettdecke zu verkriechen. Wobei ich froh bin, dass Mum und Theo bei Lous Eltern hocken und mich nicht mit Fragen löchern.

Alles fühlt sich unwirklich an, während ich die Stufen nach oben gehe. Wie in einem Traum, der sich nicht entscheiden kann, ob er gleich ein Albtraum wird. Doch ich erreiche mein Zimmer, ohne von irgendwelchen knöchrigen Geisterhänden, die aus dem Boden ragen, in die Tiefe gezogen zu werden. Ich plumpse auf mein Bett, werfe meine Schuhe rasch von mir und kuschle mich in meine Decke. Am liebsten würde ich auf der Stelle einschlafen, in der Hoffnung auf ein Erwachen in einer gänzlich anderen Welt.

Aber natürlich bin ich hellwach.

Dies hätte unser Abend sein können. Der Auftritt hat so einen Spaß gemacht. Ich habe mich Lou und Sebi und Jasper so verbunden gefühlt, habe gehofft, wir feiern später ganz für uns allein und beglückwünschen uns und schwören uns ewige Treue und lauter solchen Kram.

Aber stattdessen liege ich jetzt hier.

Und an allem ist Finn schuld! Der *mich* verlassen hat. Und

dennoch fühlt es sich an, als sei er auf einem Rachefeldzug, weil ich ihn aus meinem Leben geschmissen habe. Wahrscheinlich empfindet er es genau so. Und leider ist sein Feldzug sehr siegreich.

Als mir wieder warm ist, halte ich das Grübeln nicht mehr aus. Ich krame mein Handy heraus und klicke mich zu Bellas Instagram-Account durch. Als ich das aktuelle Foto sehe, bricht mir der Schweiß aus.

Bella und Jasper, Arm in Arm, hinter ihnen sind die nächtlichen Umrisse des Deutschen Museums erkennbar. Gepostet vor elf Minuten. Und darunter steht auf Englisch: *Endlich sehe ich meinen Freund Jasper wieder. Ich habe ihn so vermisst und jetzt sind wir wieder vereint. Ich wünsche ihm nur das Beste und hoffe auf ein baldiges Wiedersehen. Ach, und by the way: Er ist ein fantastischer Songwriter!* 😉 …

Okay, sie hat geschrieben »friend« und nicht »boy-friend«. Und dass sie ihm »all the best« wünscht, klingt ein wenig, als ob sie selbst sich dafür nicht zuständig fühlt. Aber was weiß ich schon über die Zwischen- und Untertöne in englischen Verlautbarungen? Ich scrolle durch ihre Fotos von der Klassenreise. München ist die Kulisse für alberne Gruppenfotos von albernen Mädchen, die vor der Kamera rumalbern.

Wenn ich ehrlich bin, auf meinen Fotos würden Lou und ich ähnlich rumwitzeln. Aber es ist nun mal Bella, und ich platze, wenn ich nicht erfahre, was sie tatsächlich mit Jasper verbindet. Ist er wirklich nur ein »friend«?

Eine Benachrichtigung ploppt auf. *Ed Sheeran hat dir geschrieben.* Mit fahrigen Fingern klicke ich die Nachricht an. Wieso schreibt mir gerade jetzt Ed Sheeran? Hat der nichts Besseres zu tun?

Hi, Charles, fängt er an, *hab gerade das Foto von Jasper und dieser Bella gesehen.* Er nennt mich Charles? Egal jetzt.

Oh ja, das habe ich auch!

Dachte ich mir. Wollte nur sagen: Schau unter die Oberfläche. Schau, was dahintersteckt.

Wer bist du?, tippe ich rasend schnell.

A friend, kommt es prompt zurück.

Bist du das, Jasper?

Nichts tut sich.

Von wem kommt diese Botschaft? Und warum nennt mich Ed Sheeran plötzlich *Charles?* Das tut sonst nur Jasper. Ob er Eds Account gekapert hat und mir in dessen Namen Nachrichten schickt? Kann das sein? Das wäre ja total spooky. Aber wer soll sonst dahinterstecken? Der Superstar persönlich ganz offensichtlich doch nicht. Und was meint er mit »Schau, was dahintersteckt«? Wohinter? Hinter dem Verhältnis von Bella und Jasper?

Willst du mich verarschen?, schiebe ich hinterher. Aber nun kommt nur ein »Vor einer Minute aktiv«.

Unten wird die Haustür aufgeschlossen. Ich höre kein Gekicher oder Geplauder von Mum und Theo. Also kann es nur Jasper sein. Sofort überzieht eine Gänsehaut meinen ganzen Körper. Ich muss mit ihm reden.

Jetzt.

Er ist mir so viele Antworten schuldig. Aber was, wenn er nicht mit mir reden will?

Zitternd stehe ich vom Bett auf. Ich höre seine Schritte auf der Treppe. Er kommt direkt herauf.

Soll ich so tun, als müsste ich ins Bad und wäre überrascht, ihn zu sehen? Und dann mal schauen, wie er reagiert? Ob er gesprächsbereit … ja, was? Guckt? Als würde ich das erkennen! Die Schritte sind verklungen.

Ich strecke meine Hand aus und berühre die Klinke. Will ich mit ihm reden? Und hören, dass er mit Bella zusammen ist? Dass es ihm leidtut, falls ich da in den letzten Tagen etwas falsch gedeutet hätte? Dass wir … Freunde bleiben können? Stiefgeschwister. Scheiße! Wenn das jetzt hier die megapeinliche Show wird, dann bleibt er trotzdem in meiner allernächsten Nähe. Dann muss ich dennoch das Bad mit ihm teilen, die Mahlzeiten, die Couch im Wohnzimmer … mir bleibt fast die Luft weg.

Ich muss mit ihm reden. Vermutlich ist er direkt in sein Zimmer gegangen. Ich drücke die Klinke herunter und reiße die Tür auf.

Jasper steht davor. In der einen Hand sein Smartphone. Die andere Hand erhoben, als wolle er gerade klopfen.

23

»Jasper!«

»Charles!«

Wir sehen uns sprachlos an.

»War gerade zufällig in der Nähe«, sagt er schließlich und kratzt sich mal wieder verlegen am Hinterkopf. Am liebsten möchte ich loslachen. Aber auch losschreien. Und ihn an mich ziehen. Und wegstoßen. Alles gleichzeitig. Keiner von uns sagt etwas. Oh, Mann, was wird das hier?

»Gibst du dich für Ed Sheeran aus und schreibst mir unter seinem Namen kryptische Botschaften?«, schießt es aus mir heraus. Ich spüre selbst, dass meine Augen zu Schlitzen verengt sind.

Er reißt seine dagegen verblüfft auf. »Nein!«

Mist, das klang überzeugend.

»Wirklich nicht?« Ich starre auf das Handy in seiner Hand. Schnell stopft er es in die hintere Hosentasche.

»Wie sollte ich das denn machen? Ich kann ja nicht mal anständig Dateien löschen, ohne dass sie vorher auf fremden Computern landen.«

Okay. Punkt für ihn.

»Darf ich reinkommen?«

Offensichtlich nicke ich, denn nun betritt er mein Zimmer, schließt die Tür hinter sich und sofort umfängt meinen Brustkorb wieder so etwas wie ein Eisenring. Ich hoffe, ihm fällt nicht auf, dass ich kaum atmen kann. Und jetzt kribbelt es auch noch in meinen Fingerspitzen. Und in meiner Nasenspitze. Das hatte ich noch nie.

Dann fällt mir auf, dass er sich unentwegt an seinen kleinen Löckchen zupft. Er scheint ebenfalls nervös zu sein. Vielleicht weil er nicht weiß, wie er sagen soll, was er sagen will. Dass ich nett bin, blabla, dass er möchte, dass wir ein gutes Verhältnis haben und so weiter und so fort. Dass Bella jetzt jedes Wochenende einfliegt.

»Du textest mit Ed Sheeran?«, hakt er nach, nun in ruhigerem Tonfall.

»Keine Ahnung«, antworte ich und stoße langsam Luft aus. »Zumindest mit irgendwem, der über Eds Konto schreibt. Und er nennt mich Charles. So wie du.«

Jasper schielt zur Decke und zeigt ein schiefes Grinsen.

»Okay.« Er gibt ein Stöhnen von sich. »Können wir die Aufklärung auf später verschieben?«

»Klar.« Ich sehe ihn erwartungsvoll an. Nach der Decke betrachtet er nun den Teppich vor meinem Bett. Als sei es ein edles Stück Handwerkskunst.

»Ich wollte …«, fängt er an.

»Du musst nicht …«, sage ich gleichzeitig. Wir lachen kurz auf. Ich setze mich auf mein Bett, sein Blick fällt auf den Hängesessel. Aber dann hockt er sich mit etwas Abstand neben mich. Okay.

»Du zuerst«, sage ich schnell. Er nickt.

»Also, Bella.« Er legt sofort eine Pause ein, zupft noch immer an den Kringeln.

»Ja?«, frage ich gedehnt.

»Scheiße.« Er starrt wieder an die Decke. Dann sieht er mir in die Augen. »Darf ich deine Hand halten?«

Das kommt überraschend. Und dennoch fühlt sich der Eisenring nun wie Engelsflügelfedern an. Da meine Hand sowieso auf der Bettdecke liegt, bedeckt er sie mit seiner. Augenblicklich wird mir ganz warm.

»Bella«, wiederhole ich. »Deine … Freundin.«

»Okay, also, ich erzähle dir jetzt die Geschichte. Sie ist peinlich, sie ist schrecklich und sie ist wahr.«

»Super Pitch.« Immerhin können wir beide lächeln.

»Ist noch gar nicht so lange her«, sagt er und spielt mit meiner Hand. Streichelt über jedes einzelne Fingerglied, über die Innenfläche, das Gelenk.

Wie soll ich da zuhören?, denke ich, bleibe aber stumm.

»Na ja, du kannst es dir wahrscheinlich denken. Ich war verknallt in Bella. Ziemlich heftig sogar. So heftig wie nie zuvor. Aber nicht so wie … okay, dazu später.«

Ich sehe ihn fragend an, was er ignoriert.

»Ich meine, wenn man sie sieht – wie kann man sich da nicht verlieben? Außerdem war sie immer nett zu mir. Hat mich in Schutz genommen, wenn mich mal wieder einer als *Kraut* beschimpft hat. Manche fanden auch die Wortkombination *Black Kraut* sehr lustig, was Bella immer bissig kommentiert hat. Jedenfalls habe ich ihre Freundlichkeit falsch interpretiert. Ich dachte, sie hätte Interesse. Ich habe nach ihren beharrlichen Nachfragen sogar eingewilligt, über meine Mum diverse Konzertkarten für sie zu organisieren. Mit Zutritt zum Backstagebereich. Ich habe das gerne gemacht. Richtig stolz war ich darauf. Dabei – nicht dass sie für einen Augenblick daran gedacht hätte, mit mir zu einem der Konzerte zu gehen. Aber mir war das völlig egal. Hauptsache, ich hatte einen Grund, Kontakt zu ihr zu halten.«

Er stoppt und offensichtlich spielen sich Szenen vor seinem inneren Auge ab, die er beschämend findet. Jedenfalls ist sein Blick dementsprechend. Er drückt meine Finger etwas fester.

»In den Sommerferien haben wir uns sogar ein paar Mal getroffen, allerdings waren meist ein oder zwei Freundinnen von ihr dabei. Ich durfte sie zum Shoppen begleiten oder wir waren im Kino, mal was essen. So Sachen halt. Na ja, und irgendwann, nach einem – wie ich fand – besonders schönen Tag, überfiel mich eine Melodie. Du weißt schon …«

»›Zum Glück‹«, sage ich bedeutungsschwer.

»Genau.« Er lächelt, wenigstens ein bisschen. »Ich habe echt lange an der Melodie gefeilt und noch viel länger am Text. Du hast ihn gehört.«

»Hm.« Ich rümpfe etwas die Nase. »Ich erinnere mich. Es kam sehr viel *Heart, Sorrow, Stars* und *Tears* darin vor.«

»Ja, schrecklich, aber, keine Ahnung, wenn man so voll in jemanden verknallt ist, denkt man ja, man erfindet das Vokabular der Liebe neu. Jedenfalls habe ich total viel Zeit und Gefühle in diesen Song investiert. Und dann, kurz nach dem Schuljahresanfang, ist es passiert. Die Katastrophe. Wobei die im Nachhinein betrachtet vielleicht sogar … egal …«

Ich sehe ihn fragend an.

»Geduld«, sagt er und nimmt ganz kurz seine Hand von meiner. Augenblicklich fröstele ich wieder. »Na ja, was ist wohl passiert?«

»Du hast den Song aufgenommen – wahrscheinlich als Video – und hast ihn ihr geschickt.« Oh Gott, ich ahne, was kommt. Bitte nicht!

»Fast. Ich habe ihn aufgenommen und darüber nachgedacht, ihn ihr zu schicken. Hab eine Nachricht vorbereitet, den Song angehängt. Ich hätte nur noch auf ›senden‹ drücken müssen.«

»Und?« Ich merke, wie ich an meiner Unterlippe knabbere.

»Ich hab das Handy weggelegt, bin aufs Klo, um noch mal darüber nachzudenken. Und als ich zurückkomme – steht Imelda da und grinst mich an. *Sie* hat für mich auf ›senden‹ getippt.«

»Nein!« Ich bin vollkommen fassungslos. Wie konnte seine Schwester das machen?

»Ich bin total ausgerastet! Natürlich war es viel zu spät, um die Nachricht zu löschen, Bella hatte sie längst gesehen.«

»Warum hat Imelda das gemacht?«

»Sie hat behauptet, sie wollte mir helfen. Sie fand den Song toll und meinte, ich solle mich endlich mal trauen und Bella einfach meine Gefühle zeigen.«

»Fuck!«

»Das habe ich auch gesagt. Ich glaube, ich war noch nie auf einen Menschen derart wütend wie auf sie in diesem Augenblick.«

Nun bin ich es, die seine Hand mit meinen Fingern umschließt und sie sanft drückt.

»Und wie hat Bella reagiert?«

»Rate!«

»Sie hat ihn … weitergeschickt? An ihre Freundinnen?«

»Exakt. Na ja, nicht ganz, sie hat ihn gleich mal an die ganze Klassenstufe verschickt.«

»Scheiße«, entfährt es mir. Nun packe ich seine Hand und drücke sie fest.

»Und als Kommentar hat sie geschrieben: *Da versucht sich unser putziger Kraut als Singer-Songwriter in der Tradition eines Ed Sheeran. Ich glaube, er muss noch etwas üben.*«

»So eine Bitch!«

Er lässt den Kopf hängen und streicht mit der freien Hand über die Bettwäsche.

»Ihr war es sogar egal, dass ich im Verteiler mit drin war. Das hat sie ganz offensichtlich in Kauf genommen.«

»Das tut mir so leid!«

Er hebt abwehrend die Hand.

»Nein, nicht. Aus Fehlern wird man klug.«

»Kein Wunder, dass du mit dem Song nichts mehr zu tun haben wolltest.«

»Wobei ich jetzt froh bin, dass er sein Comeback hatte. Das hat sich für mich angefühlt, als sei ich reingewaschen worden. Du kannst dir nicht vorstellen, was euer neuer Text für mich verändert hat.«

»Echt?« Ich rücke etwas näher zu ihm hin. Unsere Finger spielen miteinander.

»Ja, es war wie eine ... Wiedergeburt. Es hat mir gezeigt, dass die Melodie wirklich gute musikalische Arbeit ist. Dass ich nicht voll der Loser bin.«

»Das bist du nicht!«

»Das hat sich damals aber so angefühlt. Ich war ... wie gelähmt. Ich habe meiner Mum sofort gesagt, dass ich keinen Schritt mehr in die Schule setzen werde. Nie wieder! Und dass ich mit Imelda nicht länger unter einem Dach leben wollte.«

»Verstehe ich.«

»Meine Mum hat mich vollgelabert, ich soll das sportlich nehmen, bald sei das wieder vergessen, das kümmere niemanden mehr. Und Imelda habe garantiert nur mein Bestes gewollt. Sie würde auch ein paar Konzertkarten für meine Freunde spendieren. Ich hab echt zu hyperventilieren angefangen. Sie wollte allen Ernstes, dass ich mich bei denen wieder einschleime. Dabei dachte ich, ich bekomme eine Panikattacke, wenn ich da noch mal hinmuss, eine lebenslange. Sie hat dann eingewilligt, dass ich mich für eine Woche krankmelde, aber irgendwie wurden die Schreckgespenster in der Zeit immer größer statt kleiner.«

»Wie haben die anderen denn auf den Song reagiert?«, will ich wissen.

»Na, wie wohl!« Er verdreht die Augen. »Die Kommentare waren unterirdisch. Am schlimmsten war, dass so ein Klassenstreber – wir haben uns eh gehasst – eine Persiflage aufgenommen hat. Er hat sich schwarz angemalt und mit so einem Ghettodialekt den Text gerappt, was natürlich noch lächerlicher klang. Weißt du, er hat jedes kitschige Wort textlich eingeblendet und dann am Ende so eine Statistik gemacht. Siebenmal Herz, viermal Sterne und so weiter.«

»Und echt mit Blackfacing? Oh my God!«

»Immerhin ging das an die Rektorin und sie hat ihn für drei Wochen suspendiert.«

»Aber trotzdem, es war in der Welt.«

»Na klar, und es hat sich natürlich rasend schnell in der ganzen Schule verbreitet. Da wusste ich: Dahin gehst du nicht zurück.«

»Und bist stattdessen hierhergekommen.«

Er nickt.

»Und Imelda?«

»Na ja, ich glaube ihr schon, dass es ihr total leidtat. Sie war am Boden zerstört und hat mich angefleht zu bleiben. Aber ich konnte das einfach nicht.«

Wir sehen uns schweigend in die Augen. Und halten uns nun an beiden Händen fest.

»Und dann traut sich Bella, hier aufzukreuzen?«

»Ja, allerdings. Weißt du, als ich sie da vorhin an der Bühne sah – das hat sich angefühlt, als ob mich eine Lawine überrollt. Der ich nicht ausweichen kann. Sorry, dass ich euch habe hängen lassen.«

»Ach Quatsch, kein Problem, das hatten wir schnell im Griff.«

Er nickt dankbar. »Aber sie ist tatsächlich gekommen, um sich zu entschuldigen.«

»Wow!«

»Ja, offensichtlich hatte sie das nicht geplant. Sonst hätte sie sich ja vorab bei mir melden und mir sagen können, dass sie auf Klassenfahrt in München ist. Und ein Treffen vorschlagen. Aber dann hat Finn mit ihr Kontakt aufgenommen und geschrieben, er sei mein Freund. Und irgendwie hat sie das zum Nachdenken gebracht.«

»Heißt das etwa, er hat dir quasi einen Gefallen getan?« Ich muss grinsen. Das war garantiert nicht sein Plan.

»Sieht so aus.«

»Dabei wollte er eigentlich nur mich …« Shit, wie beende ich den Satz. Wenn ich sage, dass er mich eifersüchtig machen wollte, gebe ich damit zu, dass ich Jasper mehr als nur mag. Andererseits: Wir sitzen hier und halten Händchen.

»… eifersüchtig machen«, gestehe ich.

Jasper lächelt mich warm an. Uff, ich hatte schon Sorge, er steht auf und verlässt den Raum. Was natürlich Quatsch ist.

»Das ist wohl nach hinten losgegangen«, sagt er und fügt nach einer kurzen Pause an: »Hoffentlich. Also ich meine, dass du eifersüchtig bist. Wobei ich mich natürlich freuen würde, wenn ... na ja, also wenn du eifersüchtig wärst, hieße das ja ... egal.«

Er holt tief Luft. Meine Wangen fühlen sich bald betoniert an von der ganzen Grinserei.

»Was ich sagen will: Sie ist tatsächlich gekommen, um sich zu entschuldigen. Ich war natürlich erst mal wie vom Donner gerührt, als sie mir in die Küche gefolgt ist. Aber dann hat sie nur gesagt, sie bittet mich darum, einen Spaziergang mit ihr zu machen und ihr zuzuhören.«

»Und da hast du natürlich eingewilligt.«

»Ja, klar. Ich war ehrlich gesagt gespannt, was sie zu sagen hatte.«

»Oh ja, ich auch. Aber, ähm, ich war nur etwas irritiert, als ich euch so sah. Du ... du hast sie umarmt ... schon vor ihrer Entschuldigung und eurer Versöhnung?«

»Ich glaube, sie war megaaufgeregt. Weißt du, sie ist seit Jahren das beliebteste Mädchen in der Klasse, so die Wortführerin, völlig gechillt und nie um einen blöden Spruch verlegen. Aber das hier ... das hat sie dann wohl auch gemerkt, dass sie da in einer anderen Rolle ist. Irgendwie ... demütiger. Ich denke mal, ihr war schon klar, dass ich ihretwegen aus London abgehauen bin. Und weil sie so erleichtert war, dass ich dem Spaziergang zustimme, hat sie mich einfach umarmt.«

»Verstehe. Ja, das ist für jemanden wie sie bestimmt ein Schritt. Und hat sie sich dann gleich entschuldigt?«

»Sie hat schon erst mal um den heißen Brei herumgeredet.

Dass ihr nicht klar war, dass sie mich damit so dermaßen verletzen würde, dass sie angetrunken war, als sie das weitergeleitet hat, dass ihre Freundinnen sie fast dazu gezwungen hätten, dass sie nicht damit gerechnet hat, wie hoch die Wellen schlagen.«

»Oh, das klingt aber weniger nach einer Entschuldigung als mehr nach einer Rechtfertigung.«

»Allerdings. Das habe ich ihr auch gesagt. Was ihr wohl unangenehm war. Denn dann hat sie tatsächlich gesagt, ihr tue es wahnsinnig leid, und wenn sie könnte, würde sie es ungeschehen machen. Und dann hat sie schließlich zugegeben, dass ich für sie immer nur der putzige deutsche Naivling war, den man gar nicht ernst nehmen muss. Und der eine gute Quelle für Konzerttickets ist. Sie fand meine Anwesenheit irgendwie lustig, ich habe sie von ihrer Langeweile abgelenkt – das hat sie echt so gesagt.«

»Oh Gott, da muss man ja fast schon sie bemitleiden!«

»Nee, glaub mir, muss man nicht. Jedenfalls hätte sie gar nicht daran gedacht, dass sie meine Gefühle verletzen könnte. Das musst du dir mal vorstellen! Als sei ich so ein kleines mechanisches Hündchen, das man aufziehen kann, und dann tanzt es für einen.«

»Das gibt sie zu?«

»Ja. Krass, oder? Für was hält die sich? Nur weil ihr Vater, keine Ahnung, im Houses of Parliament irgendein Hinterbänkler ist und sie in einer Londoner Stadtvilla wohnt.« Er wedelt mit der Hand vor seinen Augen.

»Während deine Mutter noch mal was genau macht?«

»Sie ist Pressefrau bei einem großen internationalen Musiklabel ...«

»Ach so!« Langsam wird mir einiges klar. Doch erst mal zurück zu Jasper. »Ich bin froh, dass du aus London abgehauen bist.«

»Ich auch.«

Wir legen unsere Handflächen gegeneinander. Seine Finger sind viel länger als meine, aber sie passen dennoch perfekt zusammen.

»Deswegen meinte ich vorhin auch, dass die Katastrophe vielleicht gar keine war.«

»Du meinst, dass Imelda ihr das Lied geschickt hat?«

Er nickt. »Sonst hätte ich ja keinen Grund gehabt, London zu verlassen. Und hier einzuziehen.«

»Das stimmt.«

Inzwischen sitzen wir im Schneidersitz sehr dicht voreinander. Unsere Unterarme liegen auf unseren Knien, unsere Hände sind umschlungen. Nun strecken wir beide die Hälse. Im Gleichtakt nähern sich unsere Nasenspitzen. Als seien dort Magnete implantiert, die sich gegenseitig anziehen. Unsere Blicke weichen einander nicht aus.

»Du hast auch gesagt, du wolltest das noch näher erläutern, dass du nie zuvor so … verliebt gewesen seist«, wage ich es. Ich rede sehr schnell, ehe mich der Mut verlässt.

Seine Bewegung stoppt. Er senkt kurz den Blick, grinst dabei aber. Dann sieht er mich von unten aus diesen unglaublichen Ich-will-direkt-darin-versinken-braunen Augen an.

»Zuvor war ich nie so verliebt. Aber danach … wow … das ist gar kein Vergleich.«

»Echt?«, frage ich.

»Echt!«, sagt er.

Und endlich hat der Magnetismus unsere Nasen besiegt.

Nun übernehmen unsere Lippen das nächste Manöver. Ganz langsam. Ich spüre seinen Nasenflügel an meinem, seine Wange an meiner, erst rechts, dann links, und dieses Gefühl ist so heftig, dass ich sein Kinn packen und seinen Mund auf meinen pressen möchte, aber ich halte es aus, ich möchte diesen Moment hinauszögern, weil er so kostbar ist, weil er so aufregend ist, so …

Und dann sind da nur noch seine Lippen. Und meine. Und die Süße unserer Berührung elektrisiert meinen ganzen Körper.

24

Auch wenn an diesem Geburtstag einiges anders ist als sonst – zum Beispiel: Ich bin frisch verliebt! –, werde ich nicht auf mein liebstes Ritual verzichten: den obligatorischen Freundinnen-Geburtstagsspaziergang mit Lou.

Kurz nachdem Mum, Theo, Jasper und ich ein üppiges Sonntagsfrühstück mit meinen Lieblingscroissants, Brezen, Brötchen, Rühreiern, Käse, Avocado, Müsli und natürlich einem Stück köstlicher Geburtstagstorte verspeist haben, steht Lou schon auf der Matte. Da kann ich mich gleich für die Torte bedanken – die hat sie nämlich zusammen mit ihrer Mutter gebacken. Und es ist nicht irgendeine Torte. Sie ist riesig, schneeweiß und dreistöckig! Jeder Abschnitt hat eine pastellfarbene Kante, zarte Notenschlüssel aus Schokolade sind überall verteilt und oben auf dem Kuchen sitzen vier Figuren, drei mit Instrumenten, eine an einem winzigen Mikrofon, alle aus Fondant geformt. Ganz klar: Das sind Miniaturausgaben von Jasper, Sebi, Lou und mir, die aussehen, als würden sie gleich losspielen.

»Die Torte ist echt der Hammer!« Ich falle Lou begeistert um den Hals, bescheiden winkt sie ab.

»Hat Spaß gemacht! Wollen wir los?« Vorsichtig schielt sie zu Jasper. Ob sie Sorge hat, er will uns begleiten?

Doch Jasper springt sofort vom Esstisch auf, verkündet, er habe noch etwas zu erledigen, und lässt uns ziehen. Lou wirkt erleichtert. Wahrscheinlich sind es die Erfahrungen mit Finn, die ihr noch in den Knochen stecken.

Kaum haben wir die Haustür hinter uns zugezogen, fragt Lou: »Und wie fühlt es sich an?«

»Jasper zu küssen?«, frage ich zurück. »Himmlisch!«

Wir biegen in Richtung Reichenbachbrücke ab, um auf die andere Isarseite zu gelangen.

»Quatsch, fast erwachsen zu sein, natürlich.«

»Mit meinen siebzehn fühle ich mich erhaben und sehr alt und möchte mit kleinen Kindern wie dir nichts mehr zu tun haben«, intoniere ich hoheitsvoll. Lou boxt gegen meinen Oberarm.

»Bitch«, sagt sie und hakt sich bei mir unter.

»Gerne«, antworte ich grinsend. »Aber jetzt erzähl mir alles, was mit dir und Sebi gelaufen ist. Und wie du dich fühlst. Und wie er so ist. Küsst er gut? Und fühlt er sich gut an? Riecht er gut? Ich finde ja Geruch sehr wichtig. Ich meine, er ist ja schon ein Süßer …«

»Charlie«, unterbricht mich Lou. »Ich weiß schon, du hast Geburtstag, aber deshalb musst du nicht ganz sooo aufgedreht sein.«

»Okay. Ich halte mich zurück …«, verspreche ich. »Aber jetzt erzähl schon!«

»Na ja, wir wandeln hier gerade auf historischen Pfaden«, erklärt sie. Sie zeigt auf den Isar-Kiosk, an dem sie sich nach der letzten Bandprobe Bier gekauft haben, und berichtet, wie ewig lange sie spazieren gegangen sind und dabei unentwegt geredet haben. Und dass er sie vor ihrer Haustür dann geküsst hat. So richtig klassisch.

»Oh, ich freue mich so für dich!«, erkläre ich am Schluss

und umarme sie fest. »Du hast es so verdient! Ihr seid wirklich ein …«

»Sag nicht ›süßes‹ Paar, sonst trete ich dich.«

»Okay, der Tritt hätte gesessen. Nein, ich finde, ihr passt mega zusammen. Und Sebi wirkt irgendwie nicht nur glücklich, sondern auch so stolz. Weil *du* ihn auserkoren hast.«

»Die Krone der Weiblichkeit?«

»Ikone.«

»Na ja. Aber … ja, er ist sooo süß! Wirklich! Er fragt immer, wie's mir geht und was er mir Gutes tun kann, und ist besorgt und mitfühlend. Und er ist ein toller Küsser.«

»Hmmm«, mache ich genüsslich.

»Jasper auch?«

Ich nicke nur und lachend laufen wir etwas schneller.

»Ich hab mir ja schon länger gedacht, dass du und Jasper …« Lou macht Anführungszeichen in die Luft. »… ›ein süßes Pärchen‹ wärt.«

»Echt?«

»Ja, der passt tausend Mal besser zu dir als Finn. Was hast du eigentlich von ihm zum Geburtstag bekommen? Also, von Jasper, meine ich.«

»Ach, nichts.«

Sie bleibt abrupt stehen und schaut mich irritiert an. Ich lache laut los.

»Na ja, bisher nicht«, erkläre ich. »Wenn wir heute Abend alle zusammen essen gehen, bekomme ich mein Geschenk, hat er versprochen. Er macht ein totales Geheimnis daraus und ich bin ehrlich total gespannt. So was wäre Finn nie eingefallen.«

»Und habt ihr reingefeiert?« Lou will nun alles wissen.

»Na klar.« Ich spüre selbst die Seligkeit auf meinem Gesicht, als ich an den Vorabend denke. »Um zwei Minuten vor zwölf hat er unter seinem Bett zwei Piccoloflaschen Champagner hervorgezogen und um Schlag Mitternacht die Korken herausknallen lassen. Dann hat er Wunderkerzen angezündet und so lange, wie sie gebrannt haben, Wünsche aufgezählt. Ich krieg gar nicht mehr alle zusammen. Am Ende hat er uns beiden gewünscht, dass wir eines Tages endlich zusammenziehen können. Ich hätte mich wegschmeißen können.«

»Ein Mann mit Humor!«, stellt Lou fest. »Ist das nicht verrückt, dass wir jetzt beide einen Freund haben? Ich finde das so großartig! Da muss sich keine von uns beiden wie das dritte Rad fühlen. Und die Jungs verstehen sich auch noch untereinander.«

»Ach, was haben wir für ein Glück.«

»Wir sollten eine Podcastfolge über das Glück machen«, schlägt sie dann vor. *»Zwei Freundinnen finden das Glück.* Verdoppelt es sich, weil wir beide es haben?«

»Unbedingt.«

»Vergleichen wir es miteinander?

»Niemals.«

»Gefährdet es unsere Freundschaft?«

»In keinster Weise!«

»Habt ihr das eigentlich schon ausdiskutiert, dass ihr wirklich ein Paar seid?«, frage ich Lou.

»Na ja, nicht wirklich, also er hat mich jetzt nicht gefragt: ›Willst du mit mir gehen?‹ Aber wir haben uns gesagt, dass wir unentwegt aneinander denken, und wir würden am liebsten den ganzen Tag knutschen. Ihr auch?«

»Hm. Klar. Meine Mum wollte schon mit Theo wetten, wer von uns beiden zuerst dabei erstickt.« Schon spüre ich richtig Sehnsucht nach Jasper. Noch immer ist jeder Kuss so aufregend und neu und frisch und beinahe irreal, weil ich mich erst mal dran gewöhnen muss, dass ich das jetzt darf: hingehen und ihn küssen. Ihn berühren. Und mich wundern, was für eine große Freude ich dabei empfinde, dass es so ist.

»Und ist es nicht megakomisch, weil ihr unter einem Dach lebt?«, reißt mich Lou aus meinen Gedanken.

»Doch, schon etwas«, gebe ich zu. »Ich glaube, wenn er jetzt sagen würde, er will heute Abend allein sein, dann fände ich das merkwürdig.«

»Na, heute Abend bestimmt nicht«, versichert sie mir.

»Nee, klar, aber auch sonst. Ich weiß nicht. Das müssen wir sicher erst ein bisschen üben, wie das so geht mit Nähe und Distanz. Am besten, wir schicken Sebi und Jasper regelmäßig allein los und machen uns einen gemütlichen Abend miteinander. Ohne Jungs.«

»Das machen wir. Und auf Konzerte gehen wir auch nur zu viert. Versprochen?«

»Versprochen.« Ich lege den Arm um ihre Schulter und bette meinen Kopf auf ihren. An diesem glücklichen Tag eine weitere Glückswoge zu spüren, ist nicht wirklich normal. Ich tue es trotzdem.

»Nie wieder Streit!«, beschwöre ich.

»Nie wieder Streit. Oder nur wegen lächerlicher Dinge«, stimmt sie mir zu.

»Sehr lächerlicher Dinge!«

»Zum Beispiel darüber, ob es bei unserer Party in zwei

Wochen nur Prosecco und Bier gibt – oder auch Wodka und Eierlikör.«

»Und ob wir für die Fleischfresser ein paar Frikadellen parat halten oder ein rein vegetarisches Buffet machen.«

»Oder ein veganes.«

»Oder das. Gute Idee.«

»Nee, du sollst das schlecht finden, damit wir streiten können.«

Ich lasse sie los und wir schlendern über die Brudermühlbrücke zurück in Richtung Au.

»Aber nicht heute.«

Zehn Minuten später sind wir wieder bei mir zu Hause angelangt, doch statt sich zu verabschieden, verkündet Lou, sie habe noch etwas für mich.

»Deine Torte war doch schon ein Riesengeschenk!«, wehre ich ab, freue mich aber trotzdem, als sie mir ein kleines Päckchen in die Hand drückt.

»Weil heute nicht Weihnachten ist, gibt es nur Kleinigkeiten. Winzigkeiten geradezu«, erklärt sie. Die sie allerdings so fest verpackt hat, dass ich eine Schere benötige, um all die Bändchen, Aufkleber, Boshi-Tapes und Tesastreifen entfernen zu können. Als das endlich erledigt ist, halte ich ein Pappkästchen in der Hand. Vorsichtig hebe ich den Deckel an. Darin sitzen eine Löwin und ein kleiner Pinguin. Aus dem Playmo-Zoo.

»Die wollten zu ihrem Kind beziehungsweise zu ihrer Mama.« Lou lächelt verschmitzt. »Und wenn du ganz lieb ›bitte, bitte‹ sagst, bekommst du den Rest vom Zoo auch noch. Der hat nur nicht mehr in die Schachtel gepasst.«

»Du verrücktes Huhn«, sage ich und sehe noch einmal in

den kleinen Karton. Auf dem Boden erkenne ich ein schwarzes Samtbeutelchen. »Ups.« Ich hole es raus und öffne es. An meinem Finger baumelt ein mattgoldenes, rundes Medaillon an einer zarten Kette. In der Mitte des Anhängers funkelt ein kleiner Stein.

»Schau rein«, fordert mich Lou auf.

Ich schiebe den Deckel des Medaillons zur Seite. In seinem Inneren ist ein kleines Foto von Lou und mir, auf dem wir unsere Wangen aneinanderpressen. *Du. Ich. Passt.*, ist am unteren Rand zu lesen.

»Oh Gott, Lou, es ist wunderschön! Tausend Dank! Legst du es mir um?« Sie nickt, ich halte meine Haare hoch, und sie befestigt die Kette um meinen Hals.

»Bin ich froh, dass ich das hier gerade machen kann«, erklärt sie. »Ich habe das Medaillon schon in den Sommerferien gekauft. Und zwischendurch hatte ich das Gefühl, ich könnte es auch gleich in den Müll werfen.«

»Puh, da haben wir ja echt noch mal Glück gehabt!«, sage ich und ziehe sie ganz fest an mich. Und bin froh, dass sie mein Grinsen nicht sieht. Denn für ihren Geburtstag habe ich eine sehr, sehr ähnliche Kette besorgt. Ebenfalls in den Sommerferien. Aber das verrate ich natürlich nicht.

25

Das *Restaurant 181* im Olympiaturm heißt so, weil man sich in ihm 181 Meter über dem Boden befindet. Kein Wunder, dass die Aussicht gigantisch ist. Genau der richtige Platz, um meinen Geburtstag mit meinen liebsten Menschen zu feiern: mit Jasper, Mum, Theo und der ganzen Familie Jablonski.

Obwohl es beinahe stockdunkel ist, ist das Häusermeer unter uns gut auszumachen. Überall glitzert und funkelt es und die Türme der Münchner Skyline zeigen uns, wo was zu entdecken ist. Lukas springt ausgelassen einmal rundum durch das ringförmig angeordnete Restaurant, was ihm gleich einen strengen Anpfiff seiner Mutter einbringt. Er zupft an der kleinen Fliege, die ihm Adam für den feierlichen Anlass unter den Hals gebunden hat. Vermutlich wäre ihm ein Mc-Donalds-Besuch doch lieber gewesen. Immerhin hat sich bisher keiner der Gäste über ihn beschwert.

Alle haben sich heute sehr schick gemacht: Adam und Theo tragen Anzüge mit Krawatten, Magda einen schwarzen Hosenanzug mit einem silberfarbenen Top unter dem Jackett und Mama ein bordeauxfarbenes Wickelkleid, in dem sie heute besonders weibliche Kurven zeigt. Irgendwie habe ich das Gefühl, sie hat in den letzten Wochen etwas zugenommen. Auch Sebi und Jasper sehen wie echte Gentlemen aus. Sebi hat einen schwarzen Rollkragenpullover zur grauen Stoffhose an und Jasper steckt in einem ähnlichen Outfit – allerdings umgekehrt. Seine Hose ist schwarz, der Rolli dagegen elfenbeinfarben, was seinen Hautton geradezu leuchten lässt. Lou und ich haben beide Kleider angezogen – sie ein kleines Schwarzes mit leuchtend gelben Polka-Dots, ich ein wadenlanges Kleid mit einem grafischen Retroprint-Muster, das der Kostümdesignerin von *Das Damengambit* zur Ehre gereicht hätte.

Wir nehmen an dem festlich gedeckten Neunertisch Platz und der Ober füllt unsere Gläser mit einer prickelnden, goldrosa schimmernden Flüssigkeit. Erst als wir anstoßen, fällt mir auf, dass Mum genau wie Lukas Orangensaft trinkt. Ich werfe ihr einen fragenden Blick zu, den sie gekonnt ignoriert. Kaum stellen wir die Gläser ab, schlägt sie mit dem Messer gegen ihres. Alle verstummen und sehen sie erwartungsvoll an.

Oh Gott, bete ich, bitte keine Rede über meine dümmsten Kleinkind-Fauxpas, über unvergessliche Momente mit Papa, bei denen die Erinnerung unser Make-up zerstört, und auch keine peinlichen Teenager-Anekdoten.

»Ich möchte, dass wir auf meine wundervolle, einzigartige Tochter Charlotte trinken«, sagt Mum. Sie glüht geradezu, sprüht Glückspartikel in die Umgebung. »Sie ist das Beste, was mir in meinem Leben widerfahren ist.« Wir stoßen noch einmal alle an und trinken. Ich denke schon, dass ihre Rede beendet ist, aber sie fährt fort: »Auch wenn ich weiß, dass dies Charlies Abend ist – so möchten wir die gute Gelegenheit doch nutzen, um euch etwas mitzuteilen.«

Wollen sie heiraten?

»Charlie und Jasper werden vermutlich in zwei, drei Jahren das Haus verlassen, aber so wie es aussieht, wird es Theo und mir, wenn alles gut geht, nicht langweilig werden.« Ich starre auf die Hand, die auf ihrem Bauch liegt. Oh nein … ich ahne, was kommt. Jaspers Hand zerquetscht beinahe meine. Wir sehen uns schnell an und blicken dann betreten auf die Tischdecke. Ehrlich jetzt?

»Wir erwarten Ende April nächstes Jahr Nachwuchs.«

»Wohooo!«, macht Magda, beugt sich zu meiner Mutter und drückt sie fest an sich. Adam gibt Theo ein High Five, Lukas, Lou und Sebi applaudieren zaghaft. Nur Jasper und ich sitzen wie erstarrt da. Wir bekommen ein Geschwisterchen?

Ich spüre, wie uns Mum und Theo erwartungsvoll anstarren.

»Glückwunsch«, sage ich. »Direkt bevor unser Abijahr losgeht, super Timing.«

Mum und Theo kichern.

»Dann haben wir wenigstens eine Ausrede, warum wir nicht babysitten können«, raunt mir Jasper zu.

»Komm schon, Charlie, freust du dich nicht für uns?«

Ich weiß, dass sich meine Mutter schon immer ein zweites Kind gewünscht hat. Und mit ihren 43 ist es auch höchste Eisenbahn. Natürlich freue ich mich für sie. Aber irgendwie fühlt sich die ganze Konstellation … merkwürdig an. Außerdem hätte ich es lieber gehabt, wenn dies wirklich nur mein Abend gewesen wäre. Und nicht der eines kleinen Bruders oder einer kleinen Schwester. Aber okay, jetzt ist es so, und wenn ich sauer auf meine Mutter bin, dann ruiniere ich nicht nur ihr, sondern auch mir den Abend. Ich schließe für eine Sekunde die Augen und atme drei Mal tief durch.

»Ich wünsche euch viel Glück«, sage ich dann.

»Danke, Schatz!« Meine Mutter beugt sich zu mir herüber und küsst mich. »Aber hast du gar nichts gemerkt?«

Ich schüttle den Kopf. »Ich befürchte, ich war viel zu abgelenkt.«

Sie streichelt über meinen Arm und setzt sich wieder.

»Schluss jetzt mit dem Thema«, sagt sie. »Ab sofort geht es nur noch um Charlie!«

Und so ist es dann auch. Nach der köstlichen Vorspeise habe ich das Thema Nachwuchs tatsächlich fast vergessen. Ich genieße das muntere Geplauder meiner Familie und meiner Freunde, das tolle Essen und die grandiose Aussicht.

»Das Einzige, was wirklich schade ist ...«, sagt Lou nach dem letzten Hauptgang, »... ist die Tatsache, dass wir keine Chance bei dem Bandwettbewerb bekommen haben.« Ich nicke zustimmend. Nachdem ich das Video angesehen habe, das Theo am Donnerstagabend bei unserem Café-Gig aufgenommen hat, bin ich sicher, dass es der Titel auf die vorderen Plätze geschafft hätte. Obwohl wir ohne Keyboard gespielt haben, klang er einfach super.

»Hä?«, stößt Theo plötzlich aus und steht auf.

Noch eine Überraschung?

Ich drehe den Kopf in die Richtung, in die er schaut, und sehe zwei Frauen auf uns zukommen. Eine ist dem Alter nach sicher Ende vierzig, genau wie Theo, die andere etwa Mitte zwanzig. Sie sind beide echte Erscheinungen – die ältere trägt einen sehr kurz geschnittenen Afro, die andere eine kunstvolle Flechtfrisur. Und die jüngere von beiden ähnelt Jasper so sehr, als sei sie sein verlorener Zwilling. Jasper springt auf.

»Hey, Mama!«, ruft er und fällt der dunklen Schönheit um den Hals.

»Na, mein Großer?« Sie fährt ihm durchs Haar, ihre Nasen

pressen sich aufeinander und sie küssen sich auf die Wangen.

»Jetzt ich mal«, sagt die Jüngere und tritt auf Jasper zu. Sie sind beinahe gleich groß. Einen Augenblick lang schauen sie sich nur an und Jasper schüttelt ganz leicht den Kopf.

»Du Verrückte«, begrüßt er sie und knufft sie gegen die Schulter. Sie grinst in einer Mischung aus entschuldigender Verlegenheit und sanftem Spott.

»Na, diesmal kannst du mir nichts vorwerfen«, sagt sie und schließt ihn in die Arme, was er freudig erwidert. Ich starre Imelda an – denn wer anders als seine Schwester soll die junge Frau schon sein? – und ganz langsam beginnen Puzzleteile in meinem Gehirn, an ihren Platz zu fallen. Was sicher damit zu tun hat, dass Jasper mir versprochen hat, heute Abend aufzuklären, wer hinter dieser Ed-Sheeran-Schreiberei steckt.

Ich habe den ganzen Samstag gebohrt, was es damit auf sich hat, aber er wollte es mir partout nicht verraten. Die Zeit dafür, das Geheimnis zu lüften, würde schon noch kommen, hat er gebetsmühlenartig verkündet. Und ich glaube, nun steht sie kurz bevor. Doch ehe ich weiter darüber nachdenken kann, ob ich mit meinen Geistesblitzen richtigliege, führen Theo und Jasper die beiden Frauen an unseren Tisch.

»Das ist Balbina, meine Mum«, stellt Jasper sie vor. Er greift nach dem Arm seiner Schwester und zieht sie an sich. »Und das Imelda, my older sister.«

Schon eilt ein Kellner herbei und schiebt einen weiteren Tisch an unseren, sodass sich die beiden setzen können.

»Was *macht* ihr hier?«, fragt Theo, noch immer vollkommen perplex. Er tätschelt die Hand seiner Tochter und freut sich offensichtlich, sie zu sehen.

»Ach, wir hatten geschäftlich in München zu tun«, antwortet Balbina. Bevor sie weiterreden kann, wird die Beleuchtung plötzlich stark heruntergefahren. Balbina lächelt und legt sich einen Finger auf den Mund. Was ist hier los? Kommt jetzt der Nachtisch, der von 1700 Wunderkerzen erhellt wird? Nur für mich?

Doch nichts dergleichen geschieht. Im Gegenteil: Die Kellner stehen alle bewegungslos an ihren Plätzen und stieren in dieselbe Richtung. Zum Aufzug, wie mir klar wird. Ich drehe mich dorthin und da öffnet sich auch schon die Tür.

Heraus spaziert ein lässiger Typ in löchriger Jeans und kariertem Hemd. Er trägt eine dicke schwarze Brille, seine Haare sind verwuschelt und leuchtend rot.

Der Mann, der nun geradewegs auf mich zukommt, ist …

… Ed Sheeran!

Wenn ich nicht schon sitzen würde, würde ich jetzt umfallen. Kann mich mal wer zwicken?

»Hi«, sagt er und winkt in die Runde. Jetzt erst bemerke ich, dass er in einer Hand eine Gitarre hält. Aus dem Nichts taucht eine Kellnerin auf, reicht ihm ein Kabel und stellt einen Mikrofonständer vor ihn. Er stöpselt in aller Seelenruhe sein Instrument ein und dann sieht er mich an.

Ich schwöre, noch nie in meinem Leben habe ich den Mund vor Überraschung aufgesperrt. Aber nun merke ich, wie mein Unterkiefer unkontrollierbar nach unten klappt.

»Happy Birthday, Charles«, sagt er und grinst mich an. Und dann fängt er an zu spielen. Ich erkenne die ersten Takte von »Perfect« sofort und kann nicht verhindern, dass mir die Tränen in die Augen schießen. Jasper legt von einer Seite seine Hand auf meine Schulter, Lou umklammert meinen freien Arm. Mit einem sehr kurzen Seitenblick erkenne ich, dass auch über ihre Wangen Tränen laufen.

Ed scheint das nicht zu stören. Auf seine unvergleichlich charmante Art singt er den Song. Für mich. Für mich und Jasper. Für mich und Lou. Für Lou und Sebi. Ich flüstere jedes Wort mit und wir bewegen uns im Takt zur Musik. Sebi hat mittlerweile Lou von hinten umschlungen und vergräbt seine Nase in ihrem dichten Haar.

Irgendwann ist es so weit und Ed hat sein Lied beendet. Waren das wirklich nur drei oder vier Minuten? Imelda geht ganz selbstverständlich auf ihn zu, flüstert ihm etwas ins Ohr und nimmt ihm die Gitarre ab. Da kommt er auch schon auf mich zu, streckt mir die Hand hin und gratuliert mir noch einmal. Ich kann nicht anders und bedenke ihn mit einer Umarmung, die er augenscheinlich gerne erwidert. Er fühlt sich kompakt und durchtrainiert an, und er riecht nach einer Mischung aus Holz und Zimt.

Ich bedanke mich und merke, wie schwer es jedes Mal ist, auf Knopfdruck Englisch zu sprechen. Ich stottere ein wenig herum, viel mehr als »Thank you so much« und »Awesome« und »What a surprise« fällt mir kaum ein. Aber plötzlich schießt ein glasklarer, perfekter englischer Satz durch mein Hirn, und ehe ich auch nur eine Sekunde überlegen kann, ob es sinnvoll ist, ihn auszusprechen, ist er schon heraus.

»Did we both text on Instagram with each other?«, frage ich ihn. Ed sieht mich verblüfft an.

»Nope«, sagt er schlicht und dann wendet er sich in Balbinas Richtung.

Ich spüre, wie mich Lou und Sebi irritiert anschauen. Doch dann steht Imelda vor mir und zwinkert.

»Schön, dich endlich in echt kennenzulernen«, sagt sie und schüttelt meine Hand. Ihr Grinsen ist so breit, dass man eine Wäscheleine zwischen den Mundwinkeln aufhängen könnte.

»Du?«, frage ich nur und sie nickt. Ich verstehe rein gar nichts mehr. »Was machen deine Mum und deine Schwester noch mal beruflich?«, wende ich mich an Jasper.

»Balbina ist die Pressefrau von Ed Sheeran und ein paar anderen Musikern«, erklärt Imelda. »Und ich betreue seine Social-Media-Accounts.«

»Du hast mir als Ed geschrieben?«

»Sieht so aus.«

»Und du hast angefangen, gute Worte für Jasper einzulegen.«

»Hat sie!« Jasper sieht aus, als fände er das mega und scheiße gleichzeitig.

Sie legt ihren Arm um seine Hüfte und wuschelt ihm durch die Haare. »Ich hatte da noch etwas gutzumachen. Und wie es aussieht, hat es geklappt.«

»Du hättest mal ihre Blicke sehen sollen, als sie dachte, ich würde mich für Ed ausgeben«, erklärt Jasper empört. »Da hätte ich beinahe den Rückzug angetreten.«

»Na ja, ein bisschen was musstest du schon selbst wagen.« Imelda drückt ihm einen Kuss auf die Schläfe.

»Ähm, Moment, ich hab das noch nicht ganz verstanden«, unterbreche ich. »Und die Aktion bei dem Interview? Als Ed über mich geredet hat?«

Imeldas Grinsen ähnelt dem von Jasper ungeheuerlich.

»Ich habe ihm natürlich von dir erzählt und ihn gebeten, das Thema im Interview aufzugreifen. Er fand deine Geschichte wirklich herzzerreißend.«

Ich presse die Lippen aufeinander und weiß nicht so recht, was ich sagen soll.

»Aber wieso hast du geahnt, dass Jasper und ich … also, dass wir … na ja …«

»… füreinander geschaffen seid?«, beendet sie den Satz. »Ganz einfach – in immer mehr Telefonaten hat er ständig gesagt ›Charles hat dies und Charles hat das und Charles findet …‹ Vor allem, dass du ihn vor der Polizei in Schutz genommen hast, hat ihn schwer beeindruckt.«

Jasper nickt ausgiebig.

»Da war mir schnell klar, was da läuft. Auch wenn er selbst noch ein wenig gebraucht hat, um das zu verstehen.«

»So wie du auch«, sagt Lou zu mir, und sie und Imelda klatschen sich ab.

»Can I have an espresso? And some ice-cream?«, höre ich nun Ed hinter uns fragen. Jasper bietet ihm sofort seinen Platz an, der Megastar löst sich aus seinem Gespräch mit Balbina und lässt sich auf den Stuhl fallen. Ein Kellner eilt mit einem Espressokännchen herbei – offensichtlich war der Kaffee schon vorbestellt.

»Etwas Musik dazu wäre schön«, sagt Ed, natürlich auf Englisch. »Ich habe gehört, hier gibt es so eine junge Band mit einem eigenen Titel. Wollt ihr für mich spielen?«

»What?«, ruft Lou und schlägt die Hand vor den Mund.

»Ähm«, stottere ich. Beinahe hätte ich gesagt, er kenne den Song doch schon – aber dann fällt mir ein, dass es ja Imelda war, die ihn gelikt und kommentiert hat. In Eds Namen.

»Wir hätten alles da«, sagt Jasper. »Na ja, fast. Mögt ihr?« Er drückt Lou die Gitarre in die Hand, auf der Ed eben noch gespielt hat, mir überreicht er das Mikrofon und zu Sebi sagt er: »Das Schlagzeug wäre etwas groß gewesen – aber das hier ging.« Er hält ihm einen Shaker, ein Tambourin und eine Rahmentrommel hin. Nur wenige Schritte von unserem Platz entfernt steht ein Klavier, an dem er sich jetzt niederlässt.

Ed rührt fröhlich in seinem Espresso, nimmt einen Happen von dem riesigen Eisbecher, der gerade vor ihn gestellt wurde, und sieht uns erwartungsvoll an.

»Und die anderen Leute?«, frage ich etwas beklommen.

»Ist abgesprochen«, sagt Jasper. »Mach dir keine Sorgen.«

Es macht deutlich mehr Spaß, den Song zu spielen, wenn der Pianist nicht zwischendurch verschreckt in die Küche rennt. Diesmal ist Jasper völlig entspannt und dabei gleichzeitig auf die Musik konzentriert. Lou und ich verpatzen einmal unseren Einsatz, aber dennoch spielen wir heute noch besser als am Donnerstag. Nach der letzten Zeile klatscht nicht nur Ed Sheeran, sondern die anderen Restaurantgäste applaudieren gleich mit.

Ed steht auf und kommt auf uns zu.

»Great song!«, sagt er. »Fantastic!« Er ergänzt, dass er den Text zwar nicht verstanden hätte, aber immerhin hätte er rausgehört, dass es um »Gluck« geht.

Lou und ich sehen uns sprachlos an. Irgendwie rechne ich immer noch damit, in der nächsten Sekunde aus einem besonders plastischen Traum gerissen zu werden. Doch nichts dergleichen passiert. Ed geht zu Jasper ans Klavier und bespricht etwas mit ihm. Jasper nickt und sein Gesicht strahlt immer mehr.

»Okay, Folks«, Ed wendet sich wieder an uns alle. »It's been a long day, have to go to my hotel. See you tomorrow in the studio!« Dann umarmt er noch kurz Imelda und Balbina, und auch ich bekomme einen Abschieds-Hug. »Enjoy your live«, sagt Ed und wenige Augenblicke später ist er im Fahrstuhl verschwunden.

»Crazy«, sagt Sebi und kratzt sich am Kopf. »War das alles echt? Oder ist hier irgendwo eine versteckte Kamera?«

»Alles echt.« Jasper grinst.

»Und der ist nur wegen mir … also, wegen uns gekommen?«, frage ich nach.

»Er ist gerade auf Promotour für sein neues Album«, erklärt Imelda. »Er hat heute den ganzen Tag über Musikjournalisten aus ganz Deutschland ein Interview nach dem anderen gegeben. Da fand er die Aussicht, am Ende des Tages wenigstens mal kurz vom Olympiaturm schauen zu können, ganz abwechslungsreich.«

»Krass.« Ich schüttle noch immer fassungslos den Kopf.

»Und was meinte er mit ›Wir sehen uns morgen im Studio‹?«, fragt Lou und sieht Imelda mit fragendem Blick an. Ich wage nicht auszusprechen, was das bedeuten könnte. Nee – das kann gar nicht sein! Oder doch?

»Na ja«, gepaart mit der typischen Kopf-kraul-Geste grinst Jasper. »Wir haben vereinbart, wenn ihm der Song gefällt, dürfen wir ihn im Studio der Plattenfirma richtig professionell aufnehmen. Er hat da morgen sowieso zu tun und begleitet uns dann in einem Durchgang mit der Gitarre und singt den Refrain mit. Ab sechzehn Uhr können wir loslegen. Am Dienstag fliegt er zurück nach England.«

Lou und ich kreischen los. Dann umarme ich Jasper.

»Das ist das tollste Geburtstagsgeschenk der ganzen Welt!«

Und er hat etwas dafür getan, was er vermutlich nie mehr hatte tun wollen: die Kontakte seiner Mutter zu nutzen. Nur meinetwegen. Ich küsse ihn stürmisch, aber Jasper löst sich schnell von mir.

»Das haben wir vor allem dem großen Überredungstalent von Balbina zu verdanken«, erklärt er tatsächlich. »Danke, Mum, du bist die Beste!« Er wirft ihr eine Kusshand zu. Sie lächelt erfreut.

»Man tut, was man kann«, sagt sie. »Aber ich freue mich wirklich sehr, dass du deinen Frieden mit der Musik geschlossen hast. Weißt du …«, sie rückt näher an mich ran, »… es gab mal eine Zeit, also so vor vier, sechs Wochen, da dachte ich, er würde nie wieder ein Instrument anrühren. Und das wäre doch sehr schade gewesen.«

»Allerdings!«, stimme ich ihr zu.

»Mum, hör schon auf«, sagt Jasper. »Ich hab's ja begriffen.«

»Was?«, frage ich.

»Dass es immer irgendwie weitergeht. Und auch wenn man meint, man sei der unglücklichste Mensch auf Erden, ist nicht gesagt, dass man nicht auch bald wieder der glücklichste sein kann. Weil – so ist das Leben eben.«

»Cheers«, sagt Theo und reißt sein Glas in die Höhe. Und ich proste ihnen allen zu: Mum und Theo, Magda und Adam und Lukas, Balbina und Imelda, Lou und Sebi. Und dann Jasper. Den mir das Schicksal geschickt hat, als es mir schlecht ging. Zum Glück.

Podcast

Oktober 2022

Ich: »Hey, beste Freundinnen und Freunde, willkommen zu einer neuen Folge unseres Podcasts, heute mit dem Thema ›Freundinnen im Glücksrausch‹. Wir sind …«
Du: »Lou.«
Ich: »Und Charlie. Beste Freundinnen von Geburt an.«
Du: »Und das ist unser Kanal. Viel Spaß mit den *Po-Casterinnen.*«
Ich: »Okay, kommen wir gleich zur Sache. Eine der glücklichsten Wochen unseres Lebens liegt hinter uns. Lou, hast du ein Highlight unter den Glücksmomenten der letzten Tage?«
Du: »Das ist echt schwer, da eine Entscheidung zu treffen. Es waren so viele und so viele unterschiedliche.«
Ich: »Komm, wir gestehen es jetzt, einverstanden?«
Du: »Na klar!«
Ich: »Wir sind beide frisch verliebt.«
Du: »Und zwar – und das ist uns ganz wichtig zu sagen – in zwei verschiedene Kerle. Also jede in einen. Nicht wir beide in denselben.«
Ich: »Ja, da bin ich auch so was von froh drüber. Schon mal ein großes Glück. Es geht ja auch anders, wie wir wissen.«
Du: »Außerdem haben wir am Sonntag Charlies siebzehnten Geburtstag gefeiert und der Tag war ein einziges Glücksrauschen.«

Ich: »Unfassbar! Tolle Geschenke gab's, eine fantastische Torte und dann auch noch …«

Du: »Pscht, verrat nicht gleich alles. Nur so viel: Der Montag hat alles getoppt! Was wir da gemacht haben, wollt ihr es wissen? Wenn ihr uns auf Instagram folgt, dann schaut mal unser aktuelles Reel an. Das haben wir vor zehn Minuten hochgeladen.«

Ich: »Ich kann es immer noch nicht glauben.«

Du: »Ich auch nicht. Und wenn das ein gewisser Ex-Freund sieht …«

Ich: »Du meinst, unser gemeinsamer Ex-Freund …«

Du: »Genau. Der platzt.«

Ich: »Denk ich auch. Ich gönne ihm echt einen Siegertreppchenplatz für den Schülerbandwettbewerb, wirklich von ganzem Herzen.«

Du: »Da schließe ich mich an, viel Glück, Finn! Ernsthaft. Manchmal werden ja die kühnsten Träume wahr.«

Ich: »Wir haben so lange … oh mein Gott … wir haben unseren neuen Song *Zum Glück* schon mal in einem richtigen Tonstudio eingespielt. Mit professioneller Begleitung.«

Du: »Wir hatten einen genialen Studiomusiker dabei.«

Ich: »Na ja, bei den ersten drei Durchgängen hat er immer den Einsatz verpatzt. Aber dann ging's.«

Du: »Wahrscheinlich war er so aufgeregt, weil er mit uns spielen durfte.«

Ich: »Bestimmt! Der hat eine ganz große Zukunft vor sich, da bin ich sicher. Vielleicht habt ihr schon mal von ihm gehört.«

Du: »Es war … tata …«

Ich: »Mister Ed Sheeran!«

Du: »Wirklich, das ist unser voller Ernst. Und es war so eine Ehre, mit ihm zu spielen. Schaut's euch im Reel an, da haben wir ein Video vom Making-of. Und ich glaube, man sieht, dass auch Ed mit uns viel Spaß hatte.«

Ich: »Was hat er am Ende gesagt? Er freut sich drauf, wenn wir mal als Vorgruppe bei einem seiner Konzerte spielen. Ich glaub ja, das war ein Spaß, aber immerhin …«

Du: »Ein solches Lob vom Meister persönlich. Ich habe auf Wolken geschwebt, bis ich ins Bett gefallen bin.«

Ich: »Ging mir genauso. Ach, Lou, und dass wir das gemeinsam erleben durften!«

Du: »Ja, das war das Allerbeste. Du bist die Allerbeste.«

Ich: »Nee, du. Okay – wir zwei. Die allerallerbesten … Freundinnen für immer.«

Playlist

- Perfect – Ed Sheeran
- Afterglow – Ed Sheeran
- I don't care – Ed Sheeran
- Sir Chloe – Mercy
- The A Team – Ed Sheeran
- With a little help from my friends – The Beatles
- Moon River – Audrey Hepburn
- All I Want – Olivia Rodrigo
- Nevermind – Nirvana
- Fear and Force – Vagabon
- Auf uns – Andreas Bourani
- Bohemian Rhapsody – Queen
- Grüne Augen lügen nicht – Jeremias
- Six feet under – Billie Eilish
- Zum Glück – Tabea und Freddy

Danksagung

Verliebt zu sein, ist eines der aufregendsten Gefühle, das man haben kann. Und je jünger man ist, umso aufregender ist es auch. Aus der Erinnerung an all die Jungs, in die ich in meiner Teenagerzeit so nervenaufreibend verknallt war, ist die Idee für dieses Buch entstanden. Also muss ich mich eigentlich bei ihnen bedanken, dass sie mir diese Erfahrung beschert haben – die allermeisten, ohne dass sie es auch nur geahnt haben.

Aber mindestens genauso wichtig sind die Erinnerungen an meine damaligen besten Freundinnen, mit denen ich diese verwirrende, glückliche und unglückliche Zeit teilen durfte. Wir standen uns zur Seite, wir unterstützten uns und wurden nicht müde, die immer gleichen Gespräche zu führen: »Glaubst du, er ist in mich?« – »Schau mal, ob er schaut.« – »Meinst du, er kommt?«

Bei euch bedanke ich mich für die Geduld und die Ausdauer und das Gefühl von Zugehörigkeit und Zusammenhalten – egal, was auch geschah.

Doch auch in der Jetztzeit gibt es natürlich Menschen, bei denen ich mich herzlich bedanken möchte:

Bei meiner Agentin Birgit Arteaga, die immer die richtigen Wege findet, um meine Buchideen unter ein Verlagsdach zu bringen.

Bei meiner Arena-Lektorin Deborah Schirrmann, die dieses Buch mit ihren sprühenden Ideen unglaublich bereichert hat. Bei meiner Textlektorin Katharina Jacobi für ihr unfassbar einfühlsames, respektvolles, kreatives und rundum großartiges Lektorat. Und bei Arena-Lektorin Jessica Lawson, die mir an einigen Stellen im Buch die Augen geöffnet und meinen Umgang mit sensiblen Szenen verfeinert hat. Ich freue mich immer, lernen zu können.

Ein ganz besonders herzlicher Dank geht an Tabea und Freddy – beste Freundinnen genau wie Charlie und Lou (hoffentlich ohne die Dramen!) – für den wundervollen Text von »Zum Glück«, den ihr gemeinsam für dieses Buch geschrieben habt. Meine Idee, nicht selbst einen Liedertext zu verfassen, sondern die Zielgruppe dies erledigen zu lassen, ist für mich vollkommen aufgegangen. Wenn euch jetzt noch eine Melodie dazu einfällt …

Und apropos Melodie – was wären all unsere Gefühle von Glück, Liebe, Traurigkeit, Freude, Wut, Sehnsucht oder Angst, wenn es die Musik nicht gäbe? Denn egal, ob man so wie ich in den 80er-Jahren ein Teenager war oder heute – ohne Musik würde man diese Zeit garantiert nicht überleben. Also geht auch ein großes Dankeschön an alle Musikschaffenden, die uns ihre Emotionen in Form von Melodien und Worten schenken und uns damit tief berühren.

Jana Hoch

Royal Horses

978-3-401-60520-3

Kronenherz

Greta will nur noch weg. Da kommt ihr der Ferienjob auf dem Gestüt der Royals gerade recht. Mit Pferden hat Greta zwar gar nichts am Hut – und mit Prinzen und Prinzessinnen noch viel weniger –, aber das Schloss der Königsfamilie lässt ihr Herz trotzdem höher schlagen. Doch kaum angekommen, macht Edward, der Pferdetrainer, ihr das Leben schwer. Nicht nur, dass er sie von Mariscal fernhalten will, dem silbrig-grauen Hengst... auch Edward hat ein Geheimnis.

978-3-401-60521-0

Kronentraum

Paparazzi, Blitzlichtgewitter, Skandale – Gretas Leben wird von einem Tag auf den anderen völlig auf den Kopf gestellt. Und daran trägt nur einer die Schuld. Edward. Oder besser gesagt: Prinz Tristan. Noch immer fühlt sich Greta wegen seiner Lügen hintergangen. Doch als Edward ihr anbietet, Schutz vor dem Medienrummel auf Caverley Green zu suchen, kann Greta nicht nein sagen. Aber ist Greta wirklich bereit, Teil seiner Welt zu werden?

978-3-401-60531-9

Kronennacht

Prinzessin werden – das wollte Greta nie. Doch nun sind sämtliche Kameras auf sie gerichtet, und jeder Schritt, den sie an Edwards Seite macht, wird genau beobachtet. Schnell merkt sie, dass das glamouröse Leben alles verändert: ihre Beziehung zu Edward, aber auch sie selbst. Inmitten aller Skandale findet Greta nur bei den Pferden Zuflucht. Und während Edward immer weiter in seine Rolle als Prinz gedrängt wird, kommen Greta Zweifel.

Jeder Band: Gebunden • Auch als E-Book erhältlich • www.arena-verlag.de